L'HÔTEL DU BORD DE L'EAU SOUS LA NEIGE

JENNY COLGAN

L'HÔTEL DU BORD DE L'EAU SOUS LA NEIGE

Traduit de l'anglais
par Laure Motet

EDITIONS PRISMA

Titre de l'édition originale :
Christmas at the Island Hotel

ISBN : 978-2-8104-3184-7

À tous ceux qui étaient en première ligne
et qui se sont levés le matin pour aller travailler,
pendant que nous devions rester à la maison.

Vous avez été, vous êtes, le ciment de ce monde.
Merci.

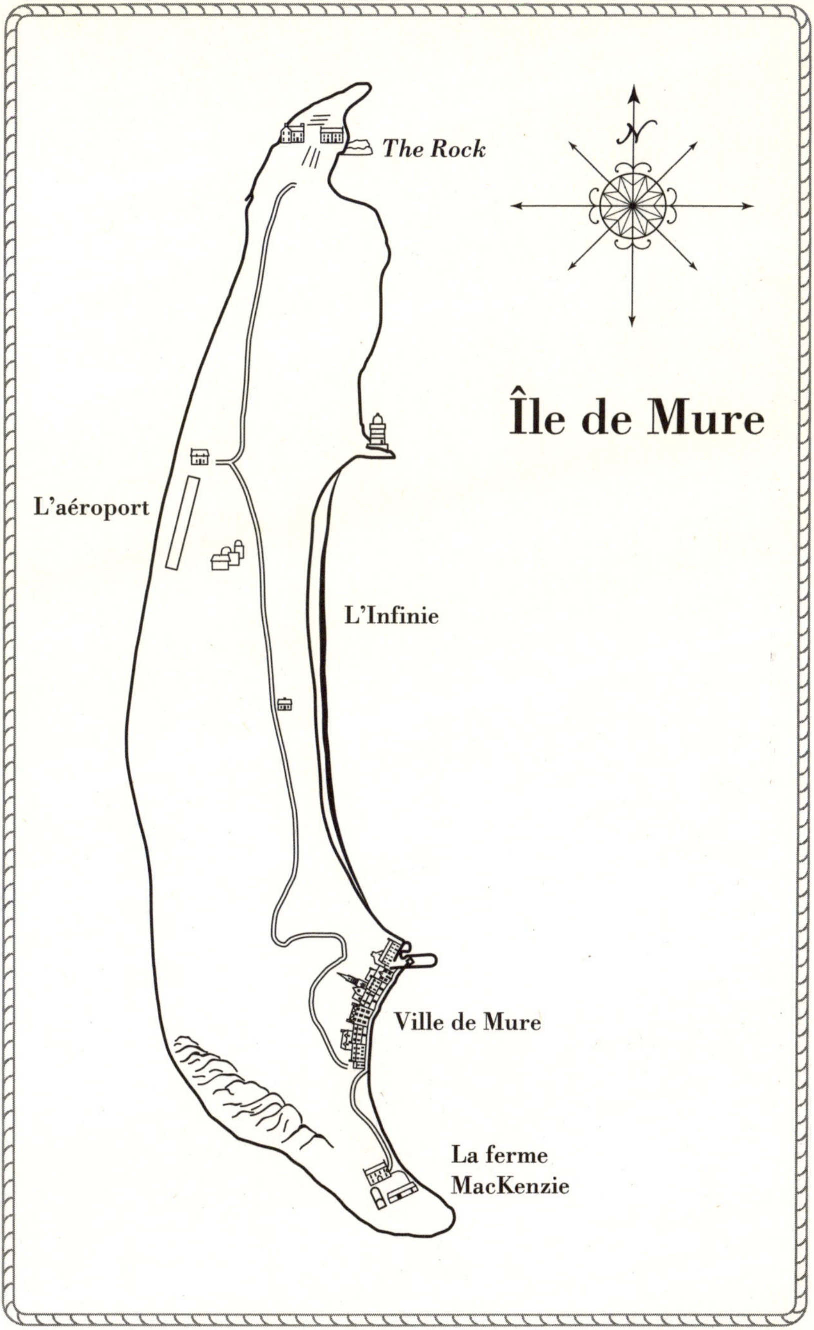

Île de Mure
N
The Rock
L'aéroport
L'Infinie
Ville de Mure
La ferme
MacKenzie

Liste des personnages

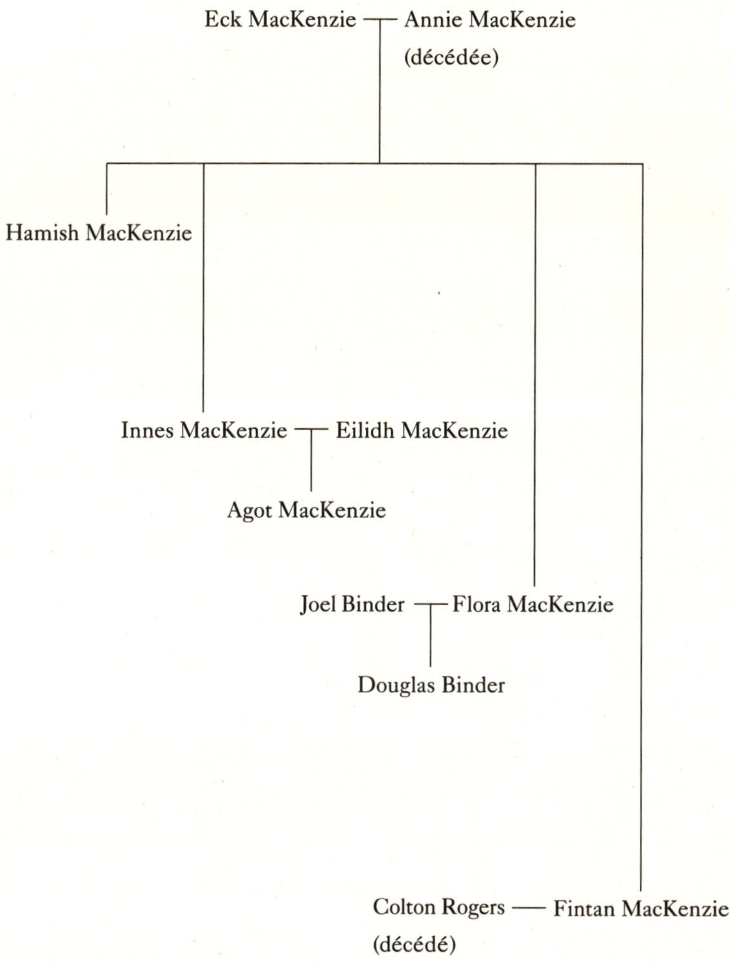

Personnel du *Rock* :

Gaspard – chef cuisinier
Konstantin – commis de cuisine
Bjårk – chien de Konstantin
Gala – réceptionniste
Kerry – sous-chef
Isla Donnelly – commise de cuisine
Tam – employée

Personnel de la *Seaside Kitchen* :

Iona
Malik

Résidents de Mure :

Lorna MacLeod – directrice de l'école
Mme Cook – institutrice
Dr Saif Hassan – médecin de l'île et réfugié syrien
Ibrahim Hassan – fils aîné de Saif
Ash Hassan – fils cadet de Saif
Jeannie – secrétaire médicale
Mme Laird – boulangère et baby-sitter des enfants de Saif
Vera Donnelly – mère d'Isla
Fraser Mathieson – président du conseil municipal
Jan MacArthur, née Mathieson – fille de Fraser et philanthrope locale
Charlie MacArthur – époux de Jan
Christabel – fille de Jan et Charlie
Wullie Stevenson – résident
Bertie Cooper – nautonier
Hector McLinn – agriculteur

Cuthbert McSquib – agriculteur
Mme MacGregor – résidente
Elspeth Brodie – résidente
Mme MacPherson – résidente
Anndra – maçon
Billy et Effie – gérants de l'aéroport et du bureau de poste
Inge-Britt – propriétaire du *Harbour's Rest*
Mme McGlone – présidente adjointe du conseil municipal
Clark – agent de police
Fionn – pêcheur

Des États-Unis :

Marsha Philippoussis – mère adoptive de Joel
Mark Philippoussis – père adoptif de Joel

De Norvège :

Konstantin Sundt-Knagenhjem père – père de Konstantin
Gunnar – artiste

De Londres :

Candice Blunt – journaliste

Chapitre 1

De jour comme de nuit, d'immenses navires sillonnent lentement les eaux glaciales de l'Atlantique Nord.

Gigantesques vus de près – longs de deux à trois cents mètres, chargés de voitures, de chevaux à bascule, d'ours en peluche, de baromètres, de soupapes, de capots de voiture et de thé –, ils paraissent pourtant minuscules, comparés à l'immensité de l'océan.

Arrivant de l'ouest, ils franchissent des frontières invisibles dans l'eau (Rockall, Hébrides, Fair Isle, zones maritimes dont les insulaires n'entendent parler qu'en écoutant la météo marine, le soir, bien au chaud dans leur lit), avant que Mure, la petite île nichée entre les Shetland et les Féroé où résident quinze mille âmes (les bonnes années), ne se profile à l'horizon.

La pointe sud-est de Mure abrite le village et le port. Les hommes d'équipage sur les porte-conteneurs (souvent partis des Philippines ou de Thaïlande, les grandes nations maritimes des mers du Sud) sont alors très loin de chez eux et, souvent, ils guettent ce petit point de lumière abandonné au milieu de l'océan, impatients de voir autre chose que des vagues sombres autour d'eux.

On ne peut être marin, si on est enclin à la mélancolie : pendant neuf à dix mois de l'année, on vit loin des siens, en contact étroit avec d'autres hommes, et il est donc préférable d'être de nature positive. Or il arrive même aux plus endurcis d'avoir le mal du pays, surtout quand ils sortent leurs jumelles et voient les maisons colorées de Mure le long du quai, avec leurs façades bigarrées, gris pâle, roses, bleues et jaunes. Les cottages et les immeubles sont tous regroupés au bord de l'eau et à flanc de colline, un peu enchevêtrés, mais intimes, comme pour se tenir chaud sur l'île dépouillée, avec ses vastes plages de sable jaune pâle, désertes, et ses joncs ployant sous le vent.

Il n'y a pas de port en eau profonde sur l'île. Aucun de ces grands porte-conteneurs n'y débarquera jamais. Mais ils sont nombreux à signaler leur passage, Mure étant le dernier bout de terre avant Bergen, en Norvège. L'été, par temps clair, ils voient parfois les enfants leur faire de grands signes.

Mais, en ce petit matin obscur du début de l'hiver, dans ce monde plongé dans le noir, l'île offre un peu de réconfort aux énormes navires qui la dépassent. Haletants, ils font peu de cas des vagues qui s'abattent sur eux, leur roulis si familier que, de retour sur la terre ferme, les hommes ont du mal à retrouver leur équilibre.

Elle est si petite que, à une allure de vingt nœuds, elle disparaît vite derrière eux : Apostil, Danilo ou Jesús retournent alors vérifier le radar et le fax, comme ils mettent le cap sur les zones Viking et North Utsire, avant d'atteindre les magnifiques fjords de Norvège. Ils laissent à nouveau la paisible Mure seule sous le ciel étoilé – où, dans la ferme MacKenzie, à l'extrémité sud de l'île, un feu brûlant dans la cheminée et le café réchauffant sur la cuisinière, Flora est en train de se prendre le bec avec Fintan, son frère cadet.

★

– *Colton's Bar*, répéta-t-elle. Hors de question. Enfin, je comprends, mais, avec ce nom, on s'attendrait à y trouver des filles en minishorts, avec des blousons à franges et des bottes de cow-boy, qui nous parleraient avec un accent américain. Sans oublier un cheval mécanique !

– Personne n'a jamais parlé de cheval mécanique, grommela Fintan en humant l'odeur de son café et des petits pains en train de réchauffer dans le four, avant de relever la tête. Hum, un cheval mécanique.

– Est-ce qu'il faut que je t'enlève ce café des mains ?

– Tout, sauf ça, répondit-il en levant les yeux au ciel.

Cela ne faisait qu'un an que Colton, le mari de Fintan, était mort du cancer. Le jeune homme avait des jours avec et des jours sans et ce matin-là il ne semblait pas être dans un bon jour. Les bons jours étaient rares.

Colton lui avait légué le *Rock*, l'hôtel qu'il avait toujours rêvé d'ouvrir sur l'île, et le projet se concrétisait enfin. Mais il restait mille et un petits détails à régler, et Fintan s'en désintéressait totalement. Gérer l'hôtel avait pourtant été salutaire pour lui : cela l'avait gardé occupé, l'avait aidé à oublier un peu sa peine – l'épuisement était son allié le soir venu, quand il s'agissait de s'endormir dans un grand lit vide. Et ils avaient des réservations pour Noël. Il fallait qu'ils ouvrent, et vite.

En théorie, Flora n'avait rien à voir là-dedans.

Or, comme elle avait de l'expérience dans la restauration, étant à la tête de la *Seaside Kitchen* sur le port, elle ne pouvait s'empêcher d'intervenir. Et puis, elle était censée être en congé maternité, ce qui, du point de vue de Fintan (et pas seulement), lui laissait bien trop de temps libre et tout le loisir de se mêler de ses affaires.

– Écoute, dit-elle. Je pense que *Rogers Bar* conviendrait. Ce serait un peu plus subtil, non ?

Fintan répondit d'une petite moue.

Ils entendirent alors de l'agitation dans le couloir. Fintan était revenu s'installer à la ferme, où vivaient aussi son frère, Innes, et sa famille. Agot, la fille d'Innes, entra alors d'un pas décidé dans la cuisine, en chemise de nuit, l'air sérieux, de petits pleurs se faisant entendre derrière elle.

– Boudlas Binder est réveillé, lança-t-elle en boudant. Je crois que ce n'est pas un gentil bébé, tata Flora. Il est très énervé.

– Douglas, lui répéta Flora pour la neuf centième fois. Il s'appelle Douglas.

Agot et Fintan lui adressèrent le même regard blasé.

– Quoi ? demanda Flora. Elle regarde *L'Âge de glace* à longueur de temps.

– Dans *L'Âge de glace*, les animaux sont très mignons, rétorqua Agot. Je n'en suis pas aussi sûre pour Boudlas.

Sur ce, elle rejoignit Bramble, le chien de berger à la retraite, puis tous deux sortirent pour aller inspecter le potager. La fillette refusait catégoriquement de manger des légumes, mais aimait les regarder pousser, même à cette époque de l'année.

– Elle le fait exprès, dit Flora en sortant de la pièce. Elle parle parfaitement bien.

– Oui, elle le fait exprès. Et ça marche, puisque ça t'énerve.

Le bébé pleurait à peine, mais Flora se dirigea malgré tout vers le fond de la maison, se disant qu'Agot était ridicule, avant de réaliser qu'elle était en train de se disputer toute seule avec sa nièce de cinq ans, ce qui était une bien belle façon de perdre son temps, mais ce n'était pas grave, car, en arrivant, Joel était déjà là, et Douglas avait cessé de pleurer.

Il ressemblait tant à son père (il avait ses yeux noirs et déjà, à cinq mois, une masse de cheveux bruns et bouclés) que c'en était désopilant. Tous ceux qui le rencontraient, ou presque, avaient envie de lui mettre une paire de lunettes sur le nez.

Elle s'attarda un instant sur le pas de la porte pour les observer. Douglas n'était pas un bébé très souriant ; son petit minois était grave, concentré, comme s'il était né en connaissant tous les mystères de l'univers, qu'il oublierait peu à peu, au fil des ans. Il avait aussi hérité du sérieux de son père, étant attentif et circonspect. Flora avait longtemps cru que le comportement de Joel était dû à son enfance difficile (il avait été ballotté de familles d'accueil en familles d'accueil dès son plus jeune âge), mais elle en venait à penser qu'il était en réalité inné, puisqu'aucun petit garçon n'avait jamais reçu autant d'amour et d'affection que Douglas. Il vivait près de ses trois oncles, mais aussi de son grand-père, Eck, qui était en admiration devant lui et le gardait souvent. Il avait aussi ses grands-parents adoptifs américains, Mark et Marsha, qui leur envoyaient de nombreux colis remplis de vêtements pour bébé hors de prix, importés de France, en passant par New York – tenues, qui, à vrai dire, étaient un peu trop coquettes pour la cour boueuse de la ferme et le temps changeant d'une petite île écossaise septentrionale, mais Flora veillait malgré tout scrupuleusement à le photographier dans chacune d'elles.

Joel ne dorlotait pas Douglas, ne lui chantait pas de comptines. Il s'allongeait simplement sur le lit à côté de lui, puis père et fils se dévisageaient. C'était vraiment étrange, comme si un sentiment intangible passait entre eux, à travers leur simple regard. Joel tendait sa grande main pour que Douglas enroule un minuscule doigt autour d'un des siens, puis ils entraient en communion. Flora ignorait si c'était normal ou non, mais trouvait cela mignon. Parfois, Douglas jouait avec la lourde montre en or de son père, qui le laissait faire. En général, au bout de dix minutes, ils dormaient tous les deux, le long corps tendrement lové contre le petit.

Flora était censée être en congé maternité, et Isla et Iona s'en sortaient très bien toutes seules à la *Seaside Kitchen*, ce qui l'agaçait un peu. Mais c'était Joel, un bourreau de travail, qui semblait prendre le plus à cœur son congé parental, et, de temps à autre, c'était plus fort qu'elle : elle ressentait une pointe de jalousie. Ce qui, bien sûr, était parfaitement ridicule. Tout se passait à merveille. Bien. À merveille. Certes, Douglas pleurait quand il était avec elle, alors qu'il était parfaitement calme avec Joel, mais cela ne lui faisait rien. Rien du tout.

Chapitre 2

– Eh bien, quelle est la meilleure ?

La mère d'Isla Donnelly, Vera, regardait sa fille par-dessus la vieille théière fleurie au couvercle ébréché.

En fixant cette théière, Isla réalisa une chose sur laquelle elle n'avait jamais mis de mots auparavant : elle la détestait. Détester une théière, c'était le comble du ridicule, mais sa mère la traitait comme un précieux héritage, à manier avec précaution, et non comme une simple théière à la noix. Ceci expliquait sans doute cela.

Elle but une gorgée de thé.

– Je ne sais pas, maman, répéta-t-elle en s'efforçant de ne pas s'énerver, ce qui ne servirait à rien.

– Dans tous les cas, les MacKenzie ont besoin d'aide dans leur nouvel hôtel de luxe, hein ? demanda Vera en grimaçant.

Elle ne voyait pas ce nouvel établissement d'un très bon œil. On n'avait pas besoin de ce genre de choses, sur Mure, à son avis, et elle avait des avis sur tout. Trop chic, trop cher, qui pouvait vouloir d'un truc pareil ?

Quoi qu'il en soit, le *Rock* devait ouvrir à Noël, et Flora avait proposé d'aider Fintan en envoyant y travailler l'une des deux employées de la *Seaside Kitchen*.

Isla poussa un soupir. En réalité, elle était terrifiée, mais ne l'avouerait jamais à sa mère. Mieux valait éviter de lui tendre une perche.

– Eh bien, l'une de nous restera au café, où elle aura plus de responsabilités, et l'autre ira au restaurant du *Rock*.

Isla et Iona, sa meilleure amie, travaillaient à la *Seaside Kitchen* depuis des années maintenant, et l'idée d'être séparées n'enchantait aucune d'elles. Surtout pas Isla, la plus timide des deux, qui redoutait de se retrouver seule, sans son impertinente copine.

– D'accord, mais quelle est la meilleure *place* ? insista sa mère.

– Je ne sais pas.

Vera s'empara de sa théière adorée avec précaution, puis se servit lentement une autre tasse de thé.

– Je ne voudrais pas qu'ils profitent de toi, c'est tout, expliqua-t-elle. Que cette Flora te traite comme une souillon.

– J'apprends encore le travail, répondit Isla, qui adorait Flora et n'avait pas du tout les mêmes attentes que sa mère.

Être la fille unique de Vera n'était pas facile. Elle détestait la décevoir.

Elle n'avait qu'un objectif : ne plus être son unique centre d'attention.

– Qu'est-ce que tu fais aujourd'hui, maman ?

– Il y a mon émission de décoration intérieure, *Homes under the Hammer*, à la télé !

– Tu sais que la chorale répète, ce soir… Tu devrais y aller.

– Cette bande de vieilles commères qui mettent leur nez partout. Non, merci !

Isla enfila son manteau, puis enfonça son béret à pompon sur ses cheveux châtain foncé, qui, rebelles, rebiquaient en tous sens et se démarquaient sur l'île, où les habitants avaient les cheveux roux ou blonds, en fonction de leurs origines celtes ou vikings. La rumeur voulait que les envahisseurs espagnols aient atteint Mure autrefois, ce qui expliquerait mieux les yeux verts d'Isla, même si sa peau pâle, qui se parsemait de taches de rousseur l'été, était typiquement écossaise, à son grand dam.

Un vent du nord-ouest, venu du cercle arctique, balayait l'île, et il était difficile de marcher en ligne droite, mais la *Seaside Kitchen* n'était située qu'à deux rues pavées de chez elle, sur le front de mer.

Il faisait toujours bon dans le petit café : les fours dans l'arrière-cuisine ne refroidissaient jamais totalement et, les petits matins d'hiver glaciaux, l'ambiance y était cosy, avant même qu'Isla n'allument les lampes dorées qui, associées aux jolies nappes à pois et aux belles affiches accrochées aux murs, rendaient le café si accueillant. À son arrivée, Iona serait déjà en train de préparer le café et, ensemble, elles entreprendraient la confection des scones, des tartes, des tourtes et des gâteaux du jour. Mme Laird passerait leur apporter son pain frais, la cafetière sifflerait et moudrait de manière réconfortante, et la journée pourrait commencer. Les premiers travailleurs frigorifiés ne tarderaient pas à arriver, ayant tout juste fini de traire les vaches, descendant d'un bateau de pêche ou attendant le premier ferry de la matinée.

– Au revoir, maman, dit-elle.

– Voui, voui. Bonne chance, alors, répondit sa mère du bout des lèvres quand elle partit, et Isla dut se rappeler que, si sa mère agissait ainsi, ce n'était que parce qu'elle l'aimait et voulait le meilleur pour elle.

Même si ce n'était pas agréable.

Chapitre 3

À trois cents kilomètres de là, à l'est, des draps luxueux étaient froissés, tout chiffonnés, sur un lit. Une silhouette pâle était allongée dessus, imperturbable, ronflant bruyamment. De forts relents d'alcool flottaient dans l'air.

Un homme petit, avec une coupe de cheveux bien nette, pénétra dans la vaste pièce, s'arrêta devant le lit, puis toussa haut et fort, ce qui n'eut aucun effet.

– HUM, HUM, fit-il.

Une toux sèche, mauvaise, s'éleva alors, suivie d'un reniflement et de quelques grognements. Puis un bras attrapa la couverture brillante, pour la ramener sur la tête de la forme allongée dans le lit.

– Va-t'en, Johann, lança une voix très rauque, étouffée par les couvertures.

– Johann a été congédié, répondit l'homme.

Le temps se figea un instant dans la pièce.

– Quoi ?

Le jeune homme qui sortit des couvertures avait des cheveux blonds ébouriffés, une petite barbe de trois jours et l'air interdit : ses yeux bleus et ronds s'arrondirent davantage encore, quand il réalisa qui se trouvait devant lui.

– Papa, dit-il d'une voix tremblante, avant de serrer les couvertures contre lui.

L'homme qui le dévisageait paraissait déçu. Une nouvelle fois.

– Euh, poursuivit la forme dans le lit. Enfin, bonjour. Je suis content de te voir. Normalement, tu ne…

Il balaya du regard la vaste suite fastueuse. Il y avait des colonnes dans les coins, des dorures sur les corniches, et de grands miroirs anciens recouvraient tout un mur.

Malheureusement, il y avait aussi des slips et des chaussettes par terre, des bouteilles vides, des livres éparpillés partout, un chien ronflant nommé Bjårk, qui ressemblait à un cochon et ne s'était pas encore réveillé, mais avait laissé des traces de pattes boueuses sur le tapis luxueux, le carrelage noir et blanc et au moins quatre serviettes.

– Je ne viens pas souvent ici, effectivement, répondit le père du jeune homme, qui s'appelait Konstantin.

Le jeune homme s'appelait Konstantin, lui aussi. En réalité, les hommes de la famille s'appelaient Konstantin depuis le début du XVIIe siècle, quand ils étaient devenus ducs du comté de Hordaland et que leur imposant château avait été construit sur la magnifique péninsule de Folgefonna. En théorie, les titres de noblesse avaient été abolis en Norvège. Mais, bien sûr, ils étaient encore connus de tous. Une lignée ininterrompue. Qui, se disait Konstantin père avec tristesse, serait bientôt rompue, puisqu'il s'apprêtait à jeter dehors son unique fils, à la vie dissolue, en l'envoyant valser au bas des cent dix-huit marches incurvées de l'escalier en marbre du hall d'honneur.

– Parce qu'on se croirait dans une porcherie.

– C'est la faute de Bjårk.

La créature poilue n'eut aucune réaction.

– Te rappelles-tu ce qui s'est passé hier soir, au banquet officiel ?

Konstantin grimaça.

– La bataille de boules de neige, répondit-il au bout d'un moment. Oui, c'était génial, non ?

Il se remémora les fenêtres illuminées du palais pendant qu'ils couraient dehors, épuisés, gelés et trempés, mais tordus de rire.

– Ce n'était pas génial, non. Pas du tout, répliqua son père. Tu as touché l'archevêque à l'oreille.

– Eh bien, il aurait dû se joindre à nous.

– Tu as mis de la neige dans le cou de mon conseiller financier.

– C'est un vieux schnock, répondit Konstantin avec un haussement d'épaules.

Son père secoua la tête.

– Non. Tu t'es comporté comme un vaurien.

– On ne faisait que s'amuser !

– Pire, tu t'en es pris à des personnes plus vieilles et plus faibles que toi.

– Avec une boule de neige !

Mais son père était lancé.

– Il y a déjà eu l'incident aux courses sur glace.

– J'ai trébuché accidentellement…

– Toute l'équipe professionnelle…

– Ils étaient dans le passage !

Konstantin fit ressortir sa lèvre inférieure, paraissant tout à coup beaucoup plus jeune que ses vingt-quatre ans. Son père secoua à nouveau la tête.

– Tu sais, si ta mère était encore avec nous, elle n'aurait pas toléré ce genre de comportement.

La moue du jeune homme s'accentua.

– Ce n'est pas juste, dit-il d'une voix désormais basse et triste.

– Nous avons été trop indulgents avec toi… après, poursuivit l'homme. Je ne voulais pas te presser, te chambouler… je ne voulais pas te forcer à étudier, à trouver un emploi, à travailler dur. Et regarde-toi, maintenant. Vingt-quatre ans, encore au lit en plein milieu de la journée. Un mardi. J'ai fait une erreur. Une grosse erreur, conclut-il en agitant tristement la tête.

Puis il tourna les talons, ses années passées à l'Académie royale militaire de Sandhurst encore visibles dans sa démarche. Konstantin le fixa du regard, blessé.

À la porte, son père se retourna une dernière fois.

– Je suis tenté de te déshériter.

– Tu ne ferais pas ça ! Pour une boule de neige ! Ne sois pas bête, papa ; tu ne peux pas être sérieux.

– Notre tâche est considérable. Et tu ne travailles pas, tu n'apprends rien, tu ne fais rien, si ce n'est boire du champagne et jouer avec ton gros patapouf de chien.

Fronçant les sourcils, Konstantin couvrit les oreilles de Bjårk.

– Sois aussi méchant que tu veux avec moi, mais ne t'en prends pas à Bjårky.

– Tu prends tout à la rigolade, n'est-ce pas ? lança Konstantin père. Tout. Mais je vais y remédier.

Sur ce, il ouvrit la lourde porte blanche avec sa poignée dorée, puis la laissa claquer derrière lui.

⋆

Le jeune Konstantin s'assit dans son lit, Bjårk lui reniflant les mains. Son père se calmerait, non ? Sûrement. Cela le prenait souvent : il insistait pour qu'il aille à l'université, entre dans l'armée ou prenne un emploi, mais cela n'aboutissait jamais à rien. L'enfant unique, adoré, qui était entré tard dans leur vie et dont la mère était morte quand il avait quatorze ans…

Cela dit, il n'y avait toujours aucune trace de Johann. Bizarre. Il jeta un coup d'œil à l'horloge de parquet dans le coin de la pièce. Pas de petit déjeuner, non plus. En temps normal, il avait besoin de quatre tasses de café bien serré et de quelques tranches de savoureux pain de seigle généreusement recouvertes de *smør*[1] avant de pouvoir envisager de prendre un bon bain chaud et de lire la rubrique sportive. Son journal n'était même pas là. Sourcils froncés, il tendit le bras pour appuyer sur la sonnette. Mais personne ne vint.

1. « Beurre » en norvégien (N.d.T.).

Chapitre 4

Flora rejoignit Fintan dans le hall du *Rock*. Elle avait cru que les travaux de rénovation n'en finiraient jamais, mais ils étaient terminés : l'hôtel était sain, sec et chaud, et très beau. Et l'esprit de Noël y régnait déjà, bien qu'on ne soit qu'au mois de novembre. Les sapins arriveraient bientôt sur l'île, mais le personnel avait déjà accroché de grandes guirlandes festonnées de branches vertes, nouées avec des rubans de tartan, leur parfum embaumant l'air. Des saladiers étaient remplis d'oranges piquées de clous de girofle et de morceaux de cannelle, le feu brûlait dans la grande cheminée de l'entrée, et une petite musique d'ambiance passait en fond sonore.

À l'origine, le *Rock* était une grande demeure construite pour une riche famille de l'île, mais l'impétueux Colton l'avait converti en hôtel, sans lésiner sur les dépenses. Il n'avait pas non plus lésiné sur la décoration, qui reflétait bien l'idée qu'un Américain tel que lui se faisait d'un hôtel écossais : des moquettes en tartan, de nombreuses cheminées, des mousquets accrochés aux murs, de grosses têtes de cerf partout, et une bibliothèque entière de livres anciens achetés à un aristocrate de la région de Kirrinfief, même si Colton n'en avait jamais ouvert un seul.

C'était sans doute un peu kitsch, mais Flora était bien obligée d'admettre que cela lui plaisait. Il y faisait toujours si chaud, l'ambiance y était si douillette, ce qui était non négligeable sur Mure, l'hiver. Et, avec ses décorations de Noël, l'établissement apparaissait sous son meilleur jour.

Les salles de bains étaient dotées de planchers chauffants et de sèche-serviettes, remplis de serviettes toutes douces, ainsi que de grandes et profondes baignoires, jamais à court d'eau chaude. Les cuisines immaculées, remarqua Flora avec envie, étaient équipées de matériel dernier cri, prêtes à produire à tour de bras du pain et des viennoiseries, des goûters dînatoires et du homard frais, des scones au bon goût de beurre, de la *Cullen skink*, cette soupe de haddock bien crémeuse, et du *cranachan*[1] acidulé. Et, derrière le bar, quarante-cinq types de whisky attendaient, alléchants, ainsi que toute une sélection de délicieux cocktails locaux.

Flora et Fintan se considérèrent. La jeune femme était emballée par toutes les possibilités qui s'offraient à eux ; son frère, lui, avait les épaules voûtées, sa détresse et son défaitisme se lisant sur ses traits.

– On ne rentrera pas dans nos frais avant un milliard d'années, fit-il remarquer, amer. On devrait s'en débarrasser. Colton ne m'a pas légué une fortune, il ne m'a laissé que cet endroit, poursuivit-il anxieusement. Qui va engloutir tout l'argent en cinq minutes.

Colton avait donné la plus grosse partie de son immense fortune à la recherche médicale. Il avait laissé l'hôtel et sa maison personnelle à Fintan, mais ce dernier ne supportait pas de vivre seul dans cette immense demeure pleine d'échos,

1. Dessert traditionnel constitué de flocons d'avoine, de crème fouettée, de framboises, de miel et de whisky (N.d.T.).

aussi Joel et Flora la louaient-ils tandis que Fintan était rentré vivre à la ferme.

– Et je ne sais pas comment tenir un hôtel ! Je ne sais même pas ce qu'est la TVA !

– C'est un casse-tête très compliqué que te pose le gouvernement pour rigoler, mais, si tu te trompes, tu vas en prison, répondit Flora, mais son frère ne l'écoutait pas.

– Je n'arrive même pas à trouver du personnel ! Et comment est-ce que je vais leur dire quoi faire ? Et si les gens qui travaillent ici voulaient partir, parce qu'ils me détestent ? Et si personne ne vient ? Et combien faudra-t-il faire payer ? Je devrais le vendre. Je devrais vendre tout le domaine.

Flora, debout devant la cheminée, se réchauffait les mains. Le personnel était réduit au minimum, mais tous les employés avaient l'air motivés. Ils avaient seulement besoin d'un chef cuisinier et d'un peu d'aide dans la cuisine. Fintan paniquait.

– Mais c'est à Colton, tout ça, lui dit-elle doucement. C'était son rêve. L'hôtel est exactement comme il le voulait.

Elle disait vrai, songea-t-elle en posant les yeux sur l'énorme tête de cerf, ornée de ses bois, au-dessus de la cheminée. Pour le meilleur et pour le pire. Fintan poussa un soupir.

– C'est tout ce qu'il me reste de lui. Comment pourrais-je le vendre ?

On entendait l'angoisse dans sa voix. Flora ne savait plus quoi dire.

– Eh bien, qu'est-ce que ça te ferait, si on le vendait ? l'interrogea-t-elle avec ménagement.

– On s'est rencontrés… commença sèchement Fintan, semblant avoir changé d'avis du tout au tout et reprocher à Flora d'avoir suggéré de vendre l'hôtel. On s'est rencontrés sur cette pelouse. On s'est mariés ici. Tu as oublié ?

Flora ne répondit pas. Elle comprenait l'amertume et la peine de son frère. Elle avait seulement espéré que le fait d'aller de l'avant l'enthousiasmerait un peu, qu'il trouverait l'énergie de travailler sur ce nouveau projet, pour rendre l'hôtel aussi merveilleux que Colton l'avait toujours souhaité.

Or Fintan était toujours en colère contre le monde entier, en particulier contre le *Rock*, l'établissement de luxe qui lui appartenait à présent et dont il pouvait en théorie faire ce qu'il voulait. La plupart des gens, se dit sombrement Flora, se seraient émerveillés de cet héritage. Fintan, lui, semblait déterminé à ne pas en entendre parler.

Elle voulait l'aider.

– Il va juste falloir pratiquer des tarifs élevés, dit-elle. Qu'on fasse venir les bonnes personnes.

– Des personnes pleines aux as.

Flora haussa les épaules.

– Il y a des tas de personnes pleines aux as qui sont gentilles.

– Ah oui ? rétorqua-t-il avec colère.

– Eh bien, tu en as épousé une, pour commencer.

– Oui, mais il… Il était unique en son genre.

Flora eut un sourire compatissant, puis ils passèrent dans la salle de restaurant, avec ses banquettes en cuir souple installées sous les fenêtres, ses confortables chaises en tweed et son plancher en chêne sombre. L'un des murs était lambrissé, décoré de peintures à l'huile onéreuses, mais affreuses, qui représentaient des têtes de cerf et le prince Charles-Édouard Stuart. Il n'y avait personne, pas un bruit, dans la pièce.

Flora la parcourut du regard.

– Il y a tant de tables, dit-elle, à moitié pour elle-même.

La *Seaside Kitchen* comptait douze tables, dont au moins deux étaient en permanence occupées par les tricoteuses qui travaillaient pour les entreprises de Fair Isle.

Il y avait aussi le groupe des mamans, avec leurs bébés, qui s'arrachaient les purées qu'elle préparait chaque matin avec les aliments qu'elle avait sous la main, ainsi que tout un tas de pêcheurs, d'agriculteurs, de randonneurs, d'ornithologues amateurs et de vacanciers, qui réclamaient des friands à la saucisse, des tourtes à la panse de brebis et de la soupe chaude. Elle connaissait par cœur ses clients et les aimait tous beaucoup. C'était à sa portée. Mais le *Rock*… même si, en principe, c'était un « petit » hôtel de luxe, il y avait malgré tout beaucoup à faire. Fintan était-il à la hauteur ?

Comme s'il lisait dans ses pensées, il poussa un profond soupir.

– Tout ce que j'ai toujours voulu, c'était faire du fromage.

Flora le regarda. Son beau visage était si las ; il avait perdu trop de poids et il était toujours plongé dans les affres du deuil.

En le voyant, elle se jura d'apprécier davantage sa propre situation.

Surtout quand elle se rappela comme elle s'était fait du souci au sujet de Douglas avant sa naissance. Plus tard, d'autres mamans lui avaient dit que cela n'avait rien d'exceptionnel. Les gens qui mouraient d'envie de devenir parents, qui s'imaginaient que tout serait parfait, traversaient une période difficile quand leur bébé refusait de dormir ou de manger, et qu'ils se rendaient compte que la parentalité n'était pas l'expérience paradisiaque à laquelle ils s'attendaient, qu'on leur avait vantée dans les magazines, et que les femmes ne perdaient pas leurs kilos de grossesse en « courant après le bébé », comme le prétendaient les célébrités. Était-il possible, avait-elle entendu s'interroger une maman d'un air songeur, que ces célébrités puissent en réalité raconter n'importe quoi ?

Flora était loin d'avoir perdu ses kilos de grossesse, mais elle avait d'autres sujets de préoccupation en ce moment. Joel, n'étant pas idiot, ne l'aurait jamais mentionné, mais il trouvait qu'elle les portait bien : ils la rendaient si jolie, si ronde, si douce.

À la seconde où Dougie était né, Joel avait été terrassé par la force de son amour. Lorsque les parents étaient réticents (en cas de grossesse non désirée ou quand un père était légèrement, voire extrêmement, ambivalent, comme Joel), l'extraordinaire bouffée d'amour qu'ils ressentaient à l'arrivée du bébé pouvait les submerger, les prenant totalement par surprise. Joel en était la parfaite illustration. Flora râlait, parce qu'il n'avait jamais semblé être aussi gaga d'elle, mais, en réalité, elle n'y accordait pas vraiment d'importance. Il s'était tant inquiété de ne pas se faire à la parentalité (en qualité d'ancien enfant placé, il n'avait jamais eu de vrai foyer) qu'il était resté mutique, braqué et anxieux pendant toute la grossesse, jusqu'à la naissance – qui s'était déroulée de manière exceptionnellement rapide et dont Flora avait de plus en plus de mal à se souvenir. Mais, dès que la sage-femme avait posé sur le ventre de Flora le minuscule alien, tout mou, hurlant, couvert de sang, d'excréments et de matières visqueuses (ou le plus beau miracle de toute l'histoire de l'humanité, selon le point de vue) Joel avait été comme frappé par la foudre.

Et tous les hauts et les bas que Flora avait eus après la naissance (il y avait eu beaucoup de bas, surtout dus au fait de ne pouvoir partager cette expérience avec sa mère) avaient été comme compensés par l'amour extraordinaire, total, que Joel leur portait, au bébé et à elle. Elle avait craint qu'il ne soit pas capable d'aimer, à cause de son passé difficile, mais tous ses doutes avaient fini par s'envoler. Elle savait qu'elle avait de la chance. Elle ne comprenait pas son ressentiment. Elle n'en tenait donc pas compte, dans l'espoir qu'il passe. Elle avait tant de chance.

★

– Je suis tellement malheureux, confia Fintan.

Flora le regarda. Le temps pressait. Elle avait espéré, encore et encore, que son frère reprendrait du poil de la bête, qu'il se ressaisirait suffisamment longtemps pour envisager d'assumer ses responsabilités. Mais il était triste, apathique, et rien ne le motivait. Si elle voulait que le *Rock* ouvre ses portes, une seule personne pouvait s'en charger, elle le savait.

– D'accord, finit-elle par dire. Je suppose que je pourrais te donner un coup de main.

– On en a déjà parlé ! Ça s'appelle de l'ingérence.

Flora lui adressa un regard de grande sœur.

–... et puis je croyais que tu profitais de ton super congé maternité.

La jeune femme préféra l'ignorer.

– Écoute-moi. Tu aimes t'occuper de la nourriture et des cuisines, non ? l'interrogea-t-elle. C'est ton domaine. Trouver les meilleurs produits. On a un peu d'argent. Et même si on perd tout... eh bien, on n'en avait pas, avant tout ça, n'est-ce pas ?

Il haussa les épaules.

– Mais c'est le rêve de Colton...

– Et son rêve était d'avoir tout ce qu'il se fait de mieux, n'est-ce pas ?

Fintan acquiesça.

– Bon. Tu fais ta part. Tu trouves le meilleur chef, tu te procures les meilleurs ingrédients locaux, tu t'assures que la nourriture est délicieuse. Laisse-moi m'occuper du reste.

Il la dévisagea, puis changea d'attitude, du tout au tout. Flora voyait bien qu'il n'avait pas vraiment envie d'accepter. Mais aussi qu'il en avait réellement besoin.

– D'accord, je n'en ferai pas trop, ajouta-t-elle. Mais j'ai l'expérience des réglementations en matière d'hygiène, de prévention des incendies, et tout et tout. Je pourrai t'aider, quand Joel s'occupera de Dougie.

Elle n'osa pas laisser entendre qu'avoir un projet pendant que Joel et Dougie filaient le parfait amour pourrait ne pas lui déplaire.

Ils regardèrent tous les deux alentour. La salle de restaurant paraissait toujours aussi vaste. Mais elle vit sur le visage de son frère quelque chose qu'elle n'y avait pas vu depuis longtemps. Une petite lueur d'espoir.

Chapitre 5

Voilà comment Flora en vint à faire passer des entretiens de motivation à ses propres employées de la *Seaside Kitchen*. Les filles s'en sortaient très bien toutes seules pendant son congé maternité. Le café était toujours aussi animé et agréable, remarqua-t-elle, non sans une pointe de jalousie, et le jeune Malik, qui avait été enrôlé pour leur donner un coup de main paraissait compétent, mais aussi apprécié des clients.

Flora fit asseoir Isla et Iona.

– J'ai l'impression d'être Paul Hollywood, le chef pâtissier qu'on voit à la télé, grommela-t-elle. Et ce n'est pas nécessairement une bonne chose.

Les filles la dévisagèrent, dans l'expectative : Iona, réjouie ; Isla, terrifiée. Flora leur fit un sourire encourageant.

– Le *Rock* a besoin de personnel de cuisine, et la *Seaside Kitchen* a besoin de quelqu'un qui la gère, comme d'habitude, jusqu'à mon retour.

Iona fronça les sourcils, puis lui fit un grand sourire, un brin malicieux.

– Par « quelqu'un qui la gère », est-ce que tu veux dire préparer trop de biscuits géants fourrés à la vanille pour mieux les manger toute seule en cachette dans la chambre froide ?

– Euh, non, répondit Flora en rougissant.

– Est-ce que tu veux dire aller dans la réserve pour rouler des patins à son petit ami ? reprit Isla.

– Non… non, ce n'est pas ce que je veux dire, rétorqua-t-elle en se mordant la lèvre. Et c'est de l'insubordination, ça.

– Eh bien, pas si je gère l'établissement. Est-ce que Isla va gérer, elle aussi ?

– Je crois que je vais le regretter, dit Flora.

Elles n'étaient encore que des jeunes filles, après tout. Ce n'était peut-être pas une bonne idée.

– Mais tu avais raison à propos des biscuits géants, fit remarquer Iona, songeuse. On devrait en faire plus. Et des sandwichs à la confiture de bacon au bourbon, les gens en raffolent, et ils sont faciles à faire ; il nous faut juste des moules. C'est très rentable. Oh ! et du mélange d'épices à la citrouille.

– Quoi ? lui demanda Flora, prenant soin de faire comme si elle savait de quoi elle parlait.

– Il faut qu'on se procure de l'épice à la citrouille.

– Euh, qu'est-ce que c'est ?

Un instant, Iona parut hésiter.

– Eh bien, je ne sais pas vraiment. Mais je sais que c'est ce qu'il faut mettre dans son café à cette époque de l'année. C'est Instagram qui le dit.

– Instagram ? répéta Flora, étonnée.

– Oui. Tu prends un café latte aux épices et tu le postes sur Instagram.

– Et ça donne le goût de citrouille à ton café ?

– Aucune idée.

Iona se mit à faire défiler des photos sur son téléphone.

– Tout le monde le fait, c'est tout. Et les gens prennent leurs gâteaux en photo, aussi.

– Vraiment ?

Depuis un an environ, Flora avait remarqué que de plus en plus de personnes se photographiaient devant la jolie vitrine du petit café sur le port, mais n'en avait pas fait grand cas ; les clients étaient les clients, les touristes faisaient des trucs de touristes, et, même si, ces derniers temps, elle les voyait tous se mettre exactement au même endroit pour prendre exactement le même cliché, eh bien, elle ne s'était pas vraiment attardée sur la question.

– Il nous faut une page Instagram.

Iona avait les joues toutes roses à présent, et Flora réalisa qu'elle était on ne pouvait plus sérieuse, mais aussi qu'elle y avait beaucoup réfléchi : pendant tout ce temps, elle ne s'était pas contentée de couper des sandwichs.

– Il faut qu'on montre comme c'est joli, ici. Qu'on incite les gens à venir et à partager leurs photos, qu'on s'assure que les touristes viennent, même si ce n'est que pour nous voir. Et…

– Attends une seconde… la coupa Flora, sourcils froncés. Est-ce que tu as toujours eu ces idées brillantes ?

Iona, troublée, ne répondit pas.

– Est-ce que je suis une horrible patronne qui n'écoute pas ce qu'on lui dit ?

– Tu ne m'as jamais demandé, répondit la jeune fille.

Flora n'aurait jamais pensé que la matinée prendrait une telle tournure.

–... et je crois qu'on devrait faire de la nourriture bio pour le groupe des mamans. La marge est…

– D'accord, d'accord, la *Seaside Kitchen* te revient, lança Flora avec un sourire. Mais rends-nous millionnaires d'ici Noël, s'il te plaît.

Son regard se porta alors sur Isla, qui patientait sagement.

– Est-ce que tu es contente d'aller au *Rock* ? l'interrogea-t-elle. Je sais que le travail est moins glamour, mais tu auras plus l'occasion d'apprendre dans une grande cuisine, d'acquérir de nouvelles compétences, de te frotter aux plats gastronomiques, en plus de la boulangerie-pâtisserie…

– Est-ce qu'elle devra faire la plonge ? demanda Iona.

– Tout le monde doit faire la plonge, répondit Flora. Ça marche comme ça dans les petites entreprises.

Isla regarda sa copine, toute triste.

– Ce sera dur d'être séparées, dit-elle tout bas.

En réalité, l'idée de quitter sa meilleure amie la rendait malade. Elle n'aimait pas le changement. Elle n'était pas douée pour cela.

– Tu t'en sortiras très bien, l'encouragea Flora.

– Je ne suis pas sûre d'avoir de bonnes idées, comme Iona.

– Ce n'est pas franchement quelque chose à dire lors d'un entretien d'embauche ! la taquina Flora.

La jeune fille se décomposa.

– Je rigole ! se hâta-t-elle de préciser. Je rigole. Ça fait trois ans que je te vois travailler d'arrache-pied ici. Je sais que tu travailles bien. J'ai de la chance de vous avoir, et vous allez toutes les deux avoir une augmentation.

– Et un budget marketing ! lança Iona.

– *Iona !* la reprit sévèrement Flora. Je t'en veux beaucoup de ne pas m'avoir parlé de tout ça plus tôt.

– Vois ça avec la direction, lança l'impertinente Iona. Oh, non ! il semblerait que ce soit moi !

Flora secoua la tête.

– Bon, Isla, viens avec moi. Je t'expliquerai tout à l'hôtel. Et on a déjà passé une annonce pour du renfort. Ça va être sympa !

Isla était déjà en train de réfléchir à ce qu'elle allait bien pouvoir dire à sa mère.

Chapitre 6

Konstantin était déconcerté. Il n'y avait pas du tout de petit déjeuner. Ni dans sa chambre, ni dans la grande salle à manger. Il finit par se rendre à la cuisine, où, d'ordinaire, Else le chouchoutait et lui trouvait un petit quelque chose à grignoter. Suite au décès de sa mère, il avait été si gâté, si choyé par le personnel (même si on leur avait donné l'autorisation de lui dire non, ce qu'ils ne faisaient certainement pas) qu'il était devenu solitaire et enrobé. Quand son père l'avait envoyé en pension à l'âge de quinze ans, dans l'espoir que cela le remette dans le droit chemin, la situation s'était améliorée et dégradée, tout à la fois. Détériorée, car, au départ, l'adolescent avait été terriblement malheureux. Améliorée, car le sport obligatoire et le rationnement de nourriture l'avaient aussitôt débarrassé de ses kilos superflus. Puis elle s'était à nouveau dégradée, car, en essayant d'être populaire, il avait tout fait pour intégrer la pire clique de l'école. Et son père, qui s'efforçait de continuer à remplir ses fonctions honorifiques tout en faisant lui aussi son deuil, n'avait pas toujours été en mesure de veiller au bon comportement de son fils absent.

Disposer d'un pécule exceptionnellement élevé (même pour un élève de pensionnat) avait permis au jeune Konstantin de se faire accepter dans une bande d'élèves indisciplinés et dissolus, qui aimaient partir en week-end au Monténégro, à Gstaad, à Monaco et à Biarritz. Ils descendaient dans les hôtels les plus tape-à-l'œil, où ils faisaient les quatre cents coups, voyant jusqu'où ils pouvaient aller en restant impunis – il s'était avéré que de jeunes aristocrates blancs comme eux pouvaient aller loin. Au bout du compte, le pensionnat n'avait pas été si terrible. Il avait raté ses examens, bien sûr, mais c'étaient des choses qui arrivaient. Et puis, quand on conduisait déjà une plus jolie voiture que n'en aurait jamais le proviseur, on n'avait pas vraiment de raisons de potasser.

Sans compter qu'être un excellent tireur, un bon cavalier, hardi, et un skieur de génie demandait du travail, non ? Et des efforts. Son père refusait de le reconnaître. Toutefois, même quand on l'avait approché pour intégrer l'équipe nationale de ski, il n'avait assisté à aucun entraînement, assommé par la discipline et les heures de préparation requises (sans parler des exigences nutritionnelles).

Et maintenant, Anders, le secrétaire particulier de son père, venait de le prendre à part pour lui parler, mais chacun de ses mots entrait par une oreille pour ressortir par l'autre.

Anders faisait donc de son mieux pour lui expliquer la situation, à nouveau.

– Nous vous avons trouvé un emploi. Vous commencez dans une semaine.

Konstantin fit une petite moue enjôleuse, qui avait toujours très bien fonctionné sur la plupart des employés du palais.

– Oui, c'est ça… Noooon.

– J'ai bien peur que ce ne soient les ordres de votre père.

– Ce n'est pas mon patron !

– On m'a demandé…

Anders n'était pas lâche, mais avoir cette conversation ne le réjouissait pas.

– On m'a demandé de vous informer du fait que toutes vos cartes de crédit avaient été annulées ce matin. Tout comme votre forfait mobile. Et vous partez dans cinq jours. Vos billets sont dans cette enveloppe.

Konstantin en resta bouché bée.

– QUOI ?!

– Vos chevaux ont été mis à l'écurie et…

Aussitôt, Konstantin chercha Bjårk du regard, qui le rejoignit d'un pas lourd ; ce chien était vraiment bien trop gros.

– Vous ne me prendrez pas Bjårk Bjårkensson ! s'écria-t-il, le visage grave.

Il écoutait, à présent.

– Il reste avec moi, rajouta-t-il.

– Je ne suis pas certain que cela soit possible.

– Vous ne pouvez pas me bannir moi, et pas lui ! Il se comporte encore plus mal que moi !

Comme pour le prouver, Bjårk se dirigea en chaloupant vers la table du petit déjeuner où, déçu de la trouver vide, il lâcha un énorme pet avant de disparaître dessous en reniflant, à la recherche de miettes. Son arrière-train imposant toucha la table dorée, faisant vaciller ses magnifiques pieds tarabiscotés, et Anders dut se précipiter pour la stabiliser avant qu'elle ne s'écroule sur le parquet. Il leva les yeux au ciel.

– Eh bien, je n'irai nulle part, déclara Konstantin.

– Pas aujourd'hui. Votre père a confisqué vos voitures. Mais j'ai bien peur que vous ne partiez la semaine prochaine.

Le jeune homme en resta coi. C'était impossible. Tout bonnement impossible.

Il commença peu à peu à appréhender la situation. Si ses voitures n'étaient plus là, alors…

– Vous avez pris mon TÉLÉPHONE ?!

Chapitre 7

Fintan avait adoré les rares séjours qu'il avait eu le temps et les moyens de faire à Glasgow. Il adorait cette ville humide et majestueuse, avec ses grands immeubles de grès ; ses rues droites et scintillantes, dont il s'imaginait qu'elles étaient semblables à celle de New York ; le quartier chic de Merchant City, avec ses boutiques de créateurs et ses restaurants exotiques.

Il aimait les gens. En descendant Buchanan Street, on croisait des personnes de toutes les morphologies, venues des quatre coins du monde. Étudiants, touristes, hommes d'affaires. La ville donnait l'impression d'être le centre de l'univers. Il aimait les Glaswégiennes, avec leur bronzage, leurs longs cils et leurs vêtements bariolés, souvent trop légers pour la température, mais qu'est-ce que ça pouvait bien faire ? Elles criaient, riaient, ressemblaient à d'éblouissants oiseaux tropicaux, comparées aux couleurs ternes de Mure.

Mais, surtout, il aimait les hommes. Ou, plutôt, un certain type d'hommes : dangereux, sveltes, aux cheveux courts, capables de vous jeter un regard furtif comme de remonter Sauchiehall Street crânement, main dans la main avec son petit ami. À ses yeux, cette ville était synonyme de possibles, d'effervescence et de sexe, et il l'adorait depuis que sa mère l'y avait emmené la première fois pour faire les courses de Noël, avant de charger tous leurs achats dans le petit avion de tourisme qui les avait ramenés chez eux. Cela avait été une sacrée aventure. Âgé de quinze ans, un peu déboussolé, il ouvrait grand les yeux. Ils avaient mangé des huîtres au *Rogano* et admiré la magnifique Glasgow School of Art. Fintan, qui n'avait jamais vu autant de magasins et d'articles à acheter, avait été incapable de faire un choix, comme paralysé. Sa mère lui avait acheté un sweat Tommy Hilfiger en solde, qu'il n'avait plus quitté pendant un an. Et il s'était juré d'y retourner, d'y être étudiant, de construire sa vie dans cette ville.

Mais il ne l'avait pas fait. Sa mère était tombée malade, et il avait dû s'occuper d'elle. Puis ils avaient tous dû travailler à la ferme, et ce rêve s'était envolé. Bien sûr, il s'était découvert un nouvel amour pour la nourriture et la cuisine quand Flora était revenue de Londres. Puis il avait rencontré Colton et était tombé amoureux, et sa vie avait pris la meilleure tournure possible. Pendant un petit moment, il avait été l'homme le plus heureux de l'univers, fermement convaincu que tout allait bien dans le meilleur des mondes.

Cela n'avait pas duré longtemps.

Et maintenant, il se retrouvait de nouveau là, à arpenter d'un pas lourd les trottoirs brillants de pluie de la vieille cité, les feuilles se flétrissant sous ses pieds, des parapluies au-dessus de la tête, des joueurs de cornemuse essayant de gagner de l'argent au coin des immenses édifices de pierre. Il ne leva pas les yeux pour admirer les vitrines somptueuses des magasins, ne jeta aucun regard furtif aux hommes qui entraient dans les cafés et auraient pu lui rendre son regard. Il réfléchissait simplement à sa vie, aux chemins qu'il avait suivis, aux autres routes qu'il aurait pu emprunter, aux autres portes qu'il aurait pu pousser.

★

Il arriva au cabinet de recrutement, le moral dans les chaussettes. En début d'année, quand il était au plus mal, Flora lui avait suggéré d'utiliser un peu de l'argent de Colton pour partir au soleil, et il était allé à Cancún, tout seul, où il avait bu des cocktails sous les palmiers et pleuré toutes les larmes de son corps. Cela n'avait pas été une grande réussite.

Les gens n'arrêtaient pas de lui dire de ne pas s'en faire, que cela prenait du temps. Le problème, c'était qu'ils le lui disaient la tête penchée, l'air triste, et il savait qu'ils étaient sincères, qu'ils se sentaient concernés. Mais, ensuite, ils vaquaient à leurs occupations, achetaient un des friands à la saucisse de Flora, caressaient le premier chien qu'ils croisaient ou allaient à la bibliothèque pour emprunter les dernières parutions. Mais lui était toujours là, enlisé dans son malheur. Ils lui consacraient deux minutes par jour et croyaient l'aider, alors qu'il se retenait pour ne pas leur hurler dessus, pour ne pas enrager en les voyant reprendre le fil de leur existence, existence rendue d'autant plus parfaite qu'ils pouvaient se féliciter mentalement d'avoir fait une bonne action pour le pauvre petit Fintan.

Le chagrin lui tapait sur les nerfs. Plus encore, il trouvait cela ennuyeux. Si ennuyeux. De se languir de Colton, à chaque seconde de la journée ; de se réveiller chaque matin en se remémorant toute cette horrible histoire ; de savoir, parce qu'on le lui avait dit, que cela ne passerait jamais, pas vraiment, que les choses étaient ainsi désormais et, oh, soit dit en passant, des tas de gens vivaient la même chose, alors il ferait tout aussi bien de s'y habituer.

Il ne voulait pas s'y habituer, songea-t-il en donnant un violent coup de pied dans un tas de feuilles, qui lui valut un regard méfiant d'un chauffeur de taxi qui passait par là. Il ne voulait rien de tout cela. Il ne voulait pas se rendre dans un cabinet de recrutement à la gomme pour trouver un chef. Il voulait être allongé dans leur grand lit, chez eux – avant qu'il ne soit transformé en lit médicalisé, puis donné à un centre de soins palliatifs de l'île principale. Il y avait longtemps, très longtemps de cela, même si cela faisait tout juste un peu plus d'un an. Il voulait y être allongé avec son mari, en train de passer en revue des CV, riant de tout et de rien, se préparant du pain perdu et ces infâmes boissons vitaminées que Colton ingurgitait avec une grimace et un frisson. Fintan avait supposé que c'était un truc de Californien.

Ce ne l'était pas.

Mais non. Il était là, tout seul, et il ne savait même pas s'il était à la hauteur de la tâche qui lui était confiée. Tout allait bien pour Flora, se dit-il. Sa vie avait pris une bonne tournure. Elle avait un petit ami, un bébé, une maison, même. Fintan ne supportait pas de vivre dans la demeure de Colton, aussi avait-il poussé Flora et Joel à la louer. Mais il éprouvait malgré tout de la rancune contre eux. Il aurait voulu la murer, tel un sanctuaire ; la conserver exactement telle qu'elle était quand ils y étaient amoureux ; que personne ne la foule, qu'aucun bébé n'y rie, qu'aucun feu n'y crépite. Chaque fois que sa sœur changeait quelque chose, il grimaçait. La jeune femme, qui en était consciente, marchait donc sur des œufs, si bien que cet arrangement ne convenait à personne.

Il atteignit le grand bâtiment de grès rouge. Le cabinet de recrutement s'appelait « L'hôtellerie du sourire ». Fintan grogna dans sa barbe. Ben voyons.

Chapitre 8

La jeune chasseuse de têtes était jolie et pleine d'enthousiasme.

– Eh bien, quel casse-tête ! La plupart de nos chefs aimeraient avoir leur propre cuisine…

Fintan regardait droit devant lui, impassible, sans toucher à la tasse de café que lui avait apportée la réceptionniste.

–… mais la localisation est…

– C'est loin, oui, la coupa-t-il sèchement. Mais on propose le gîte.

– Oui, mais, souvent, les gens ne sont pas sûrs de vouloir déraciner leur vie…

– Ah bon ?

– Mais nous avons malgré tout quelques personnes à vous faire rencontrer !

La jeune femme lui adressa un grand sourire, puis fit entrer la première personne, un barbu morose avec le nez tout rouge et les mains tremblantes. Fintan soupira intérieurement. Il s'était imaginé que recruter un chef dans une cuisine ultramoderne, avec pour mission d'élaborer un menu créatif en se servant de tous les produits locaux à sa disposition, serait suffisamment attrayant en soi. Et on pouvait dire que, sur Mure, ils avaient l'embarras du choix à cet égard : coquillages, huîtres, homards et langoustes, tous sortis de l'eau glacée au petit matin ; de bons légumes verts qui conservaient toute leur saveur dans le sol ; de la salicorne qui scintillait, telle de l'émeraude, le long des vastes plages ; des champignons sauvages, ramassés avec prudence ; de la viande de chevreuil importée de l'île principale, au goût riche, sombre comme du chocolat ; du gin de baies de sureau et de genévrier brassé sur l'île ; de la rhubarbe à profusion.

Sans oublier l'hébergement de luxe sur une île magnifique... il s'était dit que cela en ferait rêver plus d'un. Mais, à présent, en ville, les victimes de burn out se succédaient devant lui : de vieux chefs qui avaient roulé leur bosse, des restaurateurs pour touristes, incapables de faire autre chose que des scampis et des frites ou du poulet servi dans un panier. Des opportunistes et des bons à rien débraillés, dont il n'était pas vraiment certain qu'ils ne briguaient pas seulement le gîte et le couvert. La carrière de chef était éprouvante, et la consommation d'alcool et de drogue souvent élevée dans ce milieu. Tout le monde n'en sortait pas indemne. Et les personnes que « L'Hôtellerie du sourire » avait sélectionnées pour lui n'étaient pas franchement le haut du panier.

Il avait espéré trouver quelqu'un d'aussi passionné que lui, qui verrait l'énorme potentiel de leur petite île perchée au sommet du monde. Mais les entretiens s'enchaînaient, en vain. Il avait prévu de s'entretenir avec tous les candidats, puis que ceux qu'il retiendrait lui prépareraient à manger dans la cuisine installée dans les bureaux. Or, jusque-là, il n'aurait laissé aucun de ceux qu'il avait rencontrés lui faire ne serait-ce qu'un sandwich.

– Je ne pense pas que cela va fonctionner, dit-il à la recruteuse alors qu'ils faisaient une pause.

Cette fois, il goûta le café. Il n'était pas si mal, en réalité.

Elle acquiesça.

– Je m'en rends compte… c'est juste la localisation…

– Oui, vous l'avez déjà dit. La localisation est géniale, en réalité.

– Nous avons encore deux autres personnes à vous faire rencontrer.

Fintan jeta un coup d'œil à sa montre. Son avion ne partait que dans la soirée, et il n'avait rien d'autre à faire ; il n'avait envie d'aller nulle part, envie de ne rien voir. Les lumières vives des magasins, des clubs gays et des restaurants n'avaient plus aucun attrait à ses yeux. Être malheureux était si ennuyeux, se dit-il à nouveau.

– D'accord, allons-y.

La jeune femme consulta alors son téléphone, l'air inquiet. Le candidat suivant était en retard. Un peu. Voire beaucoup.

– Je suis désolée, commença-t-elle, mal à l'aise. L'un d'eux vient tout juste de se désister… Apparemment, un de ses amis est passé tout à l'heure en entretien…

Fintan fronça les sourcils.

– Qu'est-ce que vous voulez dire ?

Les lèvres de la jeune femme se contractèrent.

– Oh, rien.

– Quoi ? s'obstina Fintan, avant de réaliser. Quoi, c'est à cause de moi ?

– Je ne saurais vous le dire, répondit la chasseuse de têtes, qui s'appelait Marian et trouvait très décevant que Fintan soit homosexuel, parce qu'elle avait un gros faible pour les beaux bruns colériques.

Même si cela ne lui avait apporté que des malheurs dans la vie, songea-t-elle : elle l'avait donc échappé belle. Quoi qu'il en soit, le bouche-à-oreille avait déjà fonctionné, et personne ne voulait travailler pour un rabat-joie sur une île où, avec un peu de chance, le thermomètre passerait la barre des 12 degrés en juillet.

Fintan croisa les bras.

– C'est pas vrai ! s'écria-t-il avec colère, quand la porte s'ouvrit d'un coup.

– JE SUIS EN RETARD ! annonça l'homme grand, très mince, qui se tenait dans l'embrasure de la porte.

Il portait un jean et un tee-shirt un peu sales. Il avait les bras entièrement recouverts de tatouages graphiques, n'était pas rasé et ne semblait pas plus propre que cela. Il avait aussi un accent prononcé. Fintan soupira intérieurement. Il aurait donc fait tout cela pour rien. Aucun chef digne de ce nom ne voudrait jamais venir travailler pour lui. Flora avait tenté de réduire au maximum ses tâches et, pour autant, il n'avait pas réussi à s'occuper de la seule chose (la cuisine) qui était censée lui plaire, à laquelle il était censé s'intéresser.

– Oui, merci, Gaspard, je vois ça, répondit Marian d'un air guindé.

Ses lèvres se pincèrent. Elle aimait les hommes sombres, pas ceux qui étaient ridicules.

Gaspard entra dans la pièce, puis s'installa sur une chaise avec insolence.

– Donc, une cuisine. Au milieu de l'océan.

Il avait un accent français à couper au couteau. C'en était presque risible. Fintan n'aurait pas été surpris d'apprendre qu'il était en réalité originaire de Basingstoke et jouait la comédie.

– Je croyais que vous étiez rentré à Marseille, dit Marian en feuilletant les CV.

Gaspard haussa les épaules.

– Les rues sont aussi sales que les chiens errants, là-bas. Et il y a des chiens errants dans les rues.

– On m'a dit que c'était une jolie ville.

– Pas mon Marseille.

Une petite barbe de trois jours ornait ses joues, et il semblait vraiment avoir besoin de prendre un bain. Il resta assis, l'air sombre lui aussi, les bras croisés, comme furieux de devoir passer un entretien (ce qui était bien sûr le cas), pendant que Fintan tentait de lui expliquer la situation au *Rock*. Alors que son éventuel employeur était toujours en train de parler, il regarda autour de lui.

– Vous voulez que je cuisine, *ou quoi**[1] ? demanda-t-il, lui coupant la parole.

– Eh bien, j'essaie juste de vous expliquer que…

– *Oui, oui**, mais si vous détestez ma cuisine, c'est une perte de temps pour tout le monde, *non** ? Ça ne sert à rien de parler, parler, parler. Bla bla bla.

Sans attendre de réponse, il se leva pour entrer d'un pas raide dans la petite cuisine.

– Marrriiiaaann ! cria-t-il. Il n'y a rien ! Il n'y a rien, là-dedans.

– Vous connaissez ce type ? l'interrogea Fintan.

Elle opina du chef.

– Il est spécial, non ?

– Euh…

Elle ne voulait pas paraître non professionnelle.

Fintan, déchiffrant son expression, poussa un gémissement.

– Mais ! ajouta Marian au moment où un brûleur à gaz s'allumait avec un bruit sec. Il sait cuisiner.

---

1. Tous les mots en italique suivis d'un astérisque sont en français dans le texte (N.d.T.).

Chapitre 9

Fintan se rendit dans la cuisine pour voir ce que Gaspard faisait. En l'occurrence, fumer une cigarette à la fenêtre, au mépris flagrant des réglementations en matière d'incendie et de toutes les pancartes accrochées aux murs.

– Qu'est-ce que vous faites ? l'interrogea Marian.

– Je fais suer l'oignon. Personne ne le fait correctement. Ils ne le laissent pas assez longtemps. Ils sont trop pressés. Et, du coup, c'est *dégueulasse**.

Il secoua tristement la tête, puis se pencha en arrière, s'éloignant tant du rebord de la fenêtre que Fintan craignit qu'il ne tombe.

Il ne put s'empêcher de grimacer. Après avoir jeté sa cigarette par la fenêtre, Gaspard se remit aux fourneaux sans se laver les mains. En entendant le soupir angoissé de Marian, il se rendit théâtralement près de l'évier pour le faire. Il ajouta ensuite du bacon finement haché dans la poêle, puis fit réduire du vin blanc qu'il avait déjà goûté, directement à la bouteille, avant de faire la leçon à Marian sur le *terroir**, lui expliquant qu'il fallait être idiot pour acheter un vin moins bon que son vin de table habituel pour cuisiner, mais qu'il fallait aussi être idiot pour acheter ce vin à la fois pour cuisiner et pour le boire. Alors où se plaçait-elle ? Il finit par saisir des coquilles Saint-Jacques dans une autre poêle, agrémentées de fenouil et nappées de sauce à la crème, et leur servit le repas le plus léger, le plus savoureux, que Fintan avait mangé depuis longtemps, accompagné d'une bouteille de vin un peu plus acceptable que le chef avait dénichée dans le fond du placard.

– *Tenez**, grommela-t-il en avalant son plat, tel un ours dégingandé.

Puis il disparut, Marian ayant insisté pour qu'il aille fumer dehors.

– Je le prends, annonça Fintan.

– Êtes-vous sûr ? C'est un vrai cochon. Et il ne fait jamais long feu à un poste.

– Dans ce cas, pourquoi me l'avez-vous présenté ?

– Parce qu'on... on n'avait pas beaucoup de candidatures.

– Eh bien, vous en êtes débarrassée, dit Fintan au moment où Gaspard revenait, hurlant dans son téléphone, à pleins poumons, ce qui était manifestement des obscénités.

– Pour l'instant, répliqua Marian en ramassant les assiettes d'un air abattu. À la semaine prochaine, Gaspard.

Chapitre 10

La semaine suivante, Isla monta les marches de l'hôtel avec une certaine appréhension.

Elle était déjà venue au *Rock*, en général en qualité de serveuse lors de soirées. C'était différent alors : elle ne faisait qu'entrer et sortir par la porte de service, vêtue d'une jupe noire et d'un chemisier blanc, pour faire passer des bouchées à la panse de brebis farcie et remplir le verre des invités, sauf celui de Wullie Stevenson, qui demandait un peu trop souvent à être resservi, même aux yeux de Colton, qui était pourtant très généreux.

Pour elle, ce n'était que la grande demeure sur la colline, l'hôtel. Elle n'avait jamais envisagé qu'un jour, elle pourrait y travailler pour de bon.

Nerveuse, elle tripotait la fermeture éclair de son blouson matelassé. Serait-elle à la hauteur de la tâche ? Flora semblait lui faire confiance, mais elle avait la tête ailleurs à cause du bébé, de son grincheux petit ami et de Fintan, qui était si malheureux, et elle ne se sentait peut-être pas vraiment concernée.

Isla n'avait pas toujours manqué de confiance en elle. Quand son père… Enfin. Il ne servait à rien de penser à cela maintenant.

Les imposantes portes en chêne étaient ouvertes, et un grand feu brûlait dans la cheminée. La réceptionniste, Gala, une belle Américaine, était la nièce d'un collègue de Colton. Censée faire un stage en entreprise, elle se retrouvait à en faire plus que prévu, mais gardait le sourire.

– Isla ! Oui ! Bien sûr ! J'ai ton nom juste ici ! piailla-t-elle.

Isla regarda autour d'elle. Passé le hall accueillant, où crépitait le feu, la cuisine était froide, dépouillée ; le restaurant, endormi, désert. Il y avait tant de chaises à remplir, tant de bouches à nourrir. Flora n'arrêtait pas de lui répéter qu'elle ferait exactement la même chose qu'avant, mais à plus grande échelle, et qu'elle aurait un patron, mais elle n'en était pas sûre. Pas sûre du tout.

Elle passa les lourdes portes battantes au fond du restaurant pour entrer dans la cuisine. Elle était immense ! Des brûleurs et des grils ultramodernes, des chambres froides, un four à bois pour le pain – ouah ! Colton ne s'était rien refusé. Des étagères vides pour le beurre, les œufs, la farine, tout ce dont elle pourrait avoir besoin ; le tout impeccable, bien rangé, flambant neuf.

Eh bien, se dit-elle. *Peut-être*. Elle pourrait peut-être y arriver. Son père aurait été content, songea-t-elle. Roddy adorait sa fille unique. Survenue suite à un accident de pêche, cette industrie ayant toujours été aussi dangereuse, sa mort avait brisé le cœur de tous les Muriens. Surtout celui de sa fille. Et elle avait rendu celui de sa mère dur comme la pierre, murmurait-on sur l'île.

⋆

Le dernier étage de la maison, où se trouvaient les chambres de bonnes, avait été réaménagé, de façon à être le plus confortable possible pour les saisonniers : Gala s'était déjà octroyé la meilleure chambre, dans le coin.

Fintan était descendu au village pour accueillir Gaspard à la descente du ferry, et Isla l'avait accompagné. La jeune fille lui jeta un regard timide ; il la terrifiait un peu.

– Bonjour ? Je suis Isla ? Des cuisines...

– Oh oui, bonjour.

Comme toujours, il se mura aussitôt dans un silence maussade, au cas où elle se mettrait à parler de Colton ou lui demanderait comment il allait, question qui le lassait et qu'il n'encourageait pas.

– J'ai bien peur que le chef ne soit pas très emballé en arrivant, fit remarquer Isla de sa voix tranquille.

– Ils sont deux : il est accompagné d'un commis.

En effet, il faisait un temps épouvantable. La grêle leur cinglait le visage ; Isla disparaissait sous la capuche remontée de sa doudoune ; Fintan portait un manteau hors de prix et une écharpe en cashmere, mais avait le haut des oreilles rose vif.

Il eut un sourire triste.

– On n'est pas sur l'île d'Antigua, en effet.

– J'ai apporté du chocolat chaud, dit Isla en ouvrant son sac. Pour lui... leur souhaiter la bienvenue, si la traversée a été mauvaise. En voulez-vous un peu ?

Fintan s'apprêta à refuser (il mangeait rarement ces derniers temps et n'avait jamais vraiment faim ni soif), mais il sentit qu'il avait les doigts gelés, même dans ses gants en cuir.

– Volontiers.

Elle lui servit une tasse du liquide chaud et mousseux, y ajoutant généreusement quelques marshmallows. Il se réchauffa les mains, puis en but une gorgée : il n'en avait jamais goûté d'aussi bon, il était riche, mais pas trop sucré. Un véritable délice, qui évoquait Noël et la chaleur d'un foyer.

– Ça alors, c'est un vrai régal.

La jeune fille sourit.

– On le perfectionne depuis des années au café. Vous ne l'avez jamais essayé ?

– Ce n'est pas très bon pour la santé.

Isla ne répondit pas, puisqu'elle n'était pas du tout d'accord avec lui : une bonne boisson lactée, substantielle, par une froide journée ne pouvait sans doute faire de mal à personne. Elle aperçut alors le ferry qui approchait, en rebondissant sur les flots gris.

Fintan fixait les vagues qui déferlaient contre le quai. Leur martèlement accompagnait ses moindres faits et gestes, ou presque, depuis si longtemps, que, comme la plupart des îliens, il ne l'entendait même plus. Il but une autre gorgée de son chocolat. Il était vraiment très bon.

– Il faut qu'on serve ça au bar.

Isla acquiesça.

– On pourrait y ajouter un doigt de whisky, pour en faire un genre d'Irish coffee, proposa-t-elle. En meilleur.

Fintan acquiesça à son tour.

– Ce serait meilleur, en effet. Il faudrait que je note ça.

La jeune fille sortit son téléphone.

– Chocolat chaud au whisky, dit-elle.

Fintan la dévisagea.

– Tu parles à ton téléphone ?

Elle s'empourpra aussitôt. Elle détestait se faire remarquer, pour quoi que ce soit.

– Euh, oui, répondit-elle à voix basse. Quand il faut que je me rappelle quelque chose, mais que je n'ai pas envie d'‘ôter mes gants.

– En voilà une bonne idée !

Puis ils se turent à nouveau, observant le ferry qui commençait à reculer dans l'eau bouillonnante pour se mettre à quai.

⋆

Gaspard avait repéré le jeune homme mince, l'air un peu perdu, assis dans un coin du bar à bord du ferry quasi vide. Le mois de novembre n'était pas franchement la meilleure saison pour faire un saut sur les îles du nord de l'Écosse, et il n'y avait presque aucun passager : quelques agriculteurs de retour du marché, leur Land Rover garée sur le pont inférieur, en train de boire un petit verre au bar ; un groupe de dames qui étaient allées faire du shopping et voir un spectacle à Glasgow, qui riaient gaiement, sur leur trente et un, si ce n'était qu'elles avaient réenfilé leur polaire sur leur tenue, maintenant qu'elles s'apprêtaient à réintégrer le monde réel ; et un jeune homme blond, athlétique, qui semblait maussade, pas du tout à sa place.

– Salut, lui avait dit Gaspard. Est-ce que tu vis dans ce trou perdu ? Hein ? Est-ce que tu peux m'en parler ?

Konstantin avait secoué tristement la tête.

– J'ai été banni, avait-il répondu dans un anglais parfait, avec une toute petite pointe d'accent. On m'a puni.

– Moi aussi. Sauf que je n'ai rien fait de mal. RIEN !

Il s'était alors dirigé d'un pas décidé vers le petit comptoir en laiton, où il avait sonné la cloche de quart, qui n'était en réalité là que pour décorer, comme le lui avait clairement fait comprendre le barman en se relevant de derrière le comptoir, où il rangeait des verres. Gaspard lui avait posé plusieurs questions sur le vin, auxquelles le jeune matelot n'avait rien compris et avait été incapable de répondre, puis il avait désigné une bouteille, qu'il avait commandée en entier. Après avoir vu l'air affligé de Konstantin, il avait pris un autre verre et lui avait proposé de venir s'asseoir avec lui pour lui raconter ses malheurs, encouragé par une deuxième bouteille de vin infect, qui n'était plus si mauvais une fois arrivés à la moitié.

Bref, le temps que le ferry atteigne Mure, le soleil plongeant sous l'horizon, sans autre lumière en vue que celle des plus gros navires, ils étaient tous les deux a) bons amis et b) ivres morts.

★

Fintan était déconcerté.

– *VOILÀ**! hurla Gaspard en tournant son visage dans le vent.

La grêle avait commencé à tomber et lui lardait la figure, tels de petits coups de poignard.

– Bienvenue en enfer, *non**?

Konstantin, lui, titubait. Il traversa la passerelle en chancelant, le mouvement de l'eau et le vin franchement râpeux ayant sans surprise fait leur effet, pour vomir par-dessus bord, sous le regard horrifié d'Isla.

– Oh non, lâcha Fintan.

Chapitre 11

Gaspard ne cessa de poser des questions, très fort, pendant que Fintan accompagnait tout le monde au *Rock*, l'air sombre, Isla silencieuse à côté de lui. Konstantin avait été embauché par l'intermédiaire d'un client de Joel, et Fintan était consterné. Quel genre de jeune homme fallait-il être pour se soûler en se rendant à son premier emploi ?

Gaspard, quant à lui, semblait déterminé à prouver pourquoi il ne pouvait trouver de travail nulle part, si ce n'était au bout du monde – personne ne voulait vivre dans les îles, et personne ne voulait travailler pour lui. Fintan était plus amer que le vin qui clapotait dans l'estomac des deux hommes. Toute cette entreprise (la prunelle des yeux de Colton, le rêve de sa vie) allait être un fiasco. Fintan allait échouer en beauté.

– Alors, est-ce que vous avez une cave à vins ?

– Vous ne pouvez pas rester, si vous buvez, répondit posément Fintan.

– Je n'ai pas bu un seul verre sur ce sol ! protesta Gaspard à cor et à cri. Pas un seul ! Je célébrais la fin de ma vie d'homme libre.

– Ce n'est pas la prison, ici, rétorqua Fintan d'un ton brusque.

– Oh si, si, ça l'est, en réalité, intervint le plus jeune des deux, qui, jusque-là, était resté très vert et très silencieux.

Tout à coup, il se mit debout à l'arrière de la voiture et cria.

– ARRÊTEZ LA VOITURE !

Supposant qu'il allait de nouveau vomir, Fintan obtempéra. Konstantin sortit aussitôt du véhicule pour se mettre à courir en direction du bateau, qui faisait le plein, se préparant pour la traversée retour.

– Eh bien, il n'a pas fait long feu, commenta Isla.

Ils le regardèrent tous descendre la colline au pas de charge, en agitant les bras et en hurlant en direction des hommes qui enlevaient la passerelle.

– ATTENDEEEEZZZZZ ! hurla-t-il sous le regard atterré du petit groupe.

– Je déteste mon travail, lança Fintan d'un air abattu.

– Moi aussi, dit Gaspard avant de sortir une cigarette et de réussir à l'allumer, comme par miracle, malgré la force du vent.

⋆

– J'ai oublié mon chien ! annonça Konstantin d'une voix haletante au capitaine du bateau.

L'homme, grand et sympathique, n'avait pas du tout été impressionné par ces deux hommes, qui venaient travailler sur Mure. Comme tous les autres résidents de l'île, le sort du *Rock* lui tenait à cœur.

– Sans blague ?

De mauvaise grâce, il détacha la corde qui bloquait l'accès à la passerelle, et Konstantin, y voyant un peu trouble, se précipita dans la cale, où Bjårk l'attendait dans sa caisse de transport, un peu juste pour lui.

– BJÅRK ! Je suis sincèrement désolé. Je suis une horrible personne. Vraiment horrible. Enfin, c'est ce que tout le monde dit, en tout cas. Je devais être dans un mauvais jour, ajouta-t-il en s'agenouillant.

Le chien était tout à fait disposé à lui pardonner : il voulait seulement sortir de sa caisse et, dans l'idéal, manger un petit encas, voire deux. Konstantin fouilla dans sa poche et y trouva un paquet de chips qu'il avait acheté au bar et dont il avait complètement oublié l'existence. Il l'ouvrit, les sentit (sans reconnaître leur arôme), puis les donna à Bjårk, pour qui cela avait peu d'importance.

Le capitaine le fixait toujours.

– Vous donnez des chips à vot' chien ? l'interrogea-t-il, incrédule. Au chien que vous aviez oublié en partant ?

Il secoua la tête, plaignant Fintan. Konstantin lui rendit son regard hautain. Il était habitué à ce que tout le monde soit gentil avec lui, aux petits soins. Personne ne se fâchait jamais contre lui, sauf son père, bien sûr.

Au lieu de répondre, il tira Bjårk derrière lui (le chien refusait de quitter le bateau, avec toutes les odeurs fascinantes qui embaumaient l'air), puis traversa la passerelle avec le plus de dignité possible – c'est-à-dire pas beaucoup, étant donné qu'il était à moitié ivre, trempé et traînait derrière lui une énorme bête poilue qui avait le museau recouvert de miettes de chips.

⋆

Fintan et Isla, debout près de la voiture, les regardèrent approcher. Gaspard, resté assis à l'arrière, ravi, leur faisait de grands signes enthousiastes.

– Bonjour, *Monsieur Chien*⋆ ! cria-t-il avec entrain.

En réponse, Bjårk remua la queue.

– Bien, on peut y aller, maintenant, annonça Konstantin avec raideur en atteignant la voiture.

– Mais… mais… bredouilla Fintan, quand le chien s'approcha de lui pour venir lui lécher la main.

Pour une raison mystérieuse, cette bête sentait la crevette. Elle laissa pendiller sa langue, toute contente.

– On n'a pas la place pour un chien !

Isla lui jeta un regard en coin. Les chiens de Colton, deux huskys qui coûtaient une petite fortune, vivaient au *Rock* et y étaient parfaitement heureux : tout le monde appréciait leur présence, même s'ils avaient été dressés pour vous dépecer en entendant un mot-clé que Colton semblait avoir emporté avec lui dans la tombe et que Fintan craignait de dire un jour par accident.

– Et on n'a jamais dit que les chiens étaient autorisés.

– D'accord, répondit Konstantin.

Blasé, le jeune homme tourna les talons pour aller reprendre le ferry. Isla fit les gros yeux à Fintan.

– Bon, d'accord, finit par dire ce dernier. D'accord. Remonte. On s'occupera de ça plus tard.

Sur ce, la Land Rover redémarra, et cette drôle d'équipe poursuivit son chemin en silence.

Chapitre 12

Le fait que Flora s'attache à tous ceux qui avaient un chien n'arrangea rien. À leur arrivée à l'hôtel, elle trouva cette histoire tordante, ce qui fit enrager Fintan. Elle considéra Konstantin de la tête aux pieds. Cela ne ressemblait pas du tout à Joel de faire ce genre de demande, pour quiconque, et tout avait été arrangé dans le plus grand secret, si bien qu'elle ne savait absolument rien au sujet du jeune homme, si ce n'était qu'il était norvégien et, à ce qu'elle voyait, un peu comateux. Il se dressait dans l'embrasure de la porte, ses cheveux blonds lui tombant sur un œil, et fixait le *Rock* comme s'il n'avait jamais vu d'hôtel aussi minable.

– Bien. Isla, peux-tu montrer à Konstantin où il va dormir et lui faire visiter la cuisine ? Et Gaspard... ?

Mais Gaspard avait déjà filé. Tout au bout du long couloir, Flora entendit un brûleur à gaz s'allumer dans un souffle. Elle fronça les sourcils. Fintan lui avait dit que le chef était « fantasque ». Cela semblait aller un peu plus loin : « fou, ivre et couvert de tatouages » se rapprochait plus de la réalité. Fintan lui-même était complètement abattu ; il mourait d'envie de se sauver, alors qu'il devrait être en train d'aider tout le monde à s'installer, de prendre en main sa nouvelle équipe. Mon Dieu.

C'était peine perdue. Elle eut soudain envie d'être à la maison, pelotonnée contre Dougie et Joel, devant une émission de télé vraiment idiote, dans l'idéal. Elle avait un mauvais pressentiment au sujet de…

– OH, BONJOUR ! COUCOU !

Elle se retourna lentement. C'était Jan, qui dirigeait le programme « Aventures en plein air ».

Flora n'aurait jamais admis avoir une ennemie jurée. Mais, si elle avait dû en avoir une, cela aurait été Jan, qui ne lui avait jamais vraiment pardonné d'avoir échangé un baiser avec son petit ami, des années plus tôt. Baiser qui avait duré environ deux secondes. Mais Flora soupçonnait (à raison) que ce qui agaçait vraiment Jan, c'était qu'elle avait aussitôt tourné la page, puisqu'elle était tombée amoureuse de Joel.

Christabel, la fille de Jan, était collée contre sa mère, dans une écharpe de portage tissée main, étrangement, elle semblait chercher la confrontation. La petite avait le visage rouge, les sourcils épais de Charlie, et un air renfrogné.

– Bonjour, dit Flora en adressant au moins un sourire à Christabel.

Battant des paupières, Jan prit une voix remplie de pitié.

– Oh, Flora. Où est le petit Douglas ?

– À la maison, avec mon père. À dix minutes de marche. J'y retourne, justement.

Jan eut un sourire compatissant.

– C'est si dur d'être séparés, n'est-ce pas ? C'est tellement dommage que tu ne puisses pas le garder avec toi. C'est regrettable que tu n'aies pas eu de congé maternité.

– En fait, je suis en congé maternité en ce moment même. Je suis juste passée faire un saut.

Tout à coup, ils entendirent jurer et crier en français dans la cuisine.

– Flora, est-ce que tu peux aller voir ce qui se passe ? cria Fintan en partant aussi sec dans la direction opposée.

– Tu sais, je ne pose jamais Christabel, poursuivit Jan. Jamais ! On appelle ça le « maternage ». C'est comme cela que faisaient nos ancêtres, autrefois.

Avant d'attraper la scrofule et de mourir à trente-deux ans, songea Flora, se retenant de justesse de ne pas le dire à voix haute.

– On est toujours ensemble, elle et moi. La maman et son bébé ! Comme il se doit.

Christabel grimaça, l'air énervé.

– Bien sûr, c'est différent avec les filles, rajouta Jan.

– Ah oui ? demanda Flora, réellement curieuse, avant de s'en vouloir d'avoir mordu à l'hameçon.

Elle savait qu'il fallait qu'elle garde ses distances, mais Jan était la seule personne avec un bébé autour d'elle, et elle aurait aimé lui poser tout un tas de questions, comme : était-ce normal d'avoir parfois envie de laisser son bébé ? Ou : était-ce grave de lui en vouloir un peu d'être tout le temps morte de fatigue ? Mais, à l'évidence, pour Jan, c'était une partie de plaisir.

– Oh, oui. Les filles et leur maman. Un lien spécial les unit.

Flora pensa à sa mère, morte bien trop jeune, et eut un sourire triste.

Jan s'adressait maintenant à sa fille.

– Le pauvre petit Douglas n'a pas la chance de passer du temps avec sa maman, lui, dit-elle avec une voix de bébé, en remuant les petits doigts de Christabel. Pauvre bébé Douglas.

– Est-ce que je peux faire quelque chose pour toi, Jan ? l'interrogea Flora, réalisant trop tard qu'elle avait laissé paraître son agacement, ce qui, dans l'esprit de sa rivale, équivalait à une victoire.

– Oh, oui ! Le repas de Noël pour les sponsors d'« Aventures en plein air ». Mais, Flora, ce sont… ce sont des gens importants. Des sponsors et des gens qui viennent de l'île principale. Tu sais, la *Seaside Kitchen* est mignonne tout plein, mais ces gens… ils ont certaines attentes.

Flora prit une profonde respiration, inspirant par le nez avant d'expirer par la bouche. Le plus énervant dans tout cela, c'était qu'ils avaient besoin de se faire la main ; ce serait l'occasion pour la cuisine de faire ses preuves avant l'ouverture, à Noël.

– Eh bien, nous avons un nouveau chef : nous aurons donc plusieurs menus à te proposer.

– Oh, parfait, répondit Jan en faisant applaudir Christabel avec ses minuscules mains. Non pas que tu ne sois pas douée pour ce que tu fais. Mais, tu sais, un vrai chef…

Un grand fracas retentit alors dans la cuisine, et Gaspard traversa le hall d'un pas déterminé. Ils avaient beau lui avoir commandé des tenues blanches toutes neuves, avec son nom brodé dessus, il portait un vieux pantalon à carreaux, un paquet de cigarettes dépassant de la poche arrière.

– Votre frigo… il n'est pas bien. Votre four… il n'est pas bien. Vos placards, pas bien. *Pouf* !* il faut tout changer.

Jan était éberluée.

– Oui, je suis sûre que c'est vrai.

Gaspard s'interrompit.

– Bonjour, petit bébé, murmura-t-il d'une voix douce que Flora n'avait encore jamais entendue chez lui. Ah, elle a l'air très *sage**.

Christabel gazouillait en regardant Gaspard. Elle avait le teint pâle et les joues rondes de son père.

Jan agita la main devant le visage de sa fille.

– Je suis désolée, mais je n'aime pas que les fumeurs s'approchent de mon bébé !

Gaspard la dévisagea longuement, puis jeta un coup d'œil à ses mains, comme s'il tenait une cigarette allumée entre ses doigts sans s'en rendre compte (ce qui, pour être honnête, était toujours possible). Quand il se recula, la petite se mit à hurler.

– Bon, envoyez-moi les menus, insista Jan. Nous serons trente.

– Et comment est-ce que je vous envoie les menus ? l'interrogea Gaspard, perplexe.

– Contentez-vous-de-nous-dire-ce-que-vous-faites, précisa Jan en parlant très fort et très clairement, comme elle le faisait toujours avec les étrangers. Nous aimerions une dinde avec toutes ses garnitures, un plat végétarien et un autre sans gluten.

Gaspard la considéra à nouveau longuement, puis regarda Flora, l'air de dire : *mais qu'est-ce que vous voulez que je fasse de cette nana ?* La jeune femme devait ménager la chèvre et le chou.

– Nous te proposerons vite quelque chose, dit-elle à Jan, qui parut sceptique en s'apprêtant à partir.

– Nous nous attendons naturellement à une belle remise, cela va sans dire. C'est pour une association caritative, après tout, et, pour vous, ce n'est qu'un coup d'essai. Vous devriez même le faire gratuitement, conclut-elle de manière appuyée.

– Si tu veux que ton événement se passe bien, il te faut les meilleurs produits, répondit Flora d'un ton doucereux.

La famille de Jan était l'une des plus riches de l'île.

– Ce qui a un prix, j'en ai bien peur, rajouta-t-elle.

– Des produits qui, mystérieusement, viennent tous de votre ferme.

Flora sourit à nouveau du mieux qu'elle put, puis la poussa vers la sortie.

– Je ne cuisine pas de dinde, la menaçait déjà Gaspard, à portée de voix.

– C'est Noël ! rétorqua Flora. S'il te plaît ! On n'en finira jamais, sinon. S'il te plaît, fais de la dinde pour Noël.

– C'est dégoûtant, la dinde. C'est un énorme poulet, tout sec ! Un énorme poulet tout sec et malheureux !

– Je ne suis pas certaine que…

– Je ne mange pas d'animaux malheureux ! Les dindes sont malheureuses… C'est pour ça… que les gens se disputent autant à Noël, conclut-il après un temps d'arrêt, avec emphase.

Flora le dévisagea.

– Mais de quoi est-ce que tu parles ?

– Les gens, ils sont tellement tristes qu'ils se disputent à Noël. Ouin, ouin. Tout le monde est triste. Comme dans *EastEnders*.

– C'est un feuilleton télé.

– À Noël, tout le monde se dispute.

– Tu es en train de me dire que, si les gens se disputent à Noël, c'est parce que les dindes sont malheureuses, c'est ça ?

– *Exactement**, oui.

Un ange passa.

– Alors, qu'est-ce que tu ferais… ? se risqua-t-elle à demander.

– De l'oie. On mange de l'oie à Noël. C'est savoureux.

– Et les oies sont heureuses, elles ?

– Tu as déjà vu une oie ?

– Oui, répondit Flora, qui avait une peur bleue de ces bêtes depuis toute petite, quand on l'avait emmenée dans une réserve naturelle sur l'île principale et que l'une d'elles avait failli lui casser un bras.

– Les oies sont féroces ! Elles sont fortes ! Elles détestent tout le monde ! CA CAR !

– Les oies ne font pas ce bruit-là. Elles font coin-coin, comme le canard !

– Les oies ont une belle vie. Elles vous disent qu'elles vous détestent. CA CAR ! Et tout le monde détale. Les oies sont heureuses.

– Mais on ne servira pas de foie gras.

– Si, du foie gras ! Les oies sont très, très heureuses : elles mangent tout le temps. Du foie gras, s'il te plaît.

– Non. Pas de foie gras, c'est cruel.

– D'accord, répondit-il, absolument pas perturbé. Des oies élevées en plein air.

– Merci.

– CA CARRRRRR !

– COIN-COIN !

Je l'aime bien, songea Flora.

Chapitre 13

Cela s'était produit le mois précédent. En pensant à lui, Joel le savait, Colton avait légué de sa part une grosse somme d'argent à l'aide sociale à l'enfance. C'était déjà assez gênant en soi, mais ils lui avaient aussi demandé de venir parler de son enfance et de sa nouvelle vie en Écosse avec un bébé, ainsi que de l'hôtel de Colton. Ce qu'il avait fait.

Après son discours, Joel s'était retrouvé assis à côté d'un Norvégien, petit et corpulent.

– Vous venez d'avoir un bébé ? lui avait demandé cet homme.

Joel avait acquiescé.

– Comment est-ce que ça se passe ?

Joel avait esquissé un sourire : il était rarement plus démonstratif en public. Il s'était levé à quatre heures du matin pour donner son biberon à Douglas, pendant que Flora dormait. Nageant dans le bonheur, il s'était rappelé de s'occuper des illuminations de Noël de Colton (ce dernier avait fait un legs généreux afin de mieux décorer l'île pour Noël) et, en parcourant du regard la pièce élégante dans laquelle il se trouvait à Londres, avec son énorme sapin argenté et ses boules modernes, il s'était à nouveau dit qu'il fallait qu'il y pense. Malheureusement, quelqu'un lui avait offert la possibilité de montrer des photos de Douglas, et cela lui était aussitôt sorti de la tête.

– Oh, il… il est génial.

Il avait alors dégainé son téléphone pour faire défiler des clichés du petit garçon aux yeux noirs. L'autre homme avait eu un sourire triste.

– Ah, avait-il dit avant de soupirer. Après, ils grandissent.

– Avez-vous des enfants ? l'avait interrogé Joel, qui était persuadé, comme tout jeune parent, que son bébé serait forcément différent des autres.

– Un fils. Du genre fainéant, avait répondu l'homme en clignant des yeux. Il faut qu'il trouve du travail, en fait.

Il y avait eu un blanc.

– Quel genre de travail ? lui avait demandé Joel avec circonspection.

L'idée d'embaucher des jeunes privilégiés ne le réjouissait pas plus que cela : ils avaient tendance à être plus lents que les autres, et carrément horrifiés quand on leur demandait de travailler tous les jours, quand on ne s'extasiait pas devant leurs réalisations ou qu'on leur apprenait qu'ils ne seraient pas directement promus.

– Oh, n'importe quoi. Il faudrait qu'il commence au bas de l'échelle. Il n'a jamais eu de vrai travail. Auriez-vous quelque chose à la portée d'un crétin ?

Joel avait souri.

– Sans doute, mais je suis certain que vous ne voudriez pas…

Or l'homme commençait à trouver cette idée séduisante. Il but une autre bonne gorgée de vin.

– Non, faites-le. Faites-lui récurer les sols et faire la plonge. J'insiste ! Si vous le faites, je parrainerai l'association, moi aussi. Oui. C'est entendu.

Joel aurait donc difficilement pu refuser. Et tout avait été organisé.

★

À présent, Isla attendait dans la cuisine, l'œil sur sa montre. Le petit nouveau, Konstantin, devait prendre son poste. Tous les autres étaient là, mais il n'avait pas encore fait son apparition. Ce qui n'était pas idéal, puisqu'il vivait sur place, à l'étage. Gaspard était en retard, lui aussi, mais la jeune fille s'y était plus ou moins attendue. Malgré tout, c'était agaçant.

Subitement, les portes battantes qui donnaient dans la salle de restaurant s'ouvrirent d'un coup, et deux personnes entrèrent : Gaspard et une femme quelconque, au teint terreux.

– Voici Kerry. Ma sous-chef.

– Fintan est-il au courant ? lui demanda Isla, sourcils froncés.

Gaspard haussa les épaules.

– Je m'en fiche. J'ai besoin de plus d'aide. C'est un gros travail.

Kerry était déjà en train de nouer un calot sur sa tête. Isla voulut lui faire un sourire pour lui dire bonjour, enthousiaste à l'idée d'avoir une copine dans la cuisine pour remplacer Iona, mais Kerry lui répondit d'un regard glacial.

– Où est le jeune qui fait la plonge ? demanda Gaspard en parcourant la pièce du regard.

– Je ne crois pas qu'il soit encore levé, hasarda Tam, un roux flegmatique qui venait d'une des fermes les plus au nord de l'île et était prêt à faire n'importe quel travail dans cet hôtel, tant qu'il n'avait pas à passer ses journées à crapahuter à flanc de colline sous les trombes d'eau pendant les quarante années suivantes, comme son père, ses trois oncles, ses trois frères et ses neuf cousins le faisaient tous.

Il récurerait le sol à la brosse à dents, si cela pouvait lui éviter de porter neuf blousons et de devoir coudre son caleçon à ses vêtements.

– Eh bien, va le chercher !

Tam fronça les sourcils.

– Où loge-t-il ?

Gaspard haussa les épaules. Isla poussa un soupir.

– Est-ce que tu le sais ? l'interrogea le chef.

La jeune fille vira au rouge vif. Elle n'aimait pas être désignée pour faire quoi que ce soit.

– Comme vous, sous les toits…

– Allez, va le chercher !

– Mais…

– Première règle dans ma cuisine ! s'écria Gaspard en bandant son bras, ce qui fit ressortir tous ses tatouages, le visage un peu menaçant tout à coup. On dit : « *Oui, chef.** » D'accord ? Tu es dans une vraie cuisine maintenant, ma petite ! C'est un vrai travail, on ne fait pas semblant ! D'accord ? Tu comprends ? On ne fait pas semblant.

Isla se figea.

– « *Oui, chef !** », répéta-t-il.

Tout le monde avait les yeux rivés sur elle, mais elle n'avait aucune idée de ce qu'il racontait.

– Allez ! lança-t-il d'une voix rageuse.

Puis il attendit, laissant s'installer un silence insoutenable, jusqu'à soutirer un « wee chef ! » en demi-teinte à une Isla profondément humiliée.

Il opina du chef sèchement, et Isla détala dans les escaliers, toute honteuse. Sa timidité n'avait jamais posé de problème à la *Seaside Kitchen*. Elle pouvait compter sur Iona pour combler le silence, et Flora avait la gentillesse de faire semblant de ne rien remarquer. En réalité, il lui arrivait même de dire ce qu'elle pensait, de temps en temps. Ce n'était pas impossible, si elle se sentait en confiance.

Mais si des inconnus se mettaient à lui hurler dessus ou à lui demander de faire une chose aussi grotesque que monter dans la chambre d'un inconnu, comme maintenant… elle avait les joues en feu, envie de fondre en larmes, mais l'idée de fondre en larmes son tout premier jour de travail était si épouvantable qu'elle ne la supportait pas non plus : elle prit donc sur elle et longea les couloirs qui menaient aux douze magnifiques suites du *Rock*, avant d'emprunter un escalier dérobé qui conduisait aux anciennes chambres de bonne. Toutes les portes étaient ouvertes, sauf une, tout au bout du couloir. Elle se ressaisit, puis frappa à la porte.

Aucune réponse. Elle essaya à nouveau, plus fort.

– Il y a quelqu'un ?

Puis elle haussa le ton :

– IL Y A QUELQU'UN ?

Elle toucha la porte et constata, horrifiée (elle avait espéré retourner à la cuisine en disant qu'elle n'avait pas trouvé Konstantin), que celle-ci commençait à s'ouvrir en grinçant. Il était trop tard, à présent : elle était coincée et n'avait plus qu'à espérer que tout se passe bien.

– Euh… le chef m'a envoyée pour…

Il n'y avait toujours aucun bruit dans la chambre. Curieuse, elle ouvrit davantage la porte pour jeter un coup d'œil à l'intérieur. Le lit était défait ; des affaires jonchaient le sol. Mais il n'y avait personne. Et la fenêtre était grande ouverte.

Elle fronça les sourcils. Il ne se serait tout de même pas enfui : ils étaient au troisième étage. Et ce n'était qu'un travail, pas une prison, contrairement à ce qu'il semblait penser. Elle était décontenancée. Était-il parti ?

Il faisait un froid glacial dans la chambre : le vent soufflait directement du large, et les embruns voltigeaient dans l'air. Les rideaux dansaient ; des papiers volaient, tombant du bureau.

Isla se dirigea vers la fenêtre ouverte, le cœur battant. Une pensée atroce venait de lui traverser l'esprit : et s'il était tombé ? S'il avait essayé de descendre le long des gouttières mouillées et avait glissé ?

Elle s'approcha lentement.

– Euh… Konstantin ? dit-elle, prenant soin de bien articuler ces étranges consonnes.

Pas de réponse.

Au moment où elle atteignait la fenêtre, elle perçut soudain de l'agitation, puis entendit un *ouaf !*, une énorme chose poilue surgissant tout à coup devant elle. Elle poussa un cri, laissant échapper son téléphone.

– Quoi ? lança une voix.

Sous le coup de la surprise, Isla recula de quelques pas dans la chambre, puis trébucha, tombant lourdement sur le lit défait. La pièce était si petite qu'elle n'avait pas eu le choix. Un visage étonné, les cheveux ébouriffés, apparut alors à la fenêtre. Le jeune homme était debout, mais seule la moitié supérieure de son corps était visible dans l'embrasure, si bien qu'il donnait l'impression de flotter dans l'air. Isla, médusée, en perdit sa langue. Avec sa chemise blanche et son teint pâle, il ressemblait à un fantôme et, un instant, elle eut peur d'en avoir un sous les yeux.

– Oh ! lança-t-il, les yeux écarquillés. Le père Noël a reçu ma lettre !

Il avait un léger accent scandinave, un peu plat, mais à peine perceptible. Isla se releva d'un bond, comme si les couvertures étaient brûlantes.

– Où… ? bredouilla-t-elle.

Le jeune homme lui montra que la fenêtre de sa chambre menait à un espace plat recouvert de gravier, qui correspondait au toit du bow-window au-dessous : c'était dangereux, non clôturé, mais suffisamment grand pour que son gros chien puisse y tenir debout et, elle le voyait désormais, y faire un énorme pipi.

– Je ne suis pas certaine que tu puisses laisser ton chien faire pipi sur le toit.

– Eh bien, il ne sait pas voler, alors je n'ai pas vraiment le choix, répondit-il avec une grimace.

Isla en resta interdite. Frissonnant, le jeune homme sauta par la fenêtre, avant d'encourager son chien à l'évidence trop gros à le suivre. La pauvre bête lutta, demanda de l'aide en gémissant, si bien qu'il finit par la soulever de mauvaise grâce.

– Alors, qu'est-ce qui t'amène ? Tu es le comité d'accueil ? lança-t-il, un sourire aux lèvres.

Il était habitué à faire de l'effet aux jeunes filles.

– On t'attend en bas, bredouilla-t-elle, rose jusqu'aux oreilles. Il est l'heure d'aller travailler.

– Vraiment ? répondit-il en faisant une petite moue. Tu es sûre que tu ne préférerais pas rester pour un petit… ?

Il s'apprêtait à dire « un petit café », dans l'espoir de retarder un peu plus le moment d'aller travailler, mais on avait appris à Isla à se méfier des inconnus, bien qu'il n'y en ait pas beaucoup sur Mure, ce pourquoi ils étaient tous aussi terrifiés quand l'un d'eux faisait son apparition.

– RECULE ! hurla-t-elle. ÉLOIGNE-TOI DE MOI !

– Pas de café, alors ? protesta-t-il, alors qu'elle le fixait d'un air menaçant et reculait dans le couloir. Tu sais, c'est *toi* qui es venue dans *ma* chambre, ajouta-t-il, espiègle.

Isla finit par retrouver sa langue.

– Lâche-moi, espèce de gros pervers dégoûtant ! cria-t-elle avant de tourner les talons et de déguerpir dans le couloir.

– *Ouaf* ! fit Bjårk.

Konstantin fronça les sourcils, parfaitement réveillé à présent. On l'avait traité de beaucoup de choses dans sa vie, mais elle y était allée un peu fort.

– Pardon ! cria-t-il dans le couloir, mais il était trop tard.

Chapitre 14

– Écoute-moi, lui ordonna Gaspard.

Konstantin était descendu dix minutes plus tard, mais, n'étant pas habitué à porter une tenue de travail, il avait mis son pantalon à l'envers. Isla s'éloigna le plus possible de lui.

– La prochaine fois que tu es en retard, tu pèleras toutes les pommes de terre, compris ? Pendant une semaine, ou deux, ou quatre…

– Oui, d'accord, répondit Konstantin.

Il était un peu perdu. Ils étaient bons copains, hier, au bar, non ?

– Tu fais ce que *je* te dis dans ces cuisines. Et tout le monde sera content. Ou tu ne fais pas ce que je te dis et, ouin ouin, tout le monde sera *triste**, compris ?

Personne ne comprit, mais ils pouvaient deviner ce qu'il disait à son ton effrayant.

Gaspard avait travaillé dans de nombreux établissements et en avait déduit que sa façon de faire avait tendance à effrayer les gens et à les pousser à partir, à moins qu'ils ne soient compétents, investis ou n'aient nulle part où aller. Il comptait beaucoup sur cette dernière raison en ce moment, mais les trois lui convenaient.

Les restaurants d'aujourd'hui, avec leur centre de coûts, leur contrôle des portions et leur budget, ne lui convenaient pas. Mais ici… Il avait commencé par dédaigner la cuisine, mais elle n'était pas si mal, en réalité ; elle avait été conçue par quelqu'un qui avait de l'argent à dépenser. Une chance s'offrait à lui, ici. Et personne ne lui mettrait des bâtons dans les roues, et certainement pas un gosse de riches porté sur la bouteille ni une poignée d'îliens qui étaient sans doute tous cousins.

⋆

Konstantin avait supposé que Gaspard blaguait au sujet des pommes de terre. Ce n'était pas le cas. Il obtempéra donc, en en faisant des tonnes. La troisième fois qu'il s'arracha la peau des articulations (il n'avait jamais pelé une pomme de terre de sa vie), il jura dans sa barbe tout en fouillant dans la trousse de premiers secours. Ses mains étaient recouvertes de pansements bleus. Personne ne faisait attention à lui. Après les pommes de terre, il commença à faire la plonge, pendant que tous les autres s'essayaient à la cuisine. C'était vraiment une tâche ingrate, d'un ennui sans nom, qui lui prit des heures. Il tenta d'attirer l'attention de la fille qui était montée dans sa chambre, mais elle évitait sciemment son regard. Gaspard ne faisait que crier. Kerry, la fille au visage inexpressif, travaillait comme un robot, sans tenir compte des autres. Il avait déjà les mains coupées, mais, en plus, elles devinrent toutes rouges, irritées par l'eau brûlante. Il empestait ; les odeurs de nourriture s'infiltraient partout. Comment ce travail pouvait-il être aussi dur et barbant à la fois ? Il détestait son imbécile de père, pour de bon. Il n'avait même pas eu l'occasion de dire à ses amis où il allait. Ils avaient non seulement mis un terme à son abonnement téléphonique, mais ils l'avaient aussi privé de ses contacts. À cause de son imbécile de père, il était seul au monde, obligé de se mettre à plat ventre et de se salir avec une bande de péquenauds qu'ils ne connaissaient pas. Cette farce était allée trop loin.

De toute sa vie, le jeune homme ne s'était jamais autant lamenté sur son sort.

Chapitre 15

Ce jour-là, ils organisaient un repas-test pour le dîner de l'association de Jan. Joel avait fait une blague idiote (disant qu'il allait venir, de façon à passer un peu de temps avec Flora), qui n'était pas bien passée et qu'il avait presque aussitôt regrettée. Furibonde, elle avait passé tout l'après-midi avec Douglas : elle lui avait montré les mouettes sur le rivage, jusqu'à ce que ses petits doigts deviennent tout roses, à force de pointer les vagues (il détestait ses moufles et s'évertuait à les enlever avec les dents) et qu'elle soit frigorifiée. Le temps qu'ils arrivent à la *Seaside Kitchen* pour boire un café, Douglas était énervé, fatigué : il hurla à en faire trembler les murs, à tel point que même les habitués les plus gagas affichèrent un sourire forcé. Mais pourquoi était-ce si facile pour les autres ?

Flora avait donc hâte d'aller au *Rock* pour tester la cuisine, même si Fintan, inquiet, faisait tambouriner ses doigts sur la table.

Iona les accompagnerait, afin de prendre des photos pour le compte Instagram de l'hôtel – qui se doutait qu'il en avait un ? Et Innes assisterait au dîner avec Eilidh, son ancienne ex-femme (les deux tourtereaux venaient de se retrouver et affichaient ostensiblement leur amour), pour les soutenir moralement.

Ils voulurent laisser Agot à Eck, qui n'était pas fan de nourriture gastronomique, mais la petite ne voulut rien savoir : elle apparut à la porte de la ferme dans son tutu, ses pantoufles *La Reine des neiges* aux pieds, les lèvres barbouillées de gloss, et l'un des sacs de sa mère à la main, les regardant avec une expression qui aurait été mignonne chez une petite fille de cinq ans si elle n'avait pas été aussi autoritaire.

– Je viens au dîner, articula-t-elle clairement. J'y ai bien réfléchi et je me suis décidée. C'est OUI.

– Eh bien, je ne suis pas sûr que…

– Si, je crois, papa. CE BÉBÉ y va, lui.

Innes était totalement démuni face à Agot, une vraie chiffe molle, et Eilidh, elle, était si contente que leur famille soit réunie (et si enthousiaste à l'idée qu'un hôtel de luxe ouvre ses portes sur cette île assommante, qui ne serait donc plus le trou perdu qu'elle avait quitté deux ans plus tôt sur un coup de tête) qu'elle ne comptait pas la décourager, elle non plus, de sorte que la fillette se dirigea droit sur la Land Rover, sûre d'elle.

– Eh bien, on va pouvoir voir comment le restaurant gère les clients vraiment difficiles, chuchota Flora à Fintan, qui opina du chef avec emphase.

On pouvait rejoindre le *Rock* de deux façons depuis le sud de l'île, où se trouvait le village. Il était toujours possible d'y aller en voiture, mais, par beau temps, Bertie Cooper vous y amenait en bateau, en contournant le cap – ce n'était pas loin, à environ cinq petites minutes, et voguer sur l'eau au crépuscule, quand le ciel se parait de rose, était exquis. On pouvait apercevoir un dauphin et on entendait à coup sûr les phoques aboyer en débarquant sur la jetée, des torches balisant le chemin jusqu'au bâtiment lui-même. Fintan avait toujours pensé que c'était l'un des plus beaux pontons au monde.

Le temps ne s'y prêtait pas, ce jour-là. Le vent qui avait manqué faire tomber Konstantin et Bjårk Bjårkensson du toit la semaine précédente s'était renforcé. Le ferry du jour avait eu du mal à traverser et, une fois arrivés à destination, les passagers étaient descendus un peu plus verts que d'habitude. Les petites voitures ne tenaient pas non plus la route face aux bourrasques. Heureusement, ils pouvaient compter sur les vieilles Land Rover usées de la ferme et du *Rock* pour leur faire parcourir quelques kilomètres sur le chemin étroit et cahoteux qui faisait office de route à l'intérieur des terres, mais ils n'auraient pas voulu prendre place dans un « pot de yaourt », même si Flora rêvait d'avoir une jolie Fiat 500 dans un coloris pastel.

Les nuages gris quittaient le ciel, la nuit tombant, à seize heures. Les moutons se blottissaient à flanc de montagne, essayant de se tenir chaud, et Flora respirait l'odeur de son bébé, endormi sur elle dans la voiture, bien douillet dans son plus joli bonnet de laine, affublé d'oreilles (tous les bonnets avaient des oreilles maintenant, avait remarqué Joel, perplexe ; il ne comprenait pas pourquoi). Elle entortilla délicatement l'une de ses petites mèches de cheveux noirs autour de son doigt.

– CE BÉBÉ a beaucoup de cheveux, commenta Agot, assise sur le siège d'en face.

Elle était en colère, parce qu'on l'avait installée dans un siège bébé, alors qu'elle n'était « PAS UN BÉBÉ », râla-t-elle pendant tout le trajet.

– C'est vrai, répondit sa tante avec un sourire. On dit que les bébés très chevelus ont de la chance.

– Oui, il a de la chance de ne pas être obligé de s'asseoir dans un SIÈGE BÉBÉ RIDICULE ni de manger LA NOURRITURE RIDICULE DE TONTON COL-TOMBE.

– Agot, la reprit Innes.

La fillette avait commencé à appeler Colton « tonton Coltombe » après les funérailles et, même s'ils avaient tout fait pour qu'elle arrête, Fintan leur disait que cela ne le dérangeait pas. En réalité, il trouvait cela réconfortant, parce qu'elle l'évoquait dans toutes leurs conversations, dans tous ses jeux. Elle ne jouait jamais à la dînette avec ses poupées (qu'ils entendaient souvent se faire gronder – allez savoir où elle avait appris cela, étant donné qu'Innes en était incapable et que son école encourageait le jeu, pas la discipline) sans inclure tonton Coltombe dans la famille et elle était persuadée qu'il observait ses moindres faits et gestes. Cela apportait une sensation de réconfort infini à Fintan. Quand Flora regardait cette petite fée, avec ses cheveux presque blancs, en train de faire danser ses poupées, elle se demandait parfois si elle ne voyait pas les fantômes.

– Ça suffit.

Agot releva son petit menton rétif, puis regarda fixement par la fenêtre, l'air énervé, sans avoir oublié de lancer un regard noir à Douglas au passage. Flora soupira intérieurement. Ils retrouvaient Jan et Charlie au *Rock* pour « discuter des menus ». *S'il vous plaît, faites que tout se passe bien.*

Chapitre 16

Pendant ce temps, dans la cuisine, le chaos régnait. Gaspard hurlait, et tous les autres avaient envie de pleurer. La semaine qui venait de s'écouler avait mis tout le monde à l'épreuve ; comme dans l'émission *Big Brother*, sans l'atmosphère de paix et de coopération. Le Norvégien était un cas désespéré, si bien qu'il n'y avait jamais de casserole ni de poêle propre quand on en avait besoin. Kerry n'entreprenait rien sans l'approbation de Gaspard et restait là à ne rien faire, si ce n'était manger des chips, pendant qu'Isla, en charge des gâteaux et des desserts, devenait folle. Tam se débrouillait bien, mais son travail consistait à apporter les provisions : il ne restait pas suffisamment longtemps pour leur apporter une aide vraiment utile.

Et puis, un peu plus grave, la froideur initiale d'Isla à l'égard de Konstantin, après son comportement choquant envers elle, s'était transformée en austérité pesante. Il n'avait rien fait de terrible depuis, il s'était contenté de l'ignorer, mais elle ne savait pas quoi lui dire, sauf pour lui expliquer comment peler les pommes de terre sans s'écorcher quand il les aidait à préparer les aliments, ou comment éplucher de l'ail efficacement, technique que Gaspard avait trouvée si stupéfiante qu'il s'était arrêté de cuisiner pour regarder, lui aussi. L'ambiance était mauvaise dans la cuisine, et ils le savaient tous.

– Bon, ce soir, essayez de ne pas passer pour des idiots, d'accord ? dit Gaspard au moment même où Konstantin faisait tomber une énorme poêle sur le sol en pierre.

Cela fit un bruit d'enfer, comme si une bombe venait d'exploser, et Isla échappa même un petit cri perçant. S'ensuivirent des jurons en français, et Konstantin, blanc comme un linge, parut sur le point de quitter la cuisine, alors même que l'eau débordait d'une casserole derrière lui. Gaspard se dirigea vers lui, et tout le monde se figea.

– Est-ce que tu veux travailler dans cette cuisine, oui ou non ? lança le chef d'une voix rageuse.

– Non, répondit Konstantin d'une voix tout aussi rageuse.

– Dans ce cas, tu peux partir.

– Eh bien, non, justement, je ne peux pas.

C'était incroyable, mais vrai. Son abonnement téléphonique, ainsi que toutes ses cartes bleues, avaient été annulés, et il avait appelé la banque en vain, puisqu'il ne connaissait aucun des mots de passe. Son père avait interdit à ses amis et connaissances de lui donner de l'argent en douce : comme ils étaient presque tous intégralement financés par papa et maman, eux aussi, et totalement terrifiés par l'attention considérable que leurs parents portaient à l'expérience de Konstantin père, ils filaient droit.

Cela lui semblait surréaliste, mais il était censé survivre, tant bien que mal, et nourrir Bjårk, avec son salaire de misère, qui n'aurait pas suffi à payer un seul repas au restaurant en Norvège, mais était censé lui durer une semaine ici. C'était une blague. Une blague stupide, ridicule, et il était très souvent tenté de partir en claquant la porte, en leur disant d'aller se faire voir.

Sauf qu'il ne le pouvait pas. Il n'avait pas les moyens de quitter l'île et, même s'il partait, une fois qu'il aurait économisé assez d'argent pour son billet d'avion, que ferait-il ? Il se mettrait à genoux devant son père pour implorer son pardon ? Sa fierté l'en empêchait. Bon, d'accord, ce n'était pas la vraie raison, parce qu'il avait déjà essayé, en réalité. Et son père lui avait gentiment dit : « Merci pour tes excuses. Maintenant, mets-toi au travail, je te vois dans six mois. »

Acculé, il fixait la poêle au sol d'un air mutin. Le silence s'abattit dans la cuisine.

– Ramasse ça ou tu t'en vas, lui dit Gaspard d'une voix ferme.

Ils regardèrent tous par la fenêtre. La grêle se précipitait sur les vitres. C'était un temps à rester au chaud devant une belle flambée, avec un bon livre et un verre de whisky. Pas du tout à partir en claquant la porte par caprice. Ce serait grotesque. L'atmosphère dans la pièce devint aussi glaciale que les carreaux recouverts de givre.

⋆

La salle de restaurant était toujours aussi belle. Un feu crépitait gaiement dans la cheminée, se reflétant sur les guirlandes brillantes. Le chant de Noël *Scots Nativity* passait en fond sonore, et l'air parfumé mettait en joie tous les convives. Peu importait l'âge : Noël approchait ! C'était si excitant. Agot entra d'un pas lourd, dépitée que le sapin ne soit pas encore arrivé, mais, quand elle se rendit compte que le plancher parfaitement lustré était très glissant, elle ôta ses chaussures pour se mettre à patiner dans ses collants à rayures. Flora y vit aussitôt un problème de « santé et sécurité », notant dans un coin de sa tête d'en reparler à Fintan.

Colton avait acheté une grande quantité de vieux fûts à une distillerie qui fermait boutique, et le bois qui brûlait dans la cheminée sentait bon la tourbe et le whisky. Avec cette odeur qui flottait dans l'air et ces fauteuils moelleux, cet endroit était le plus confortable au monde, s'était toujours dit Flora, surtout avec la perspective d'un bon repas à venir. Gala, qui les avait accueillis chaleureusement, leur avait servi un verre : tout le monde prenait ses aises, dans une ambiance bon enfant. Agot cessa ses glissades pour se plonger dans son carnet de croquis, armée de ses feutres : comme d'habitude, elle dessina tous les êtres qui peuplaient sa vie, y compris tonton Col-tombe, mais en omettant Douglas. Il y avait du progrès, se dit Flora : la dernière fois qu'elle leur avait montré un portrait de famille qui les représentait tous, Douglas était bel et bien dessus, mais avec un énorme gribouillis noir à la place du visage.

Jan, Charlie et, de façon exaspérante, Fraser, le père corpulent de Jan qui avait très bien réussi dans la vie et aimait le faire savoir (et dont la venue n'était pas prévue), étaient arrivés pile à l'heure, ce qui rendait Flora anxieuse. Elle jeta un coup d'œil à Fintan, qui ne se sentait pas du tout concerné. Problème, les Mathieson dépensaient beaucoup d'argent sur l'île. Dîners du club de golf, grosses fêtes, mariages. Il fallait qu'ils impressionnent ces gens. Elle aurait aimé qu'il fasse au moins l'effort d'essayer.

Pour commencer, il n'y avait pas de menu, ce qui semblait affoler Flora et fit sourciller Innes. Fintan buvait, indifférent, ce qui était presque aussi alarmant aux yeux de Flora que l'absence de menu. Eh bien, c'était peut-être un nouveau concept, et le repas serait surprenant et délicieux. Elle commanda du vin à Gala, et ils essayèrent de bavarder, bien qu'on ne leur ait même pas servi un bout de pain.

– J'AI FAIM, lança une voix sous la table.

Cela sonna comme un avertissement, mais on ne pouvait pas dire que ce sentiment n'était pas partagé.

★

Dans la cuisine, Gaspard tenait un couteau dans sa main, telle une arme.

Et, pour la première fois de sa vie, Konstantin dut se pencher pour ramasser quelque chose. Comme il ne savait pas quoi faire de la poêle, Tam vint l'en débarrasser pour la ranger dans un placard, ce dont il lui fut très reconnaissant.

– MAINTENANT, ÉMINCE ! lui intima Gaspard.

Au bout du compte, le vent froid soufflant toujours dehors, Konstantin décida que, pour une fois, il valait mieux se faire discret : il attrapa donc un couteau et un oignon sans le moindre enthousiasme, avant de les fixer du regard.

Gaspard était déjà passé à autre chose, il hurlait au sujet du stock : Kerry et Tam baissaient la tête, attendant que l'orage passe. Poussant un profond soupir, Konstantin essaya de planter son couteau dans son oignon. Isla était juste à côté de lui.

– Contente-toi de l'émincer, siffla-t-elle.

Elle n'en revenait pas qu'ils n'aient pas plus avancé dans la préparation du repas cet après-midi, mais, apparemment, Gaspard était sorti et s'était laissé distraire par un champ d'ail sauvage auquel il ne s'attendait pas. Résultat, elle se retrouvait à hacher tête après tête. Elle sentait fort, elle le savait, et garderait cette odeur âcre sur sa peau pendant des jours.

Elle jeta un coup d'œil à Konstantin. Il faisait un travail de sagouin, charcutant son pauvre oignon sans défense comme s'il lui avait fait offense. Elle s'écarta un peu de lui.

Le jeune homme le remarqua et se remit à charcuter son oignon de plus belle. Super. Il était prisonnier dans un donjon en pleine tempête de vent, et même la commise de cuisine ne voulait pas lui parler. Il avait envie de lui dire que, là d'où il venait, les filles qui travaillaient à la cuisine l'aimaient *beaucoup*… Ce qui lui fit penser à ce qui se passait chez lui, en ce moment. En Norvège, la période précédant les fêtes était magnifique. On installait tôt les marchés de Noël, et le délicieux parfum du *glögg* embaumait l'air : en prenant un verre fumant de ce vin chaud épicé au gingembre, agrémenté d'amandes concassées, de raisins secs et d'un trait d'aquavit, on tenait au creux de ses mains toute la senteur réconfortante de Noël.

Cette année, la neige avait été précoce. On la voyait au sommet des collines, comme à l'aéroport d'Oslo, situé en altitude, recouvert d'un épais manteau, entouré de forêts de sapins sombres, à des kilomètres à la ronde. Ils sortaient les chevaux pour participer à des courses de steeple-chase, même si la neige tombait dru et la nuit tôt, et achevaient la journée en buvant un verre au coin du feu dans le chalet de son père, près de Lillehammer. Après Noël, le temps devenant moins clément, ils faisaient du patin à glace et du ski, bien sûr, les courses les plus difficiles et les descentes les plus rapides, histoire de se mettre en appétit pour les longs déjeuners consistants et conviviaux, ponctués d'éclats de rire, au meilleur moment de l'année.

Ici, la neige devait être minable, éparse et fondante, s'imaginait-il amèrement. Elle aurait même du mal à tenir, avec tout ce vent.

Jusque-là, il était simplement agacé, énervé, d'avoir été kidnappé et réduit en esclavage. À présent, son sort lui semblait pire. Il se sentait coupé de tout ce qu'il aimait. Il pensa aux jolies maisons de Trondheim, s'imagina faire une promenade en forêt pour aller voir une aurore boréale, avant de se baigner dans le bain nordique du chalet d'un de ses copains. Il avait tant le mal du pays que c'en était presque insupportable. Sans oublier qu'il avait dû cacher Bjårk dans sa chambre pour l'éloigner de la cuisine, ce qui ne pourrait pas durer longtemps, à en juger par les gémissements lamentables qui s'étaient élevés dès qu'il était sorti de sa chambre.

Il poussa un long soupir, puis baissa les yeux pour regarder ce qu'il faisait, juste à temps pour voir le couteau affûté que Gaspard lui avait acheté s'enfoncer profondément dans son pouce.

À nouveau, la cuisine se figea. Le sang ne s'écoula pas en un filet : il gicla dans les airs, décrivant un arc, pour retomber sur les légumes déjà coupés, éclaboussant au passage les tenues blanches flambant neuves, tout juste sorties de l'atelier.

– *Faen !* hurla-t-il, sous le choc, même si la douleur ne s'était pas encore fait sentir.

– *Merde* !* s'écria Gaspard en passant ses mains (elles-mêmes abîmées, couvertes de cicatrices, comme toutes les mains de cuisiniers) dans ses épais cheveux bruns.

– Aïe, marmonna Isla, surtout à elle-même.

Puis, voyant, ébahie, que personne ne faisait rien, et encore moins Konstantin, elle se leva pour s'approcher de lui.

– Viens là.

Le jeune homme était tout blême ; sa peau déjà pâle avait perdu toute couleur.

– Ce n'est qu'une coupure, dit-elle en jetant un œil à sa blessure.

Il la regarda, toujours tremblant, et elle l'accompagna jusqu'à l'évier, où elle fit couler l'eau.

– Ce n'est pas aussi grave que ça en a l'air.

Konstantin fixait toujours son pouce, incrédule.

– Je n'avais pas réalisé qu'on servait de la *finger food* ! lança Isla, se surprenant elle-même, au moment où Konstantin mettait son doigt sous l'eau froide en grimaçant.

– Ce couteau était très tranchant, ronchonna-t-il.

– Oui, oui, répondit-elle en examinant la plaie de plus près pour voir s'il avait besoin d'un point de suture. Comme un couteau de cuisine, quoi !

Ils étaient en train de mettre tout ce qui avait été éclaboussé de sang à la poubelle, quand Gala vint voir s'ils étaient prêts à commencer le service. D'un regard noir, Gaspard lui signifia clairement que ce n'était pas le cas, et elle se dépêcha de ressortir pour aller chercher des chips derrière le comptoir.

Isla inspecta à nouveau la blessure. Konstantin avait de très longs doigts et une grande main puissante, qui ne semblait pas avoir travaillé un seul jour de sa vie, ce qui était normal, puisque c'était le cas. Elle fronça les sourcils.

– Je pense que ça va aller. Mais je peux appeler Saif pour qu'il te fasse un point, si tu veux.

Saif, le médecin généraliste de l'île, venait tout juste de se mettre à table avec ses fils, Ib et Ash, et n'aurait pas été ravi d'être appelé en pleine tempête pour soigner un gamin ridicule. Gaspard s'approcha d'eux, l'air renfrogné.

– *Non,** dit-il, avant de claquer des doigts, cherchant son mot. *Colle**, *colle**... de la COLLE. C'est ça : il nous faut de la colle.

Gala apporta aussitôt de la superglue de la réception.

– *Oui** ! s'exclama Gaspard en brandissant le tube.

Konstantin et Isla échangèrent un regard inquiet.

– Laissez-moi juste vérifier sur Google, dit la jeune fille en demandant à Konstantin de tenir son doigt en l'air, le temps de sortir son téléphone. Eh bien, d'après Internet, on peut.

– D'après Internet, les membres de la famille royale sont des lézards, rétorqua le jeune homme avec une grimace.

Il tendit malgré tout son doigt et laissa Gaspard recoller les deux bouts de peau. Isla l'entoura ensuite d'un pansement bleu qu'elle avait pris dans la trousse de premiers secours. Il n'y en avait presque plus, nota-t-elle.

– Est-ce que tu as besoin de t'asseoir un moment ? lui demanda-t-elle, éprouvant de la compassion pour cet être ridicule, complètement dépassé par les événements.

– *Non**, on n'a pas le temps, intervint Gaspard. Tu te remets aux oignons ! Et, cette fois, tâche de garder tous tes doigts, s'il te plaît !

Chapitre 17

Dans la salle de restaurant, ils en étaient à leur troisième bouteille de champagne – cela ne dérangeait pas Fintan de vider la cave que Colton leur avait constituée. Au moins, cela restait dans la famille. Flora avait un verre. Mais elle y touchait à peine, parce qu'elle allaitait encore Douglas, même si elle avait tiré son lait et que ce dernier dormait profondément dans son siège bébé sous la table.

Jan, bien sûr, ne buvait pas une goutte d'alcool, comme elle le répétait à longueur de journée à tous ceux qui voulaient l'entendre, ajoutant qu'elle n'y toucherait sans doute plus de sa vie, elle ne s'était jamais sentie aussi bien et, oh là là, les yeux de Flora étaient injectés de sang, non ? Était-elle certaine d'aller bien ? Christabel était toujours accrochée à elle. La fillette commençait à être très grande – cette position ne pouvait pas être confortable, mais permettait à Jan d'orienter la conversation sur son génie de fille toutes les cinq secondes. Charlie était assis à côté d'elles, l'air anxieux.

Les frères de Flora, eux, commençaient à être bien attaqués, en particulier parce qu'ils semblaient avoir confondu « champagne » et « bière » et le buvaient plus ou moins à la pinte. Innes fixait Hamish, donnant l'impression qu'ils pouvaient se lever d'une minute à l'autre pour se bagarrer, comme lorsqu'ils étaient enfants. Agot tambourinait sur la table avec sa fourchette et son couteau, ayant entonné une chanson qui expliquait qu'elle avait faim et que le monde était cruel pour les enfants de cinq ans. Eilidh commençait à avoir les paupières tombantes, ce qui signifiait, Flora le savait d'expérience, qu'elle allait sans doute se mettre à raconter comment elle avait ravivé la flamme avec Innes, puis se lever pour aller l'embrasser, ce qui ne le dérangeait pas le moins du monde, mais que les autres Mackenzie ne trouvaient pas franchement nécessaire. Et, si Fintan buvait trop, à un moment ou un autre, il allait à coup sûr fondre en larmes, ce qui n'était pas grave en soi, mais pas idéal devant le personnel qu'il était censé diriger, dans l'établissement qu'il était censé gérer. Il fallait vraiment qu'ils mangent pour éponger.

Flora prit congé pour se faufiler dans la cuisine. Où elle ne s'attendait pas à voir un tel spectacle.

⋆

– Je ne sens aucune odeur de nourriture, s'indigna-t-elle avant de regarder Gaspard. Où est le pain ?

Le chef grimaça.

– Je ne suis pas satisfait de ce pain, dit-il en désignant les miches qui avaient été préparées à la boulangerie le matin même.

– Et pourquoi ça ?

– Est-ce que c'est de la farine produite localement ?

– On ne produit pas de farine ici, espèce d'idiot. Le blé ne pousse pas ici. Ce pain est très bon.

Gaspard ne parut pas convaincu.

– Et le beurre est très bon, lui aussi. Je le sais, parce qu'il vient de *ma ferme.*

Isla n'avait jamais vu Flora aussi énervée. Elle courut jusqu'au réfrigérateur pour sortir le beurre.

– Il est tout dur, commenta Gaspard avec une moue.

– La faute à qui ? rétorqua Flora.

Konstantin détourna vite les yeux. On lui avait dit de mettre le beurre à ramollir, mais il n'avait pas compris ce que cela voulait dire et avait donc laissé tomber.

– Isla, va servir ça avant qu'Innes ne tombe de sa chaise ou que Hamish ne se mette à faire des bruits d'avion.

La jeune fille disparut dans la salle. Par la porte ouverte, Flora entendit un bruit : Douglas semblait reprendre du poil de la bête. Jan devait savourer chaque seconde, elle en était certaine.

– Qu'est-ce que vous préparez ?

– Je n'ai pas ce qu'il me faut en stock.

– Ce n'est pas le moment ! Qu'est-ce que vous préparez ?

– Je vais faire un coq au vin.

– Mais ça prend des heures !

– On inaugure la cuisine. Les attentes sont élevées.

– Certainement pas, asséna Flora, tremblant presque de colère. Hors de question. Vous ne pouvez pas. Faites quelque chose… n'importe quoi, je m'en fiche. Mais faites-le maintenant.

Elle se dirigea vers la chambre froide avec détermination, puis ouvrit la porte.

– Voilà. Il y a du steak.

Gaspard considéra la viande.

– C'est tellement barbant.

Flora était déjà passée au compartiment congélateur. Elle inspecta les étagères en frissonnant. Elle était certaine d'en avoir vu là-dedans, quelque part... derrière les produits frais et le matériel de cuisine... *Bingo !*

Elle ressortit de la chambre froide triomphalement, un sac à la main.

– C'est *impossible**, dit Gaspard en regardant ce qu'elle tenait.

– Euh... commença Isla, de retour dans la cuisine. Euh, Fintan dit que si on ne sert pas bientôt les plats, il va renvoyer tout le monde.

C'était un mensonge éhonté. Konstantin, qui essayait de se faire tout petit malgré son bon mètre quatre-vingts, releva la tête et aperçut un regard complice entre Flora et Isla. Il fut impressionné. Il n'aurait jamais cru cette fille capable de cela.

Victorieuse, Flora tendit sa trouvaille au chef : un gros paquet de frites surgelées. Gaspard s'en empara, comme si elle lui demandait de cuisiner un serpent mort.

– *Allez** *!* s'exclama-t-il avec une colère froide, avant de craquer une allumette pendant qu'Isla allumait les brûleurs.

*

Dans la salle de restaurant, Jan semblait avoir oublié s'être engagée à ne pas boire une goutte d'alcool : elle avait siroté de petites gorgées dans un verre et commençait à être un peu pompette, situation dans laquelle Flora aurait aimé se trouver, au lieu de faire comme si tout allait bien quand elle était folle d'inquiétude.

Affamés, les convives se jetèrent tous sur le pain ; il fut englouti en quelques minutes. Heureusement, le beurre ne déçut pas : aromatisée à l'ail fumé, cette création de Fintan était si savoureuse que Flora aurait pu lécher le bol, mais elle remarqua, navrée, qu'Agot était déjà en train de s'en charger.

Fintan venait de réclamer du vin : cette histoire allait certainement mal finir. Il avait les yeux un peu vitreux, ce qui tendait à annoncer une crise de larmes. Il regardait autour de lui d'un air mélancolique, cette pièce remplie de bibelots écossais ridicules, au prix exorbitant, auxquels Colton tenait tant. Sa présence était encore si palpable ; sa voix forte, avec son accent américain arrogant, retentissait encore ; son rire facile ; ses emportements et sa bonté d'autant plus surprenante. Oui. C'était difficile.

– Bon, dit Jan en regardant sa montre de manière appuyée et en se mettant debout, mal assurée. C'est bien de savoir que tu as *essayé*, au moins, Flora.

– Oh, non, je suis certaine que ce ne sera plus long, répondit cette dernière, prise de panique.

– Je pensais te laisser ta chance. Mais… enfin. C'est difficile de diriger une entreprise. Bien sûr, avec mon Charlie, on le fait depuis des années. On sait ce qu'on fait, n'est-ce pas, mon chéri ?

Charlie garda les yeux rivés au sol. Fraser éclata de rire.

– Mais on ne peut pas débarquer de nulle part et partir de rien. Ce n'est tout bonnement pas possible ! reprit Jan.

– Je ne viens pas de nulle part, rétorqua Flora en serrant les dents. Je viens d'en bas de la rue.

– Oui, mais tu es partie longtemps. Marier des étrangers et tout le toutim ? Tu ne comprends plus vraiment ce dont notre communauté a besoin, si ? Je veux dire… Quelque chose à se mettre sous la dent, au moins, tu ne crois pas ? ajouta-t-elle avec un petit rire. Et comment vas-tu te débrouiller avec les voyageurs d'horizons plus lointains ? Je veux dire, les gens ont un certain niveau d'exigence, tu sais. Ils voudront un peu plus que des scones au fromage ! Scones auxquels nous n'avons même pas droit, je te ferais remarquer.

C'était énervant, mais elle avait raison sur ce point. Flora s'en voulait de ne pas avoir pensé à apporter quelques spécialités de la *Seaside Kitchen*. Cela dit, elle avait supposé que ce serait insultant envers Fintan et démoralisant pour la cuisine, si elle arrivait avec un plan de secours. Pendant ce temps-là, Iona, n'ayant aucun plat à poster sur Instagram, avait entrepris de mettre des lunettes de soleil à la tête de cerf pour la prendre en photo.

– C'est vrai, Jan, concéda-t-elle au bout d'un moment.

Jan, triomphante, eut un sourire poli.

– Tout est nouveau, poursuivit-elle. Et…

Au même moment, les portes battantes de la cuisine s'ouvrirent d'un coup, et Gala fit son apparition, un peu agacée, mais souriante, tenant les trois premières assiettes en équilibre.

Chapitre 18

C'était extraordinaire. De la sorcellerie.

Il s'agissait d'un simple steak frites, mais quel steak frites ! La viande était tendre, saignante ; grillée, caramélisée à l'extérieur et fondante à l'intérieur. En garniture étaient servis des oignons frits bien croustillants (gracieusement préparés par Konstantin), salés juste ce qu'il fallait, la parfaite petite gourmandise de bord de mer. Les pommes de terre, qui avaient été frites trois fois dans la graisse d'oie, étaient croquantes à souhait. La salade acidulée, bien verte, était accompagnée de la sauce hollandaise à la moutarde la plus onctueuse que Flora n'avait jamais goûtée.

C'était un vrai régal, un pur délice.

Sans rien ajouter, Jan s'était rassise. Flora esquissa un sourire. Elle avait à l'évidence envie de s'en aller, mais sa faim dévorante de maman qui allaitait eut raison d'elle.

Gala servit le vin, un grand cru de la collection privée de Colton, et apporta un coca à Agot, qui n'avait pas vraiment le droit d'en boire, mais personne ne put cesser de manger suffisamment longtemps pour le lui expliquer. Un silence religieux s'abattit sur la salle, ponctué, de temps à autre, par les « Ça alors ! » et les « Bon sang ! » des convives, mais aussi par Iona, qui essayait de photographier les plats avant qu'ils ne soient finis. En dégustant son steak, Flora était certaine, et en ressentit une pointe de tristesse, que tous les autres steaks frites qu'elle mangerait dans sa vie après celui-ci ne seraient plus qu'une pâle copie de ce repas ; une déception. Quand elle eut fini, elle regarda son assiette vide avec regret, tel Edmund devant sa boîte de loukoums, dans *Narnia*.

Les fourchettes et les couteaux raclèrent bien les assiettes, puis tout le monde se cala dans sa chaise, Innes poussant un soupir de contentement.

– Eh bien, finit par dire Jan. Eh bien, j'imagine que ça pourrait… Enfin, c'était un peu simple.

– C'était exquis, rétorqua Fintan avec colère. Gala, pourrais-tu aller chercher le chef ?

Gaspard sortit bientôt de la cuisine, l'air mutin.

– Quoi encore ?

– C'était extraordinaire, le complimenta Flora avec sincérité, et tous les autres se mirent à l'applaudir.

Gaspard fit mine d'être toujours en colère, sans vraiment y parvenir. Un minuscule sourire se dessina sur ses lèvres fines.

– Je n'ai pas eu le temps ! Je n'avais pas les bons aliments ! Et les membres de mon équipe sont de *vrais** crétins.

– Mais c'était quand même délicieux, dit Flora.

– Bah *oui**, rétorqua le chef avec une petite moue.

Chapitre 19

Konstantin, épuisé par toutes ces nouvelles expériences, était plus que prêt à aller se coucher. Travailler passé vingt et une heures, songea-t-il, n'était pas digne d'un gentleman. Il se dit également que, de toute sa vie, il n'avait jamais pensé au petit personnel, aux serveurs, aux barmans et aux domestiques du palais, qui n'allaient se coucher que lorsqu'il n'avait plus besoin d'eux. Il avait les pieds en compote et mal au dos, après être resté penché au-dessus des oignons, et il avait une douleur lancinante à la main, même si sa coupure ne saignait plus. Comment les gens pouvaient-ils faire cela jour après jour ? Et combien de temps allait-il devoir le faire avant de s'écrouler ou d'être autorisé à rentrer chez lui ? Son père ne pouvait pas être sérieux en lui disant six mois.

Il poussa un soupir, puis se dirigea vers la porte. Il entendit alors un petit toussotement, puis un autre, un peu plus fort. Il se retourna. La fille de cuisine, la petite Isla, était plantée là, le rose aux joues, comme toujours, l'air navré. La barbe. Il avait envie d'aller se coucher.

– Quoi ?

Elle fit un geste en direction de la cuisine, qui était couverte de graisse et de projections d'huile de friture.

– Ben quoi ? répéta-t-il, mais son estomac se noua.

Ils ne pouvaient pas être sérieux.

– Euh, il faut qu'on nettoie tout, lui dit-elle d'une voix si basse qu'il l'entendit à peine, et cet accent était vraiment ridicule.

Il leva son doigt bandé.

– Euh, je sais, mais je souffre beaucoup.

– FAINÉANT ! lança Gaspard, à l'autre bout de la cuisine. AU BOULOT ! Je vous fais à manger ; vous, vous nettoyez.

Konstantin remarqua que le chef avait rallumé le gril et semblait sur le point de leur préparer la viande restante. Il se rendit alors compte qu'il mourait de faim ; il était trop remonté, jusque-là, pour réaliser à quel point il était affamé. Il n'avait pas mangé de la journée, et les steaks sentaient divinement bon. Gaspard était en train de les recouvrir d'une bonne couche de beurre d'ail, et la graisse grésillait dans la poêle, de petites bulles se formant avant d'éclater.

– Mais fais-le correctement ! ajouta le chef.

– Je le fais correctement !

Tout le monde éclata de rire dans la cuisine.

– Non, ce n'est pas vrai !

Konstantin était contrarié. Il s'était décarcassé, bon sang.

– D'accord, dit-il avec colère à Isla. Montre-moi. Montre-moi comment faire correctement votre chère vaisselle.

Elle le dévisagea.

– On dirait que tu n'as jamais fait la vaisselle avant ! lança-t-elle, incrédule.

Il n'apprécia pas du tout cette remarque ; elle donnait l'impression de le prendre de haut. Et puis, c'était vrai.

N'en revenant pas, Isla s'empara de la douchette du robinet et de l'éponge métallique, pour lui montrer comment rincer les casseroles avant de les mettre dans le lave-vaisselle bien chaud, qui tournait vite, puis le laissa faire seul.

Il mit un temps fou, et Gaspard n'arrêtait pas de le railler, lui expliquant qu'il n'avait aucune idée du travail qui les attendait quand ils feraient un *vrai* service et qu'il devrait être dix fois plus rapide. Son doigt lui faisait atrocement mal à présent, et il passait une très, très mauvaise soirée, qui se gâta encore, quand ils lui tendirent une serpillière et un seau.

Il imaginait le rire de ses amis, s'ils pouvaient le voir en si fâcheuse posture. Ils n'en croiraient certainement pas leurs yeux. *Bien joué, papa*, songea-t-il, maussade. *Tu voulais me remettre à ma place, et tu as réussi ton coup.*

Après avoir passé la serpillière comme un cochon, il s'installa à la table du personnel, et Gaspard lui tendit *enfin* une assiette. La fatigue, son doigt coupé, son triste sort et la nourriture à l'odeur et au goût délicieux eurent raison de lui et, pendant une toute petite fraction de seconde, Konstantin crut qu'il allait pleurer.

Isla, assise en face de lui, le remarqua avec surprise. Prendre un emploi que l'on détestait autant n'avait absolument aucun sens. Il était si étrange.

– Va te coucher, lui dit-elle quand ils eurent fini de manger et qu'il ne restait que leurs assiettes à laver. Je m'en occupe.

Cette gentille attention désarçonna Konstantin, tout comme le fait, plus contrariant, que son épuisement soit aussi flagrant. Mais il était incapable d'y penser pour l'instant. Il se contenta donc d'opiner du chef. Malgré sa faim dévorante, il avait emballé la moitié de son steak dans une serviette, avant de détaler sans un regard en arrière, nourrir Bjårk, le sortir à nouveau sur le toit, et s'écrouler sur son lit, complètement K-O.

Chapitre 20

Ce crétin de Boudlas était encore en travers de son chemin. S'il y avait bien une chose qu'Agot détestait, c'était que, depuis que le bébé était arrivé, il accaparait toute l'attention de son tonton Joel adoré. Contrairement aux autres membres de la famille, qui avaient pu avoir du mal avec Joel, Agot l'avait adoré dès le départ, ce qui inquiétait un peu ce dernier. Il ne savait pas vraiment comment parler aux enfants. Et c'était justement ce que la fillette préférait chez lui. Il la traitait comme l'adulte miniature qu'elle était persuadée d'être.

C'était l'une des nombreuses choses que Douglas avait ruinées aux yeux d'Agot. Tonton Joel avait constamment les yeux rivés sur ce crétin de bébé, ou il le tenait dans ses bras, ou il lui demandait si elle avait vu ce qu'il était capable de faire à présent. Le nombre de choses dont ce crétin de bébé était incapable – danser, jouer au *shinty*, prendre un goûter, regarder des photos de patinage, regarder le patinage à la télé, parler de patinage, harceler son père pour regarder de vieilles vidéos des patineurs Torvill et Dean, ou encore faire des glissades dans la cuisine sur des torchons propres en faisant semblant d'être une patineuse, au grand dam des autres, qu'elle gênait ou qui ne voulaient pas avoir le *Boléro* dans la tête pendant les six prochains mois – était incalculable. Agot s'efforçait de crier plus fort pour attirer leur attention, mais cela ne semblait pas fonctionner.

Le lendemain, en voyant Joel s'extasier devant ce crétin de bébé dans la cuisine, elle eut une idée. Elle s'approcha de Flora, qui était en train de loucher sur son téléphone. Ils passaient tous leurs journées le nez dans leur téléphone, mais, si elle voulait les imiter, ils lui disaient : « Non, pas de téléphone pour toi, Agot », alors que, si c'était mal, pourquoi ils le faisaient tous à longueur de temps ? Et après, ils lui disaient : « Agot, tu fais trop de bruit », alors qu'elle n'en ferait pas, si elle avait un téléphone. Pourquoi étaient-ils tous aussi STUPIDES ? Et pourquoi Noël était-il encore SI LOIN ? À cinq ans, quatre semaines, c'est une éternité.

– Tata Flora, dit-elle sur le ton de la conversation.

– Oui, ma chérie, répondit sa tante, qui était en train de chercher des fournisseurs de farine en se demandant pourquoi Fintan ne s'en chargeait pas.

– Je crois… commença gravement la petite. Je crois que tonton Joel ne nous aime plus.

– Vraiment ?

Elle jeta un coup d'œil par-dessus la tête de la fillette et vit Joel danser avec le bébé dans la cuisine, Douglas rigolant et tendant ses petits doigts vers le haut. C'était un spectacle adorable.

– Qu'est-ce qui te fait penser ça ?

– Parce que c'est vrai, répondit Agot avec un soupir désabusé. Il aime CE BÉBÉ, maintenant.

– Je pense qu'on peut aimer plusieurs personnes en même temps.

Agot fronça les sourcils.

– Une fois, j'ai fait tomber Grand Méchant Renard, Daisy et Jamford dans une flaque d'eau, tous EN MÊME TEMPS, parce qu'il pleuvait beaucoup, beaucoup.

Jamford était une petite vache en peluche qu'elle trimballait partout, dont l'origine du nom s'était depuis longtemps perdue dans les brumes du temps.

– Et j'ai ramassé Jamford en premier, poursuivit-elle sombrement.

Flora y réfléchit.

– Eh bien, je comprends, mais tu as ramassé Grand Méchant Renard et Daisy, après, non ?

La petite secoua la tête solennellement.

– Non, Jamford était plein de boue, il fallait que je m'occupe de lui.

– Alors tu as laissé les autres dans la boue ?

Agot haussa les épaules.

– Oh, papa a dû les ramasser.

Flora la considéra.

– Je ne crois pas que tonton Joel te laisserait dans la boue.

– Pas MOI, patate. Toi !

Puis elle se hissa sur les genoux de sa tante.

– Hum hum, oh, regarde, un téléphone, dit-elle, le répétant, de plus en plus fort, jusqu'à ce que Flora cède.

La petite s'installa confortablement, avec un soupir de contentement, et Flora jeta un coup d'œil à Joel, qui devait se rendre à Londres ce soir-là et n'avait manifestement aucune envie d'y aller.

*

À la *Seaside Kitchen*, Iona avait rempli le compte Instagram officiel du café des beaux clichés pris la veille, pour accompagner toutes les jolies photos qui y figuraient déjà. L'engouement n'était pas énorme, et elle commençait à énerver tout le monde, car elle insistait pour que tout soit toujours parfaitement aligné, pour acheter des tonnes de guirlandes lumineuses, ce qui faisait monter en flèche leur consommation d'électricité, et pour lisser les bords de son gâteau de Battenberg avec une règle, afin de s'assurer qu'il soit impeccable sur les photos.

Elle faisait pression sur Flora pour acheter de nouveaux présentoirs à pâtisseries, plus esthétiques, ce à quoi Flora était farouchement opposée – ils avaient déjà assez de mal comme cela à payer la facture d'électricité, l'hiver. Et maintenant, elle se retrouvait coincée avec la vieille Mme McClocherty, qui attendait d'être servie au comptoir en dressant la liste complète de ses problèmes de santé récents à Mme Barr, qui patientait derrière elle.

Il allait falloir trouver mieux, songea Iona.

Chapitre 21

Grâce au succès du dîner, l'atmosphère s'améliora dans la cuisine. Et Gaspard commençait à se détendre, lui aussi, conquis par les produits qu'on trouvait sur l'île. Un après-midi, il ramena un énorme filet de saumon fumé pour préparer des canapés, insistant pour qu'ils s'y essaient tous.

– Il faut que vous appreniez, leur dit-il. On n'utilise que de bons produits.

– Mais ce sera très cher, du coup, non ? l'interrogea timidement Isla.

Il lui jeta un coup d'œil.

– Oui. Si on veut de la qualité, il faut y mettre le prix. Allez, sortons. Il faut que vous voyiez le *terroir**.

– Je ne sais pas ce que c'est, répondit la jeune fille. Mais, à la *Seaside Kitchen*, on a des sablés au caramel.

Gaspard fit un petit bruit sarcastique, puis leur passa devant.

Ils marchèrent jusqu'au village, descendant la longue route à grandes enjambées. Il neigeait, le ciel était gris, bas, et les flocons tournoyaient devant leurs yeux. Konstantin avait emmené Bjårk, qui, tout content, allait et venait sur les flaques d'eau gelée, qui craquaient sous ses énormes pattes, le surprenant à chaque fois. Iona était emmitouflée dans un manteau

« Teddy bear » que Iona avait insisté pour lui prêter, maintenant qu'elle devait marcher jusqu'au *Rock* tous les jours. En lui rentrant dedans près de la porte de la cuisine, Konstantin avait froncé les sourcils.

– Tu ressembles à un ours, lui avait-il dit.

– Et alors ? avait répliqué la jeune fille, qui, nerveuse, n'y prêtait aucune attention, n'étant pas vraiment d'humeur à sortir dans le froid glacial avec un chef caractériel et un grand bébé gâté.

Kerry et Tam ne les accompagnaient pas : ils allaient pouvoir commencer à préparer les aliments au chaud, dans la jolie cuisine, et elle aurait de loin préféré rester avec eux, même si Kerry n'arrêtait pas de la regarder de travers.

– Bon, il faut qu'on cherche des fournisseurs pour le *Rock*, lui dit Gaspard.

– Pas besoin de chercher, répondit-elle. Je sais exactement où me procurer les produits : le pain chez Mme Laird, les produits laitiers chez Fintan et Innes, le saumon fumé chez Andrew Linhorn, et le poisson frais, juste devant chez moi.

– Bon, dans ce cas, tu dois me montrer, et on peut s'en assurer tous les deux. La provenance des aliments est cruciale dans une cuisine.

– Est-ce que je peux vous accompagner ? leur avait demandé Konstantin un peu plus tôt.

– Tu es plongeur. Ce n'est pas nécessaire. Récure le placard à casseroles, s'il te plaît.

Mais Konstantin avait eu l'air si triste, si peiné, que Gaspard avait fini par céder, et le jeune homme s'était rendu à l'étage presque d'un seul bond, pour aller chercher son manteau et son écharpe, qui semblaient coûter une fortune, ainsi que son chien ridicule. On aurait dit un adolescent avec ses grandes jambes, allongeant de plus en plus le pas pendant le trajet, comme la neige se faisait enfin moins abondante, que le vent tombait et qu'un pâle soleil d'hiver faisait son apparition. Il faisait craquer autant de flaques gelées que Bjårk, couvrant beaucoup de terrain, tout bonnement ravi d'être dehors, au grand air.

Près de l'entrée de la ferme, une voix forte les stoppa net.

– TU ES UN MÉCHANT CHIEN !

– Hé ! s'écria Konstantin. Je ne crois pas que ce soit un méchant chien.

Il baissa les yeux. Agot lui arrivait aux genoux.

– Il a cassé ma patinoire !

Tous les regards se dirigèrent vers la flaque gelée, boueuse, dans laquelle se tenait Bjårk.

– Je vais aux Jeux Lympiques et, maintenant, je ne peux plus m'entraîner.

– Tu vas faire du patin aux Jeux olympiques ?

– OUI !

– Je te présente Agot, la nièce de Fintan, dit Isla. Agot, je te présente Konstantin. Il travaille à l'hôtel de Colton, et voici son chien, Bjårk.

La fillette se tourna vers Bjårk avec une aversion non dissimulée.

– Je n'aime pas son chien.

Konstantin la dévisagea, comme insulté.

– C'est une flaque d'eau. Pas une patinoire.

Un ange passa. Puis Agot tourna les talons, avant de repartir en trombe vers la ferme en pleurant toutes les larmes de son corps.

– Bien joué, commenta Isla avec colère. Elle a cinq ans. Et c'est la nièce de ton patron.

– Eh bien, elle devrait apprendre les bonnes manières, rétorqua Konstantin en s'empourprant légèrement.

– Toi aussi ! C'est une *enfant* !

– Maintenant, j'ai peur qu'ils ne nous bannissent de leur exploitation, ajouta Gaspard. Toi… plus un mot.

Flora vint à leur rencontre, main dans la main avec une Agot hurlante. Konstantin les rejoignit aussitôt.

– Je suis vraiment désolé, dit-il en s'accroupissant devant la fillette, même si sa voix était encore boudeuse. Mon chien n'aurait pas dû casser ta patinoire.

– C'est parce que c'est un très méchant chien, répondit Agot, et Konstantin se redressa, se retenant d'ajouter quoi que ce soit.

– Bon, dit Flora. C'est réglé ?

– Je ne sais pas lequel des deux est le plus gâté, murmura Isla à Flora pendant qu'ils se dirigeaient vers la laiterie.

D'ordinaire, Flora aurait aussitôt pris la défense de sa famille. Mais, aujourd'hui, Douglas était agité à cause de l'absence de son papa, alors elle se contenta de rire. La journée avait été éprouvante. Le bébé n'avait pas arrêté de pleurnicher, de ronchonner, et elle s'était surprise à envier Joel, assis dans un avion, les deux mains libres, en train de siroter un café ou de lire le journal, même si elle savait qu'il n'avait pas envie d'aller à ces réunions ; pas envie de les laisser. Mais la journée n'en finissait pas, et elle s'était levée trois fois dans la nuit : elle était dans le cirage, elle avait une tonne de lessive à faire, mais elle ne pouvait pas poser le bébé une seule seconde. Rire avec Isla constituait un réel progrès.

Chapitre 22

Flora les fit tous entrer dans la cuisine, où elle avait demandé à Fintan de présenter un échantillon de tous leurs produits, afin que Gaspard puisse choisir ce qu'il voulait et en quelle quantité. Il n'était pas question de faire appel à un autre fournisseur, mais Fintan n'avait pas voulu s'en charger, et Flora avait dû le persuader en lui rappelant combien c'était important : plus Gaspard utiliserait leurs produits, mieux ce serait pour tout le monde.

Différents beurres étaient donc posés sur la table : salé, doux, aromatisé à l'ail fumé ou à l'olive. Sans oublier celui à la fleur de sel, délicieux, avec de gros cristaux de sel à l'intérieur, qui, quand on l'étalait bien froid sur du pain chaud tout juste sorti du four, avec une croûte bien croustillante et une mie bien levée, pouvait faire pleurer les hommes les plus endurcis.

Il faisait bon dans la ferme. Bramble se leva de sa place habituelle – presque allongé dans le feu – pour dire bonjour à Bjårk, qui le salua en retour en lui reniflant lui aussi le derrière, puis, chacun d'eux étant satisfait que l'autre n'ait pas envie de se battre ni de lui grimper dessus, il le suivit tranquillement jusqu'à la cheminée, où il s'allongea dos à dos contre lui. Bjårk avait marché une vingtaine de minutes : ce gros fainéant aurait maintenant besoin d'environ quarante-huit heures de repos pour se remettre. Agot, en train de faire des glissades toute seule dans un coin de la pièce, lui lançait parfois un regard mauvais.

– Alors, qu'est-ce que c'est ? demanda Gaspard en montrant le premier beurre.

Fintan lui exposa leur façon de procéder et les difficultés rencontrées pour être certifiés agriculture biologique, puis lui expliqua que les vaches des Highlands étaient plus petites, puisque l'herbe n'était pas luxuriante dans ces régions septentrionales, mais résistante et tendre, et comptaient parmi les meilleures au monde. Gaspard fit allusion au fait que les vaches bretonnes battraient sans doute les siennes dans un combat, mais Fintan ne fit pas vraiment attention et, après la première bouchée, les autres ne firent plus attention, eux non plus.

Dans un premier temps, Konstantin avait été un peu déconcerté par l'aspect délabré de la grande cuisine de la ferme, avec sa cuisinière, ses piles de papier, ses anciens numéros de *Farmers Weekly*, ses vieux médaillons de harnais accrochés aux murs, les jouets en plastique d'Agot dans un coin et les paires de bottes alignées devant le feu pour sécher. C'était un peu miteux. Les assiettes étaient dépareillées : la moitié d'entre elles provenait du service qu'Eck avait reçu à son mariage et était ornée de tulipes délicates et de bords festonnés ; les autres étaient modernes, couleur pastel. Flora les avait commandées sur l'île principale pour la *Seaside Kitchen*, et la ferme héritait du surplus et des ébréchées. Il n'y avait pas assez de chaises, et celles qui étaient disponibles étaient elles aussi dépareillées, un peu branlantes sur le dallage, des tapis étant posés ici et là dans la pièce.

Mais elle était emplie de l'arôme du café en train de passer dans la petite machine sur le feu, ainsi que du parfum du pain chaud, du crépitement du feu, du bruissement réconfortant de la queue des chiens sur le sol, du tic-tac de la vieille horloge de parquet dans le coin, du ronronnement de la BBC Radio nan Gàidheal, du bruit du thé qu'on versait dans les tasses, et du souvenir d'anciennes conversations imprégné dans les murs – les discussions quotidiennes au sujet des prévisions météo, du prix des céréales, de l'état de santé des moutons.

Assis sur la chaise la moins confortable (il avait été le dernier à choisir son siège, étant habitué à ce qu'on lui offre toujours le meilleur ; c'était profondément déroutant), Konstantin avait les paupières lourdes, il s'assoupissait presque, tandis que les autres mangeaient et papotaient, l'horloge tictaquant à son oreille. Il venait de traverser des moments très difficiles.

– Konstantin ? Konstantin… ?

Il entendit une voix, qui lui sembla très lointaine. Tout à coup, il fut persuadé de s'être à nouveau attiré des ennuis pour une chose ou une autre, comme avoir fait tomber le chapeau du trésorier du pensionnat ou avoir renversé du champagne sur la princesse roumaine en exil. Or, quand il ouvrit les yeux, il vit des visages souriants. Il battit des paupières.

– Qu'est-ce que tu penses du fromage ?

– Je n'ai pas mangé de fromage.

– Ton assiette est vide.

Tous les regards se tournèrent alors vers Bjårk, qui se léchaient les babines d'un air pensif.

– Ça lui plaît, fit remarquer Konstantin, étonné.

Le visage de Gaspard était sérieux.

– Vous savez, commença-t-il. C'est évident, le seul fromage que je voudrais vraiment servir, c'est du fromage français.

– On sait ! répondit jovialement Flora. Mais ce ne sera pas le cas !

– Mais si je suis obligé… si je suis vraiment obligé de servir autre chose…

– Ce qui est le cas.

– Alors, ça, c'est… *pas mal**.

Flora se tourna alors vers Fintan, tout sourire.

Chapitre 23

La neige avait été balayée par le vent quand le jour du grand dîner de charité de Jan fut venu, début décembre. Joel était rentré, ayant parlé du nouvel hôtel à tous ceux qu'il avait croisés pendant son voyage, bien sûr. Cette idée n'enchantait pas Flora : allait-elle voir débarquer ses anciennes conquêtes, toutes ces belles blondes, grandes et minces ? Joel, lui, était à mille lieues de ces considérations ; il réfléchissait à cette histoire d'illuminations de Noël supplémentaires que Colton avait exigées. Il avait contacté plusieurs entreprises à Londres, qui l'avaient toutes envoyé valser, à la londonienne, en se moquant de lui et en lui disant : « Ça va pas bien, mon vieux ? », sous-entendant qu'il fallait être un abruti pour ne pas s'y être pris au moins onze mois à l'avance. Quoi qu'en pensait Flora, la capitale ne manquait pas le moins du monde à Joel.

Il était très élégant dans son costume. Flora, elle, avait du mal à fermer sa vieille robe en velours noir, ce qui était horripilant. Plus qu'horripilant, en réalité. Jan n'arrêtait pas de répéter qu'elle avait perdu tous ses kilos de grossesse juste après la naissance de Christabel, sans le vouloir, c'était vraiment incroyable : les kilos de grossesse étaient un mythe, auquel se raccrochaient les fainéantes. C'était n'importe quoi, de toute évidence, mais n'empêchait, songea Flora, savoir qu'elle avait un beau bébé, en pleine forme, n'y changeait rien : sa fermeture éclair, sans pitié, refusait de remonter.

– Je vais inspirer profondément, et tu vas la fermer, dit-elle à Joel, qui tiqua.

– Mets autre chose, lui suggéra-t-il en lui embrassant l'épaule. Tu ne vas pas être bien, si ta tenue n'est pas confortable.

– Es-tu en train de me dire que je suis grosse ?

– Non ! Tu es superbe !

– Eh bien, si je ne suis pas grosse, j'entre encore dans cette robe, rétorqua-t-elle avec colère, en rentrant le ventre, pendant que Joel faisait en sorte de ne pas la blesser par accident.

– Bien, allons-y, dit-elle. Si Gaspard réussit une nouvelle fois à sortir le grand jeu, et si Iona prend assez de photos pour Instagram, je pense que ça pourrait être un succès.

Elle l'espérait sincèrement. Fintan ne s'était occupé de rien, ou presque, et elle n'avait pas vraiment les compétences en marketing nécessaires pour ouvrir un hôtel. S'ils avaient de jolis clichés, ils pourraient faire fabriquer des brochures et, avec un peu de chance, tout se passerait bien le jour de l'ouverture officielle.

Mais, de toute façon, c'était le problème de Fintan, bien sûr. Elle devrait se détendre et en profiter : Joel n'arrêtait pas de le lui dire.

Toute l'île semblait présente, sans doute parce que c'était le cas. Jan et Charlie venaient de deux familles très anciennes de Mure et étaient apparentés, de près ou de loin, à tous les îliens, ou presque. Tout le monde les soutenait dans leur travail : ils faisaient venir des jeunes gens défavorisés des grandes agglomérations de l'île principale, leur apprenaient à camper et à se débrouiller, leur faisaient faire des activités en plein air, mais cela ne se limitait pas à cela, en réalité : c'était l'occasion pour ces jeunes de respirer l'air pur, d'apprendre à être autonomes et de souffler un peu, loin de tout ce qui se passait chez eux. Indéniablement, Jan et Charlie œuvraient pour la bonne cause. Dans l'ensemble, les fonds qui servaient à financer cette entreprise venaient des juristes et des employés de bureau auxquels ils faisaient payer des fortunes pour dormir sous une tente glaciale, manger des haricots en boîte et se dire que cette expérience les rapprochait (c'était vrai : la haine qu'ils vouaient à Jan et Charlie, qui leur faisaient vivre cette expérience atroce, avait tendance à beaucoup les rapprocher).

L'hôtel était ravissant, comme toujours, et Flora avait fait appel à Bertie Cooper pour les accompagner en bateau. Ce dernier était épris d'elle depuis le lycée, et cela ne lui était toujours pas passé, même si elle était maman à présent. Il était du genre optimiste.

– Sacrée soirée, fit-il remarquer en conduisant Flora et Joel à la rame dans des eaux agitées.

Joel fixait l'île derrière lui, sourcils froncés.

– Il ne faudrait pas que quelqu'un passe accidentellement par-dessus bord et laisse bébé sans papa, dit Bertie tout bas.

– Eh bien, non, effectivement, répondit Flora, interloquée, avant d'aller rejoindre Joel.

– À quoi est-ce que tu penses ?

– Je me disais, commença Joel, qui n'avait presque jamais fêté Noël quand il était enfant et à qui cela avait beaucoup manqué. Je me disais que, vu d'ici, il n'y a presque pas d'illuminations sur l'île.

– Eh bien, oui. Parce qu'on est au large, sur un bateau, et qu'on décore rarement pour les gens qui passent deux secondes en bateau. L'endroit le plus proche d'où on pourrait les voir, c'est la Norvège.

– Hum. Mais je me disais… c'est le premier Noël de Douglas… il faut vraiment que je m'y mette.

– Je sais, merci, dit Flora, souriant toute seule en pensant au nombre considérable de magnifiques tricots qu'elle avait déjà reçus de la part de ses plus vieilles habituées.

Et ce n'était pas fini, elle le savait. Le pauvre enfant aurait de l'eczéma avant ses deux ans.

– Je n'ai pas encore réussi à affecter la dotation que Colton a prévue pour les illuminations.

Leur regard se porta sur l'île terne. Tous les ans, le conseil municipal décidait que l'argent que les autres villes réservaient à leurs décorations de Noël serait plutôt consacré à l'éclairage des rues.

L'hiver, il faisait nuit à la sortie de l'école, et l'établissement était situé tout en haut de la colline qui surplombait le village. Des illuminations supplémentaires et des rampes sur le chemin permettaient à davantage d'enfants d'aller et venir tout seuls, sans que leurs parents aient besoin de faire la navette en voiture, ce qui aurait fait courir plus de risques aux autres petits qui s'y rendaient à pied. Cet arrangement était sensé. Mais le reste de l'île était de fait un peu tristounet. Joel n'avait rien remarqué l'année précédente. Mais cette année, bien sûr, les choses étaient complètement différentes.

– Super, répondit Flora, la tête ailleurs, comme ils achevaient la courte traversée et que Bertie lui tendait la main pour l'aider à descendre.

– Tu es très jolie, lui dit-il en la déposant doucement sur le quai.

– Merci ! s'exclama-t-elle, profondément reconnaissante, car cela l'aida à retrouver le sourire malgré l'incident de la fermeture éclair.

Bertie était content. Il l'avait fait sourire. Il ne fallait jamais perdre espoir.

Chapitre 24

Une nuit, songea Lorna MacLeod en se préparant pour le dîner dans son appartement, non loin de la minuscule école dont elle était directrice, et en pensant à Saif, le médecin de l'île qui était arrivé de Syrie avec le statut de réfugié et dont elle était éperdument amoureuse – même s'il ne savait pas si sa femme était encore en vie. Oh, et Lorna avait ses fils pour élèves.

Elle était dans de beaux draps, indiscutablement. Comme la fin de l'année approchait, elle faisait le décompte dans sa tête et n'aimait pas du tout le résultat.

Une fois au début de l'année, à la faveur de la nuit.

Une nuit au printemps, quand les garçons étaient partis en camp scout.

Trois nuits : ils avaient réussi à partir en long week-end à Édimbourg, quand Jan et Charlie avaient emmené les garçons dans le cadre des « Aventures en plein air » grâce à des places gratuites.

Saif avait été soufflé par la beauté sombre et fastueuse de la ville, son atmosphère joyeuse, débordante de vie, ses minuscules passages et ses escaliers pavés, ses bars dérobés à la vue et ses grands panoramas.

Ils étaient descendus dans un hôtel niché dans une tourelle, un peu au-dessus de leurs moyens, avaient escaladé Calton Hill sous la pluie et goûté toutes les spécialités culinaires qu'ils ne trouvaient pas sur Mure (à savoir, pratiquement toutes) – ils avaient même trouvé, sur une place du centre historique, un restaurant du Moyen-Orient dont Saif avait dit qu'il n'était « pas mal » devant une Lorna qui pleurait de rire en le voyant s'empiffrer de baba ganoush.

Elle avait pris quelques photos d'eux : le soleil s'était montré par intervalle, et ils s'étaient acheté un vrai festin de mets italiens chez le traiteur Valvona & Crolla, puis avaient flâné jusqu'au parc Princes Street Gardens, où ils avaient fait un vrai pique-nique, dans l'ombre du château. Elle avait alors pris un *selfie* d'eux, sa tête contre la sienne, riant et un peu mal à l'aise en même temps, se sentant toujours coupable.

Mais elle avait pris la photo malgré tout, même si elle savait parfaitement qu'elle ne pourrait jamais la poster nulle part, qu'elle ne pourrait pas la mettre sur les réseaux sociaux. Elle l'avait envoyée à Flora, qui, morte de fatigue à cause de l'allaitement, n'avait pu faire mieux que lui envoyer un petit pouce levé en réponse. Mais Lorna la regardait tout le temps. Sur ce cliché, ils pourraient être un couple comme un autre. Ils pourraient être normaux. S'ils ne se cachaient pas. Si elle n'était pas l'institutrice de ses enfants. Si sa femme n'était pas portée disparue. S'ils pouvaient parler de leur histoire…

Enfin, il ne servait à rien d'y songer maintenant. Ils ne pouvaient pas parler de leur histoire, ils ne le pouvaient pas. Ne restaient que de petits moments volés – de temps à autre, quand il était de garde. Elle détestait devoir se cacher, ils le détestaient tous les deux : c'était glauque, sordide.

Mais c'était aussi merveilleux, et le problème venait en grande partie de là.

Oh, et à Halloween aussi. Ce qui n'aurait jamais dû se produire. Elle s'empourpra légèrement. Bon, il faisait très sombre. Il y avait des fêtes dans toutes les maisons, les gens allaient et venaient, et les garçons étaient partis pendant des heures avec leurs copains pour faire le tour du voisinage – les enfants pouvaient se promener en toute liberté sur Mure ; les rues étaient aussi sûres que les maisons.

Six, compta-t-elle. Six nuits en un an. Cela ne pouvait pas continuer ainsi. En colère, elle passa un coup de brosse dans sa belle chevelure rousse.

⋆

La petite jetée, contrairement au reste de l'île, était constellée d'illuminations, qui scintillaient dans de grands vases et balisaient le chemin jusqu'au tapis rouge installé sur le perron du *Rock*, où un joueur de cornemuse les accueillit au son d'une complainte.

C'était magnifique, et les gens qui débarquaient derrière Joel et Flora poussaient des cris d'admiration, malgré le vent froid qui soufflait directement du large. Deux braséros encadraient la porte d'entrée, leurs flammes s'élevant dans la nuit, ce qui ne manquait pas d'impressionner, et toutes les fenêtres de l'édifice luisaient, jaunes et orange, tentantes, chaudes, douillettes. Des odeurs de champagne, de parfum de dames et de feu de bois embaumaient l'air, se mêlant, bien sûr, à celle des grandes et lourdes couronnes de Noël suspendues un peu partout.

Flora rougit de fierté. Tout se passerait bien. Le *Rock* serait parfait. Plusieurs invités venus de l'île principale restaient pour la nuit : certains dans le bâtiment principal, d'autres dans les maisons d'amis qui parsemaient le domaine, également équipés de planchers chauffants et de tout le confort. Joel vivait dans l'un de ces cottages, quand il était venu travailler sur Mure. Le simple fait d'y penser la fit frissonner. Elle lui jeta un coup d'œil, pour voir s'il pensait à la même chose, mais il était en train d'envoyer un texto à Eck, qui faisait du babysitting, mais ne surveillait pas son téléphone et ne savait pas envoyer de textos, de toute façon, si bien qu'elle n'était pas certaine que cela soit vraiment utile.

À l'intérieur, Gala servait des flûtes de champagne et des jus pétillants aux invités, et le personnel de salle recruté au village était déjà en train de faire circuler les canapés. Le feu brûlait dans les cheminées, et il y avait des petits groupes de gens partout, sur leur trente et un, l'air heureux – dont de nombreux îliens, totalement méconnaissables sans leurs vestes en tweed et leurs polaires. Mme Mathieson était étincelante, dans un top en strass brillant et un rouge à lèvres fuchsia, très vif, dont Flora aurait parié (à raison) que c'était le seul qu'elle n'ait jamais possédé ; les agriculteurs s'étaient faits beaux, ayant revêtu leurs vieux kilts rapiécés et raccommodés, reçus en héritage. Jan portait une robe en satin violet fluo avec des manches bouffantes. Elle ressemblait à un bonbon Quality Street, songea Flora, mais elle le garda pour elle, comme Jan fondait sur Joel.

– Allez, mon cher Joel. Il faut que je t'emprunte un moment, dit-elle. Ça ne te dérange pas, Flora, n'est-ce pas ? Il faut qu'il rencontre les sponsors.

Cela dérangeait Flora, beaucoup. C'était leur première sortie, rien qu'eux deux, depuis la naissance de Douglas. Elle espérait saluer rapidement tous les invités, puis attraper une bouteille de champagne et se retirer dans l'une des suites encore vides. Elle l'espérait sincèrement. Peut-être même faire quelques pas de danse avant (Joel ne dansait pas, mais aimait la regarder), suivis d'un savoureux dîner, puis… enfin, elle avait quelques projets en tête pour Joel Binder ce soir-là, en l'occurrence.

Or il était là, à se laisser accaparer par Jan. Charlie les rejoignit, sourit à Flora d'un air contrit, puis l'embrassa sur les deux joues. Mais Jan fit volte-face pour lui jeter un regard glacial, ce qui signifiait que la petite conversation sympathique qu'il comptait avoir avec Flora sur la vie de jeunes parents (il ne pouvait jamais en évoquer les difficultés avec Jan, puisqu'elle était catégorique : tout était génial, parfait, en permanence) n'aurait pas lieu. Alors il sourit à nouveau d'un air contrit, puis quitta le hall d'entrée. Flora considéra l'énorme tête de cerf au-dessus de la porte.

– On n'est plus que tous les deux, mon petit, grommela-t-elle en tendant son manteau.

*

Dans la cuisine, Konstantin se désespérait, une fois de plus. Il était censé s'être exercé au hachage des légumes tout le week-end, Noël approchant dangereusement. Au lieu de cela, il avait passé tout son temps à se cacher dans l'armoire sèche-linge, l'endroit le plus chaud du bâtiment quand il n'était pas ouvert aux invités, à lire *Ivanhoé* et à écrire des lettres imaginaires, désespérées, à ses amis pour qu'ils montent une opération de sauvetage. Il fallait qu'il s'achète un téléphone, et envisageait même d'en voler un.

– Est-ce que je peux t'emprunter ton téléphone ? demanda-t-il brusquement à Isla.

– S'il te plaît ? lui suggéra-t-elle avec douceur.

Il grimaça.

– S'il te plaît, répéta-t-il, se sentant idiot.

Elle le lui tendit, et il s'en empara, avant de le fixer, sourcils froncés.

– Je ne me rappelle le numéro de personne.

– Je connais ça. Où est ton téléphone ?

– Il ne marche plus, répondit-il avec un haussement d'épaules.

– Tu pourras acheter du crédit à l'épicerie. Quand on sera payés.

– Du crédit ?

– Pour ton téléphone.

– Est-ce que ça le fera marcher ?

La jeune fille se demanda si Konstantin n'était pas un peu demeuré.

– Euh, sans blague ?

Il parut si vexé qu'elle faillit éclater de rire.

– Tu peux aller sur Facebook, si tu veux, lui proposa-t-elle au bout d'un moment, puisqu'il ne semblait pas avoir l'intention de lui rendre son téléphone.

– Je ne suis pas sur Facebook, rétorqua-t-il avec mépris.

– Alors, dans ce cas, rends-le-moi.

– Non, non, attends. Je peux aller sur Snapchat pour envoyer un message, poursuivit-il en tripotant les touches.

– Bien sûr, utilise mon forfait, je t'en prie, dit Isla, mais cela tomba dans l'oreille d'un sourd.

Konstantin n'avait jamais payé de facture téléphonique de sa vie. Il tapota sur quelques touches. Puis essaya de nouveau. Puis jura pour de bon.

– Quoi encore ?

– Je ne me rappelle pas mon mot de passe.

– Eh bien, demande-leur un nouveau.

– Je l'ai fait. Ils me l'ont envoyé par texto. Sur mon téléphone.

Isla ne put retenir un sourire, qu'il remarqua.

– Ce n'est pas drôle, lança-t-il en lui redonnant brutalement son portable.

– C'est vrai, mais est-ce que je peux te demander… pourquoi es-tu ici ? Sans téléphone ni argent ?

Il poussa un soupir. Il avait trop honte de lui expliquer qu'il avait été banni. Il se contenta donc d'un haussement d'épaules.

– Je suis censé apprendre des choses.

– Eh bien, tu peux commencer avec ces pommes de terre.

Konstantin était donc d'une humeur massacrante, parce qu'il prenait du retard. Et Gaspard était d'une humeur massacrante à cause de lui, parce que, comme il n'arrêtait pas de le lui répéter, quand il avait dix-sept ans, il avait dû apprendre à émincer, lui aussi, et il y passait six heures par jour, afin d'économiser pour s'acheter son premier jeu de couteaux, les couteaux qu'il avait toujours, parce que, si on voulait exceller dans un domaine, il fallait s'exercer. Paroles que Konstantin avait entendues toute sa vie, mot pour mot, dans la bouche de ses professeurs de musique, de voile, de maths, d'anglais, de science et d'art. Il avait le sentiment d'être haut comme trois pommes.

– Plus vite ! Plus vite !

Le menu était simple : du pâté, suivi de chevreuil braisé au vin rouge, accompagné de pommes de terre cuites à la suédoise, de carottes et de navet rôtis, ou d'un délicieux haggis végétarien pour ceux qui ne mangeaient pas de viande, mais le timing devait être parfait. Les soixante convives devaient être servis en même temps, car si la moitié d'entre eux attendait pendant que l'autre voyait ses plats refroidir, on pouvait être sûr que personne ne serait content.

Mais les choses s'annonçaient bien, remarqua Isla. Les fours fonctionnant à merveille, les pommes de terre cuisirent en un temps record, et la sauce au vin sentait divinement bon. Ils avaient préparé les pâtés à l'avance et les avaient remisés dans la chambre froide ; celui aux champignons, au poivre blanc et au brandy était si savoureux qu'Isla ne pouvait croire qu'il était fait à partir d'ingrédients locaux, mais Gaspard lui avait assuré que c'était le cas et qu'il n'empoisonnerait personne, il en était certain, à cent pour cent. Elle l'avait fixé longuement, et il lui avait dit qu'il « blaguait », mais elle restait dubitative.

Derrière les portes de la cuisine, elle entendait le brouhaha joyeux des convives satisfaits, le champagne coulant à flots, les sponsors se préparant à ouvrir leur carnet de chèque. Un tel événement était le bienvenu sur Mure : tous les habitants pouvaient se réunir pour se plaindre des visiteurs. Et, la saison des fêtes étant lancée, tout le monde avait l'agréable sensation de la commencer en beauté. Elle aurait aimé que sa mère vienne. Elle lui avait apporté une invitation pour la pousser à sortir un peu de la maison. Mais Vera s'était offusquée, lui expliquant que c'était ridicule, une vraie perte de temps, et que les MacKenzie allait se ruiner avec cet hôtel, tout le monde le savait, et qu'elle se retrouverait au chômage, puisqu'ils ne voudraient pas la reprendre au café, il marchait beaucoup mieux depuis son départ.

Iona se faufila alors dans la cuisine.

– Tu n'as pas le droit d'être ici.

– Je sais ! répondit Iona. Hi Hi ! Je suis venue me moquer de toi, parce que je ne travaille pas le soir. Oh, et je fais aussi un reportage photo.

Isla n'avait aucune idée de ce qu'elle voulait dire, mais préféra se taire.

– Hé, c'est qui, lui ? l'interrogea Iona d'une voix loin d'être discrète, comme toujours.

Elle parlait de Konstantin, qui coupait les pommes de terre en éventail, l'air triste, une main gantée, Gaspard redoutant qu'il ne se coupe un autre doigt, ou deux. Le manque de discrétion d'Iona n'était pas grave, car Gaspard faisait vrombir le mixeur, qui couvrait tous les bruits.

– Pouah, c'est un empoté ! Un paumé. Il ne sert à rien.

Réponse qui aurait pu passer, si Gaspard n'avait pas choisi cet instant précis pour éteindre son mixeur.

Le silence se fit dans la cuisine, seule la radio continua de ronronner doucement en bruit de fond. La peau pâle de Konstantin vira au rose vif, jusqu'au bout des oreilles. Il se concentra sur ses pommes de terre, son couteau s'abattant avec maladresse et indiscipline sur la planche, faisant un tapage pas possible dans la cuisine muette. Isla s'empourpra elle aussi, et sa copine ne fit rien pour l'aider, puisqu'elle éclata de rire.

Mais Gaspard ne lui laissa pas le temps de ruminer : il tapa dans ses mains pour faire sortir Iona, puis mobilisa ses troupes afin d'accélérer la cadence. Les pommes de terre, qui ressemblaient à de minuscules porte-toasts, étaient croustillantes à souhait, rôties dans de la graisse de canard élevé localement, agrémentées de romarin et saupoudrées de cristaux de sel de mer – le chef, nota Isla, mettait une quantité inquiétante de sel dans presque tous ses plats. Peut-être était-ce un secret de cuisinier qui lui était inconnu, jusque-là.

– Bien, cria Gaspard. Est-ce que vous êtes prêts ? C'est notre premier grand service, il faut être prêts. Table une et huit, allez-y !

Ils acquiescèrent tous, l'air sérieux. Isla et Konstantin étaient chargés de dresser les assiettes ensemble. Elle se faufila jusqu'à lui, le visage rouge.

– Euh… je suis désolée pour…

Il lui adressa un regard impérieux.

– Qu'est-ce que j'en ai à faire de ton avis ? lui lança-t-il en battant des paupières.

Blessée, elle rougit de plus belle, le détestant, et se remit à dresser les assiettes. Gaspard regarda alors l'horloge accrochée au mur de la cuisine, puis hurla :

– Trois, deux, un : *LET'S GO !*

Et les serveurs s'élancèrent en un éclair.

Chapitre 25

La salle bruissait des conversations et des rires. On venait de débarrasser le pâté, et les convives replaçaient leur serviette sur leurs genoux et remplissaient leur verre, se préparant pour le plat suivant. Une voix dominait les autres : celle de Jan, qui inaugurerait aussi les discours après le repas, elle ne cessait de le répéter à tout le monde, expliquant qu'ils faisaient cela dans le seul intérêt des enfants, ce que Flora savait déjà, et qu'il était formidable que Christabel fasse déjà ses nuits et qu'ils aient pu la laisser à une baby-sitter. À ces mots, Flora plissa les yeux. Cela ne pouvait pas être vrai, si ? Enfin, c'était peut-être vrai, songea-t-elle, mais Jan était adepte d'une de ces horribles approches des soins à l'enfant, régentées, qui consistait à laisser pleurer son bébé pendant des heures et des heures. Il ne pouvait y avoir d'autre explication.

– Oui, ils sont bien plus heureux dans une structure agréable, dit Jan.

– Je croyais que tu ne posais jamais ton bébé, répliqua Flora d'un ton bien plus accusateur qu'elle ne le voulait.

Jan parut surprise.

– Eh bien, oui, les premiers mois. Ce qui a permis qu'elle soit heureuse et se sente suffisamment en sécurité pour pouvoir la laisser quand et comme on le veut, répondit-elle avec un sourire béat.

Sur ce, le téléphone de Flora bipa, mais elle préféra l'ignorer : c'était sans doute un message d'Innes, pour lui dire qu'Eck se lamentait, parce que Douglas hurlait comme un forcené et qu'Agot se joignait à lui.

Elle alla rejoindre son amie Lorna, splendide dans une nouvelle robe verte, des boucles brillant à ses oreilles.

– Ouah ! regarde-toi ! la complimenta-t-elle.

– Je sais. C'est trop ?

– Mme Mathieson porte un bibi en strass *et* un bijou de tête !

– D'accord, mais compare-moi à quelqu'un d'autre.

Flora la prit dans ses bras. Lorna ne fit même pas mine de cacher ce qu'elle ressentait : Flora était sa seule confidente.

– Alors, il ne vient pas ?

– Je ne suis pas certaine que ce soit le genre de personne à aimer les dîners mondains.

– Tu ne sais pas quel genre de personne il est, répondit Lorna trop vite, avant de se mordre les lèvres. Pardon.

– Ce n'est pas grave. Ne crois pas que je ne compatis pas, parce que c'est le cas. Est-ce que tu veux que je simule une urgence médicale pour qu'on puisse l'appeler ? Rien d'écœurant. Juste un petit malaise, ou quelque chose comme ça.

– Non, répondit Lorna en désignant Mme Laird, la babysitter des fils de Saif, qui portait une robe en lamé or avec des manches chauve-souris, tout droit sortie des années 1980, et gloussait avec ses amis, ravie, un verre de gin à la main. Si on gâche la soirée de Mme Laird, elle va se mettre à cracher dans le pain.

– Je suis sûre qu'elle ne ferait pas ça, dit Flora avant de voir Mme Laird glousser à nouveau. Mais, oui, ne prenons pas le risque.

– J'aimerais… J'aimerais pouvoir renoncer à lui.

– Il y a des hommes, ici, lui fit remarquer Flora.

– Il y a des hommes partout. Est-ce que tu as vu le Tinder des Highlands ?

Flora dut admettre que non.

– Des bûcherons. Des pêcheurs. Des agriculteurs. Des spécialistes des énergies renouvelables. Des ouvriers du pétrole. Des marins. Quatre-vingt-dix pour cent des hommes disponibles du Royaume-Uni sont ici *et* nombre d'entre eux sont canons.

– Mais ? l'incita doucement Flora.

– Mais c'est lui que je veux.

– Tu es magnifique, répéta Flora.

– Merci, répondit Lorna, en se rappelant de ne pas trop boire.

La tentation d'aller chez lui serait énorme, et les répercussions potentiellement désastreuses. L'idée de réveiller les garçons la traumatisait tant, la dégoûtait tant, qu'elle en était insupportable.

– Un peu plus de champagne ? lui proposa Flora avec enthousiasme.

– Non, répondit Lorna à regret, en couvrant son verre de sa main aux ongles fraîchement vernis. Non, merci.

Tout à coup, les portes de la cuisine s'ouvrirent en grand, et Flora tourna la tête avec intérêt pour voir sortir les plats. Or la situation vira vite à la catastrophe.

*

À sa décharge, Bjårk restait souvent parqué dans la chambre de Konstantin. Et, même quand son maître le sortait, c'était pour une promenade sinistre autour du petit cap au nord de l'hôtel, durant laquelle il fixait les parcs éoliens au large, s'apitoyant sur son sort. Ce n'était pas entièrement de la faute de Bjårk, s'il avait besoin de se dépenser, et il manquait cruellement de compagnie. Au palais, il était tout à fait normal qu'il déambule dans les couloirs, finissant presque toujours à la cuisine, où le personnel le gâtait autant que Konstantin – il y avait toujours un petit quelque chose pour eux, et le chien avait l'obligeance d'accepter aussi bien les friandises que les caresses et les confidences.

Or « *Let's go* », crié fort, ressemblait beaucoup à « *La oss gå !* », ce qu'ils disaient en Norvège quand ils chassaient le cerf dans les bois ou faisaient des courses de chevaux dans les champs recouverts de neige craquante pour le simple plaisir, tous les éléments du paysage scintillant, tels des diamants, sous le bas soleil d'hiver. C'était un cri de ralliement, une invitation à courir.

Et Bjårk, qui se sentait seul et s'ennuyait, en chemin pour la cuisine, attiré par une odeur alléchante, ne put s'empêcher d'y répondre.

Il s'élança, telle une flèche énorme et poilue, traversa la cuisine, franchit la porte et, boum !, fonça droit sur une serveuse, qui poussa un petit cri et fit tomber les assiettes habilement posées sur son grand plateau d'étain. Cela fit un boucan d'enfer. Un des convives, surpris par cette cacophonie soudaine, cria à son tour, et Bjårk, complètement affolé, fonça tête la première dans la table voisine, la renversant, arrosant au passage plusieurs chemises blanches de vin rouge. Quelqu'un d'autre se mit à hurler. La situation devenait hors de contrôle.

Gaspard apparut alors à la porte.

– *Mon Dieu* !* Le chien ! Le chien ! Amenez-le-moi ! Je vais le tuer et le cuisiner pour vous !

– Bjårk ! Bjårk ! Au pied ! Viens là ! Au pied ! s'écria Konstantin, qui suivait le chef, livide.

Mais Bjårk était surexcité à présent : il avait découvert des bouts de crackers par terre et les dévorait, courant en tous sens, incapable de voir plus loin que les tables, totalement désorienté. Il était si gros, si poilu, que les gens rechignaient à le toucher, de peur de se faire mordre : ils ne le connaissaient pas, après tout. Quelques vieux agriculteurs essayèrent bien de l'attraper, mais il continuait de se ruer contre les tables, agitant frénétiquement la queue, s'amusant comme un fou, alors qu'il détruisait tout sur son passage. Le fait que le joueur de cornemuse choisisse précisément ce moment pour rentrer (ses doigts commençaient à geler, dehors) n'arrangea rien : il entonna aussitôt un air, qui retentit avec fracas malgré l'immensité de la salle, surprenant même les amateurs les plus endurcis, sans parler du pauvre Bjårk, qui se mit à bondir de plus belle et à aboyer pour tenter de se joindre à lui.

– BJÅRK ! *KOM HIT* !

– JE VAIS TUER TON CHIEN, ET PUIS JE TE TUERAI, TOI ! JE VAIS FAIRE UNE BOUILLABAISSE, ET VOUS FLOTTEREZ DEDANS, TOUS LES DEUX ! hurla Gaspard.

Agitant un attendrisseur à viande au-dessus de sa tête (le premier objet qui lui était tombé sous la main), le chef se mit à pourchasser Konstantin, qui l'esquiva en lui passant entre les jambes, lui faisant perdre l'équilibre.

L'anarchie régnait dans la salle : certaines personnes étaient furieuses de voir leur dîner leur passer sous le nez, mais les autres se tordaient de rire, incapables de s'arrêter, en regardant le personnel pourchasser un chien qui bondissait entre les tables.

– Oh, un peu de silence, tout le monde ! finit par crier Flora en attrapant un bout de chevreuil dans la première assiette cassée qui lui passa sous la main.

La situation était cauchemardesque, mais elle ne pouvait se permettre de se laisser démonter. À la place, elle s'agenouilla et présenta sa main au chien.

– Viens là, mon beau, dit-elle de sa voix douce, qui faisait des merveilles avec Bramble, Douglas et même Joel.

Elle garda la main tendue, et Bjårk cessa de bondir une seconde.

– Voilà, viens goûter ça, poursuivit-elle sur un ton doux et rassurant.

Le chien s'immobilisa et, comme elle ne bougeait pas, s'approcha d'elle à pas de loup.

Au moment où Bjårk ouvrait la gueule pour prendre le bout de viande, Konstantin se jeta sur lui par-derrière, armé d'une laisse de fortune, improvisée avec deux torchons noués. Il réussit à le maîtriser suffisamment longtemps pour le prendre dans ses bras, mais Bjårk tenta aussitôt de se libérer de l'emprise de son maître et renversa une autre table. Comme pour avoir le dernier mot, ladite table heurta le mur, et l'énorme tête de cerf qui y était accrochée se détacha, tombant au sol avec un bruit sourd. Bjårk, se retrouvant nez à nez avec ce qu'il prit pour un cerf vivant, redevint fou furieux sur-le-champ : il se mit à grogner et se dirigea vers lui de façon menaçante, en rampant. Se cachant les yeux d'une main, Konstantin se jeta par terre, puis rampa lui aussi sur le ventre jusqu'à être suffisamment proche pour pouvoir lui attraper les pattes arrière et le traîner derrière lui. Se débattant en pure perte, Bjårk geignit, montrant son mécontentement auprès du reste de la salle, sur tout le trajet jusqu'aux portes battantes de la cuisine, qui se refermèrent en claquant derrière eux.

Iona posa son téléphone. Elle l'avait peut-être enfin, sa story Instagram.

S'ensuivit un moment de silence effaré. Puis un grand sourire se dessina sur les joues rouges d'Hector McLinn, le propriétaire de la grande exploitation agricole, peu rémunératrice, implantée sur les terres vallonnées à l'ouest de l'île, qui se mit à applaudir. Ébahie, Flora se tourna vers lui ; elle aurait aimé disparaître sous terre, mais toute cette histoire avait été un tel fiasco, une telle déroute, que, en fin de compte, il ne restait plus qu'à en rire. Jan parut sur le point de sortir de ses gonds, mais, au moment où elle prenait sa respiration pour se lancer dans une longue tirade, les serveurs ouvrirent à nouveau les portes de la cuisine, discrètement, et commencèrent à travailler d'arrache-pied pour remettre les tables en place et servir leurs plats aux invités. Flora commanda gracieusement du vin pour tout le monde, ce qui mit les convives d'excellente humeur, et, le temps de reprendre leur place, ils avaient tous l'impression (surtout après avoir vu Hector, avec son mètre quatre-vingt-treize et ses bas de Noël aux pieds, traverser la salle pour aller aider Fintan à raccrocher la tête de cerf, qu'il venait de ramasser avec précaution) d'avoir vécu une sacrée aventure.

⋆

Dans la cuisine, néanmoins, l'ambiance était tout autre. Bjårk avait été mis dehors (« Il peut se jeter dans la mer, je m'en fiche »), mais, soucieux d'échapper au froid et au vent cinglant, il gémissait et jappait très fort, grattant de temps à autre à la porte avec tristesse, ce qui venait ponctuer le savon qu'était en train de leur passer Gaspard, à juste titre. Le chef réussissait à hurler sur Konstantin (et sur Isla, pour ne pas l'avoir aidé, ce que la jeune fille trouva profondément injuste), tout en finissant les plats qui sortaient désormais de la cuisine avec la précision d'une horloge, pour revenir vides très peu de temps après, tout propres, tant la nourriture était délicieuse. Chaque fois que les portes s'ouvraient, ils entendaient enfler le bourdonnement des tablées comblées, comme les conversations s'animaient et que les rires redoublaient, alors même que Gaspard continuait de les tyranniser, en leur répétant qu'ils étaient tous bons à rien.

Enfin, furibond, à bout, le chef se retourna pour finir de préparer la tarte à la marmelade (étant Français, il trouvait que la marmelade était un ingrédient très rare, exotique, et en mettait partout), et Isla et Konstantin se retrouvèrent seuls au milieu de la cuisine. La jeune femme hasarda un coup d'œil dans sa direction. Le jeune homme fixait le sol.

Une seconde plus tard, il hasarda à son tour un coup d'œil dans sa direction. Cette fois, elle croisa son regard. Il se produisit alors une chose des plus étranges : ils échangèrent un sourire, ce fut plus fort qu'eux.

– ALLEZ ! ON NETTOIE ! leur cria Gaspard d'un ton sec depuis l'autre bout de la pièce, et ils se dépêchèrent de retourner à leur poste.

Mais ils se sentaient tous les deux beaucoup mieux.

Chapitre 26

C'est bien connu : plus l'alcool coule à flots lors d'un dîner de bienfaisance, plus on a de chance de lever des fonds et, même s'il fallut sacrifier quelques bouteilles de la collection de Colton pour cela, la soirée s'avéra extrêmement lucrative pour l'association de Jan et Charlie. Et Jan, qui se réjouissait à l'idée de pouvoir médire sur leur compte devant toute la ville (« Comme c'est regrettable qu'ils n'arrivent pas à gérer ce grand établissement tout seuls. C'est vraiment dommage, non ? ») fut contrainte d'admettre que tout le monde avait passé un très bon moment et que, contrairement à la tête du cerf, qui s'en était sortie indemne, celle de nombreux invités tournait un peu le lendemain matin.

Les semaines suivantes, ce fut dans la cuisine que les effets de cette soirée se firent le plus ressentir. Contre toute attente, ce dîner les galvanisa. Konstantin réalisa que, s'il se faisait renvoyer, Bjårk et lui se retrouveraient vite en plus mauvaise posture encore, et il se mit donc à faire des efforts – juste un peu, et il n'était pas très doué (il ne lui serait jamais venu à l'esprit de faire son lit le matin, par exemple).

Il s'exerça au hachage jusqu'à se rendre compte, quelques doigts ensanglantés et de nombreux jurons étranglés plus tard, qu'il était capable d'émincer n'importe quel aliment avec rapidité et efficacité – et, s'il n'était pas encore à la hauteur des exigences de Gaspard, il y avait assurément du mieux à ses yeux.

⋆

Iona s'y attela le lendemain du dîner. D'après elle, c'était exactement ce dont ils avaient besoin. Elle taguerait à coup sûr une telle publication. Elle se rappelait une vidéo virale, dans laquelle on ne voyait qu'un chien en train de courir dans un parc. Sa vidéo serait *bien* meilleure. Et cela mettrait en avant les beaux clichés, sélectionnés avec soin, de l'hôtel et de l'île. Elle était impatiente.

Elle avait choisi de le faire à vingt et une heures, heure à laquelle, statistiquement, le plus de gens seraient susceptibles d'être sur les réseaux sociaux, à la recherche de distraction. Elle rédigea son post en lettres majuscules : « MDR ! LA VIDÉO LA PLUS DRÔLE DE TOUS LES TEMPS ! IL FAUT QUE VOUS VOYIEZ ÇA ! », tapa-t-elle, ajoutant des tas de hashtags, comme #vidéotropdrôle, #vidéodechientordante, #vidéodechien, #fiascoauresto, #vidéotordante, #chuteauresto, et tous ceux qui lui venaient à l'esprit. Puis elle posta la vidéo simultanément sur son Facebook et celui de sa mère. Sa mère partageait toutes sortes d'imbécillités et avait environ neuf mille vieilles copines dans le monde entier qui aimaient elles aussi partager ce genre d'imbécillités, si bien que, même s'il n'y avait plus personne de l'âge d'Iona sur Facebook, elle espérait malgré tout que sa vidéo y circulerait. Elle l'envoya aussi sur le compte Twitter de tous les journaux auxquels elle pensait – il leur arrivait d'avoir des espaces à remplir. Iona aimait Mure d'une manière un peu hautaine, étant persuadée que l'avenir lui réservait de grandes choses. C'était ce qu'il lui fallait pour démarrer.

Rien. Au bout d'une heure, elle éteignit son téléphone avec colère, puis alla se coucher.

Chapitre 27

Ce fut une vraie surprise de voir la neige tenir. Il faisait en général assez froid pour que des flocons tourbillonnent dans l'air : ce n'était pas un problème. Il s'agissait davantage de savoir si le vent tomberait suffisamment longtemps pour que la neige puisse se déposer sur les routes et les champs, tapissant délicatement le paysage de son manteau blanc et ouaté.

Bramble avait rarement vu la neige tenir, mais comme il était particulièrement vieux, et que c'était un chien, il n'en avait aucun souvenir : il sortit donc en courant et se précipita vers le champ du bas, où il se roula sur le dos, se tournant et se retournant, les pattes en l'air, comme un chien beaucoup plus jeune. Mais la neige finit par pénétrer sa fourrure, et il trouva cela beaucoup moins agréable : il rentra donc en chaloupant pour se sécher devant le feu. Il ne sentait pas bon.

À l'école, les enfants s'amusaient tant que Lorna renonça à essayer de leur enseigner quoi que ce soit. Elle fit sortir les deux classes pour une bonne bataille de boules de neige – les élèves avaient interdiction de se les lancer en pleine figure, de mettre des cailloux dedans et de les glisser dans le col des autres, mais quelques larmes coulèrent malgré tout. Mme Cook, la seule autre institutrice de l'établissement, avait déjà préparé une bouteille de chocolat chaud, si bien que ces larmes furent vite séchées et que les petites mains et les petits nez tout roses ne tardèrent pas à se réchauffer après les rires et l'exercice de la matinée. Lorna reprit la lecture de *L'Enfant contre la nuit*, leur livre de Noël, même si, comme la pièce devenait de plus en plus douillette et que le chocolat chaud commençait à faire effet, de nombreuses petites têtes se mirent à dodeliner. Le trimestre avait été long, après tout ; ils avaient tous bien besoin de cette pause de deux semaines. Et elle n'avait toujours aucune nouvelle de Saif.

*

Saif, exceptionnellement, ne pensait pas à Lorna. Il fixait pour la énième fois la dernière lettre qu'il avait reçue du ministère de l'Intérieur, dans laquelle on lui demandait de s'y présenter. Cela ne le concernait pas : il avait son titre de séjour définitif. Cela ne concernait pas les garçons. Ce qui laissait… quoi ? Était-ce au sujet de sa femme ?

Scientifique par goût, médecin de profession, on lui avait appris à ne jamais faire de conjectures, mais à déduire avec prudence ; à ne jamais tirer de conclusions trop hâtives.

Cela s'avérait terriblement difficile.

*

À l'hôtel, le calme était revenu. Gaspard s'entretenait avec les fournisseurs, et il n'y avait pas de faux service pour le déjeuner. Isla savait que les sapins de Noël étaient attendus dans la journée – tous les Muriens le savaient ; c'était l'effervescence sur l'île – et était donc ravie de descendre au port pour voir tout le monde.

Elle enfila son vieux manteau, qu'elle égayait avec son béret à pompon et son écharpe rouge. Cette écharpe lui avait été offerte par Flora l'année précédente et, bien qu'elle la trouve un peu voyante (le rouge était une couleur si vive), elle reconnaissait qu'elle mettait en valeur ses cheveux bruns et son teint rose, et elle était confectionnée à partir d'une laine d'agneau de très bonne qualité.

Au moment où elle sortait du *Rock*, elle tomba sur Konstantin. Le jeune homme était en train de lancer un bâton à Bjårk, qui allait le chercher en gambadant sur la vaste pelouse blanchie, sans se presser. Ce chien était en surpoids, observa-t-elle, mais Konstantin jetait malgré tout le bâton, encore et encore, étirant ses longs bras dans le ciel d'un bleu vif à présent, pour envoyer le bâton au loin, d'un geste précis.

On aurait dit un petit garçon et, pour la première fois, il paraissait totalement insouciant, libéré de cette cuisine qu'il méprisait, dans ce monde qu'il ne comprenait pas. Il ne faisait presque plus sa tête de chien battu.

Elle l'observa un petit moment. Il n'y avait personne dans l'hôtel de ce côté et, à l'évidence, il ne se rendait pas compte qu'on l'observait, puisqu'il se mit à chanter d'une voix forte, et plutôt agréable.

Bjårk posa aussitôt son gros derrière dans la neige, puis rejeta la tête en arrière pour l'accompagner en hurlant à la lune.

– *IFa-la-la-la-la…*

– Aouuuuh !

Isla ne put résister : elle éclata de rire. Konstantin fit volte-face, les joues brillantes, roses, un sourire dévoilant ses dents blanches.

En la voyant, il cessa de chanter, son visage se referma aussitôt, et elle se souvint, horrifiée, qu'il avait entendu ce qu'elle avait dit à Iona.

En réalité, pendant une seconde, Konstantin n'avait pas reconnu sa collègue timide, qui le détestait, en voyant cette fille qui riait, les joues roses, avec sa belle écharpe rouge et ses longs cheveux bruns qui lui tombaient dans le dos. D'instinct, il avait eu envie de sourire, puis il avait réalisé, gêné, qui se trouvait en face de lui et avait donc repris son sérieux.

Bjårk, lui, n'éprouva aucune gêne et bondit vers elle, tout content. Sur Mure, personne n'avait vraiment peur des chiens ; il y en avait tant sur l'île que cela aurait été ridicule, comme avoir peur du sable, mais Isla restait malgré tout craintive, car sa mère l'avait toujours mise en garde contre ces bêtes. Avec précaution, elle tendit légèrement la main. Bjårk la sentit, déçu de constater qu'elle ne contenait aucune friandise, mais se rapprocha malgré tout, relevant la tête pour qu'elle puisse lui gratter les oreilles, ce qu'elle fit, non sans hésitation.

– Tu chantes très mal, dit-elle au chien, qui s'en fichait royalement. Euh… poursuivit-elle, comme Konstantin restait planté là. Désolée de te déranger. Je descendais juste au village.

– Oh, répondit le jeune homme, qui avait toute la journée devant lui et pas la moindre idée de quoi faire sans amis ni argent. Eh bien, moi aussi, ajouta-t-il spontanément.

Cela ne parut pas enchanter Isla. Bon sang.

– Ou peut-être pas, ajouta-t-il de manière appuyée.

– Non, non, viens avec moi, répondit-elle aussitôt, tristement consciente d'avoir oublié ses bonnes manières.

Il venait de lui apparaître que, si elle n'acceptait pas qu'il l'accompagne, il finirait simplement par marcher trois pas derrière elle, puisqu'une seule route menait au village. Mais qu'allait-il penser en voyant tout le monde s'extasier devant quelques sapins ? Décrétant qu'elle s'en fichait, elle se mit en route.

L'île était si jolie, à condition d'être bien couverts ; la neige fraîche crissait sous leurs pas, parsemée des empreintes nettes des pattes de chiens et d'oiseaux les ayant précédés, et de celles, floues, adorables, des palmes des canards vaquant à leurs occupations de canards.

Ils parlèrent peu sur le trajet, mais finirent par atteindre le petit port, où un attroupement commençait déjà à se former.

– Pourquoi cette cohue ? demanda Konstantin. Est-ce que quelqu'un a reçu le premier ordinateur de l'île ? Faites attention au mouvement de panique, quand ils verront un train en marche !

Isla lui lança un regard noir, mais elle disparaissait tant sous son béret qu'il ne remarqua absolument rien.

– BONJOUR ! hurla alors une petite voix.

C'était Ash, le fils cadet du médecin de l'île, qui avait passé de nombreuses journées au café quand Saif était appelé en urgence et qu'Isla connaissait donc bien.

Il était difficile de ne pas avoir une tendresse particulière pour cet enfant, qui boitillait à cause d'une fracture mal soignée en Syrie et souhaitait désespérément, confusément, ne jamais retraverser ce genre d'épreuves. Chez Ib, son frère aîné, ce même désir se manifestait par une certaine méfiance, un tempérament maussade, mais Ash était si ouvert aux autres que cela le rendait aussi gentil qu'un labrador. Sur la minuscule île de Mure, les habitants rendaient la pareille volontiers, d'une manière qui rendait Saif tantôt heureux, tantôt inquiet, au sujet de l'avenir, quand son fils chéri devrait se confronter au monde réel et découvrirait que certaines personnes n'étaient pas aussi gentilles.

– Bonjour, Ash, répondit Isla en ébouriffant les cheveux trop longs du garçonnet.

– Les sapins arrivent !

Il se tourna vers Konstantin.

– Les sapins sont de grosses choses qui poussent dans la terre, commença-t-il avec assurance.

Naturellement, il n'y avait pas de sapins sur Mure ; il y avait tout bonnement trop de vent.

– On les installe à Noël et on y accroche des lumières, poursuivit-il.

Isla s'attendait à voir la mine renfrognée habituelle de Konstantin, mais eut la surprise de constater qu'il avait l'air intéressé, attentif. Ash tendit le bras en direction du ferry qui approchait.

– TOUS LES SAPINS ARRIVENT !

Puis il baissa la voix :

– Je vais aller devant pour prendre le plus grand.

Konstantin le regarda.

– Et comment vas-tu le porter ?

– Mon papa le fera. Il est NORME, expliqua Ash en parlant de son père, qui était d'une taille agréable, mais en rien énorme. Je vais m'asseoir dessus le temps qu'il arrive.

– C'est un super plan, commenta Konstantin.

Quand le ferry commença à reculer péniblement, Ash plissa les yeux.

– Tu ne vas pas prendre le plus grand, hein ?

– Promis.

Le garçonnet soutint son regard d'un air entendu, puis Konstantin se tourna vers Isla, espiègle.

– Est-ce que tu prends le plus grand, en général ? l'interrogea-t-elle.

Il eut un sourire triste. Il prenait toujours le plus grand.

– Eh bien…

Il y avait de plus en plus de monde sur le quai, où l'on déchargeait une immense pile de sapins de Noël. Les gens essayaient de feindre l'indifférence et de ne pas les regarder avec trop de convoitise, tout en repérant dans leur tête le spécimen qu'ils comptaient acheter. Il y avait une véritable beauté en haut de la pile.

– D'où viennent-ils ? demanda Konstantin à l'homme en charge de la cargaison, qui faisait l'inventaire.

– Ils sont arrivés de Bergen la nuit dernière.

– Je vois, dit Konstantin en les fixant avec des yeux tristes.

Voir ces arbres majestueux, avec leurs aiguilles d'un vert profond, être déchargés sur le quai lui donna encore plus le mal du pays.

Flora, qui venait d'arriver (Fintan était toujours au lit), se dirigea droit sur l'exportateur.

– Il va me falloir celui de trois mètres pour le *Rock*.

– C'est celui que je voulais ! protesta la vieille Mme MacGregor, dont la vue n'était plus aussi bonne qu'avant.

– Mais vous vivez dans le cottage attenant au moulin, répondit Flora avec le plus de ménagement possible. Vous n'avez pas la place.

– Je peux le couper pour m'en faire deux, rétorqua la vieille dame, mutine.

– J'ai un beau sapin d'un mètre cinquante pour vous, ne vous inquiétez pas, intervint l'exportateur.

Les gens continuaient à affluer sur le quai, attrapant leur bel arbre avec des cris de joie. Hamish arriva en tracteur pour charger le spécimen d'un mètre quatre-vingts des MacKenzie, un grand sourire aux lèvres. Flora avait nourri l'espoir de le décorer avant qu'Agot ne rentre de l'école pour ajouter sa touche personnelle, mais ne se faisait pas trop d'illusions.

Konstantin observait la scène avec tristesse.

À la saison des fêtes, le palais était décoré à outrance. En partie parce qu'ils recevaient beaucoup de monde : des visites payantes, des écoliers de la région. Des entreprises prestigieuses y organisaient leur fête de Noël, aussi, d'après son père, ces décorations étaient sensées d'un point de vue économique. Mais, au fond de lui, Konstantin connaissait la vraie raison : son père les adorait, parce que sa mère les adorait, elle aussi.

Dans le hall du palais, des sapins de quatre mètres de haut bordaient l'énorme escalier sculpté, de lourdes couronnes de lierre bien vert s'enroulant autour de ses rampes finement ouvragées. Les mêmes couronnes étaient accrochées aux murs, parfaitement alignées, et le sapin du salon était décoré de guirlandes lumineuses, mais aussi de vraies bougies, qu'ils n'allumaient que pour le réveillon de Noël, quand ils se réunissaient en famille pour s'échanger leurs cadeaux et manger du *lutefisk*, en préparation du jour de Noël, le grand événement.

Sa mère, qui aimait les chants traditionnels, engageait toujours la chorale de la ville pour venir chanter des *julesanger*. Elle disait que c'était pour les visiteurs qui défilaient dans les salles publiques pendant tout le mois de décembre, pour voir le palais s'animer, mais Konstantin avait toujours plus ou moins su que c'était pour elle, en réalité ; on l'entendait toujours fredonner ces chants, où qu'elle soit.

C'était si… enfin, il était enfant, à l'époque. Il n'avait jamais rien connu d'autre.

Vivre dans un palais sortait de l'ordinaire, il le savait. Les gens n'arrêtaient pas de le lui faire remarquer. Mais, en réalité, ce qui sortait vraiment de l'ordinaire, c'était d'avoir une mère aimante, qui l'adorait. Il tenait cet amour pour acquis, ne s'était jamais posé de questions.

Il lui traversa l'esprit de dire à ces gens d'où il venait, pour qu'ils arrêtent de le traiter comme un imbécile. Mais arrêteraient-ils pour autant ? Ce serait atroce, songea-t-il, s'ils ne le croyaient pas ou, pire, s'ils trouvaient cela drôle.

Se moquaient de lui. Il ne pourrait le supporter. Mieux valait qu'ils le prennent pour un bon à rien que pour un raté, banni par son propre père. Il tint donc sa langue.

– Euh… est-ce que ça va ? finit par l'interroger Isla, réalisant qu'il était très silencieux.

Même Bjårk avait arrêté de batifoler. Isla trouvait Mure très belle, comme toujours à cette époque de l'année, quand les illuminations étaient suspendues aux réverbères sur le quai. Il n'y avait qu'une guirlande et, en général, elle était de travers, mais cela rendait le lieu féérique à ses yeux. Cela lui remontait toujours le moral.

– J'ai le mal du pays, répondit-il simplement avant de regarder autour de lui. Il n'y a pas plus d'illuminations que cela ? C'est tout ?

– Ça me plaît comme ça.

Il se tut.

– C'est comment, chez toi ?

– C'est magnifique ! s'écria-t-il tout à coup. D'où je viens, près de Bergen… il y a de vastes forêts de pins partout, sur les versants des montagnes. On sent aussi les sapins ; tout sent le pin et la neige fraîche et blanche. La nuit tombe vite, comme ici, mais il n'y a pas autant de vent, et on peut faire du ski tous les jours. Ce n'est pas aussi plat qu'ici.

Isla fronça les sourcils.

– Eh bien, on a le mont, quand même, le contredit-elle en faisant référence au sommet derrière la ferme des MacGregor, qui, contrairement aux apparences, était très traître à escalader et menait à la chaîne de collines escarpées au nord-ouest de l'île, qui étaient hérissées de bruyères au printemps, mais dépouillées, sinistres, à cette époque de l'année.

Le quai était de plus en plus animé et joyeux. Avec un bel esprit d'initiative, Iona s'était installée avec du vin et du chocolat chauds, qu'elle vendait aux gens qui faisaient la queue pour acheter l'arbre de leur choix. Rares étaient les enfants qui, apercevant un petit camarade avec un gobelet rempli de marshmallows, de crème et de cannelle, ne se mettaient pas aussitôt à en réclamer un à leurs parents. Ces derniers faisaient souvent remarquer que c'était du vol pur et simple, mais la plupart cédaient de bonne grâce. Cela faisait partie du rituel, essentiel à l'époque de Noël.

– Alors, les sapins d'un mètre quatre-vingts conviendront aux appartements ou aux jolis salons, cria l'exportateur.

Plusieurs personnes s'avancèrent, certaines préférant attendre, au cas où un arbre plus gros et plus vert se cacherait sous les autres. Isla salua Lorna, qui en achetait deux : un pour son adorable appartement, où elle le poserait sur la table, et un autre – qu'elle payait de sa poche – pour l'école. Avec Mme Cook, elles le décoraient en cachette le deuxième dimanche de décembre, en partie pour faire une belle surprise aux enfants le lundi matin, comme s'il était apparu par magie, mais aussi parce qu'inviter trente-cinq enfants à décorer un sapin de Noël finissait rarement bien, surtout avec autant d'aiguilles.

Inge-Britt sortit paresseusement du *Harbour's Rest*. Il lui fallait un grand sapin, mais elle ne prendrait la peine de le décorer que d'un côté, car, franchement, qui verrait l'autre ? Et elle allait devoir monter deux fois au grenier, ce qui allait sérieusement empiéter sur sa sieste de l'après-midi. Inge-Britt était une personne formidable, mais n'avait pas du tout le tempérament adapté pour tenir un établissement hôtelier d'une propreté impeccable. Ce que Flora espérait bien exploiter, à l'avantage du *Rock* et de Fintan.

Lorna et Inge-Britt tendirent toutes les deux les mains en direction d'un gros sapin.

Or l'attention de Lorna fut détournée une seconde : si le petit Ash était au bord du quai, son père, le Dr Hassan (oh, mais qui voulait-elle leurrer ?), Saif, l'homme dont elle était éperdument amoureuse, ne pouvait pas être bien loin.

– Hé, Lorna ! l'interpella Inge-Britt en lui faisant signe de l'aider à saisir le gros sapin de trois mètres que leur passait l'exportateur, s'attendant à ce que son amie le rattrape… mais Lorna avait la tête ailleurs et n'était pas là pour le réceptionner.

Chapitre 28

Tout se passa très vite. En entendant son prénom, Lorna se retourna, mais ce n'était pas (ce n'était jamais, semblait-il) la voix qu'elle voulait entendre, et elle continua à balayer du regard la foule, alors même qu'Inge-Britt lui demandait de l'aide.

Les sapins de trois mètres, même dans un filet, sont lourds, peu maniables et difficiles à attraper, même pour une grande Islandaise glamour.

– Lorna ! hurla Inge-Britt, mais cette dernière scrutait toujours la multitude de visages, à la recherche des yeux noirs dans lesquels elle aurait pu se noyer ; des cheveux bruns en bataille, toujours un peu trop longs ; de ce corps élancé, cette peau dorée…

Le sapin se dirigea droit sur Ash, qui, avec sa jambe endommagée et son tempérament candide, n'était pas toujours aussi réactif qu'il l'aurait fallu.

Isla observa la scène, horrifiée : presque au ralenti, le sapin échappa à Inge-Britt, puis tomba en direction du garçonnet, jusqu'à ce que, en un éclair, le grand blond à côté d'elle se jette dessous et se retrouve, après avoir poussé le petit et s'être écroulé sur le bitume froid du port, avec un sapin écrasé sur son dos puissant.

*

– Mon Dieu ! s'écria Lorna en se baissant. Je ne…

– Je croyais que tu m'avais entendue, la coupa Inge-Britt en s'agenouillant elle aussi devant un Konstantin sous le choc et en lui lançant un regard.

– Est-ce que ça va ? l'interrogea Isla en se mettant de l'autre côté.

Konstantin battit des paupières.

– C'est froid et mouillé, ici. Encore plus que d'habitude.

Ash, estomaqué, le fixait, quand Saif sortit de la foule et fonça sur son petit garçon pour le prendre dans ses bras. Lorna ne pouvait croiser son regard, de peur qu'il ne lui reproche d'avoir failli assommer Ash avec un sapin de Noël.

– Ash, je t'avais dit de rester à l'écart, dit-il tout doucement à l'oreille de son fils, en s'assurant de ne pas élever la voix ni d'avoir l'air fâché.

Comme Lorna aimait cette voix.

– Est-ce que tu veux te lever ? demanda Isla à Konstantin. Ou es-tu confortablement installé ?

– Tout est relatif, répondit-il au moment où Saif se tournait vers lui pour s'assurer qu'il allait bien, ce qui, excepté un peu de graviers sur les mains et quelques accrocs dans sa gabardine étonnamment chic, était le cas.

– Merci, marmonna le médecin, l'air grave. Merci d'avoir sauvé mon fils.

Konstantin releva les yeux vers l'arbre, s'étonnant lui-même.

– De rien. Je l'ai fait sans réfléchir.

– Eh bien, vous êtes courageux, commenta Saif en nettoyant les mains du jeune homme avec une lingette antiseptique.

– Aïe, ça pique. Et voilà, je ne suis pas si courageux, finalement.

– Est-ce une entaille collée à la superglue que je vois, là ?

– Est-ce qu'on peut en reparler plus tard ?

– Tiens, dit Flora. Un chocolat chaud gratuit pour t'être montré héroïque.

– Est-ce que je peux en avoir un, moi aussi ? demanda Ash.

– Tu as été tout sauf héroïque ! protesta Flora. Tu t'es mis devant les sapins !

– Oh, fit le petit, déçu.

– Mais bien sûr que tu peux en avoir un ! se hâta-t-elle d'ajouter, se sentant coupable.

*

– Je suis désolée, dit Lorna, comme Saif portait ses deux gros sapins en haut de la colline, Ash lui donnant un coup de main à l'arrière.

Il ne répondit pas. C'était très difficile de parler en présence d'un des garçons.

– Tu n'as rien fait, finit-il par dire avec son calme habituel, mais il pensait à autre chose.

Il avait des raisons d'éviter Lorna. De l'éviter délibérément. Depuis des mois. Il savait que c'était cruel et injuste, mais il ne savait pas comment le lui dire, parce qu'il ne savait pas *quoi* lui dire.

Après s'être renseigné au sujet de la lettre, il avait été avisé par une source officieuse au ministère de l'Intérieur que des rumeurs circulaient et qu'il fallait qu'il se tienne prêt. Il n'avait plus que cela en tête. Cela faisait près de trois ans que sa femme avait disparu. Il lui était impossible de se concentrer sur un travail très astreignant, étant le seul médecin de l'île, et d'être un père célibataire avec deux petits garçons, tout en devant se tenir prêt, en permanence. Il ne pouvait pas faire de place à Lorna dans son cœur, parce qu'il savait que, s'il le faisait, elle le consumerait entièrement, et il ne pouvait permettre que cela se produise. Il ne le pouvait pas. Il arrivait à peine à la regarder.

Il arrive à peine à me regarder, songea-t-elle, le cœur brisé.

Chapitre 29

Toute une troupe était partie déjeuner au *Harbour's Rest*. Konstantin s'était épaté lui-même en remarquant tous les détails que Gaspard n'aurait jamais tolérés dans cette cuisine : elle était loin de répondre aux critères d'exigence du *Rock*. Il se surprenait, sincèrement.

Isla s'était éclipsée pour ramener un sapin à sa mère ; un joli petit arbre d'un mètre, qu'elles pourraient poser sur les tables gigognes du salon.

Vera fit la moue.

– Eh bien, il va juste perdre ses aiguilles, non ?

– Mais c'est si joli. Et ça sent bon, aussi.

– Je ne sais pas pourquoi je m'embête avec ça, dit Vera avec un sourire triste. Est-ce que tu travailles vraiment le jour de Noël ?

Isla dut reconnaître que oui, s'ils avaient des réservations.

– Je vois que Flora va t'épuiser à la tâche. Je n'aurais jamais pensé que tu finirais souillon, Isla.

– Je ne suis pas une souillon ! se récria Isla, blessée. Gaspard m'apprend plein de choses.

– Ce Français ! Je l'ai vu au *Harbour's Rest*. Il a l'air dégoûtant.

La jeune fille s'abstint de répondre.

– Et ces tatouages ! Il ne me plaît pas.

Peu de gens plaisaient à Vera.

– Mais tu viendras, n'est-ce pas ? l'interrogea Isla, tentant de jeter un pont entre elles. Tu pourrais venir avec une amie. Je pourrais te réserver une table. Ça pourrait être mon cadeau de Noël.

– M'attabler dans un hôtel étrange pour manger toute seule le jour de Noël ? Non, merci, rétorqua Vera, qui s'était brouillée avec ses deux sœurs pour un motif obscur (Vera elle-même ne se le rappelait peut-être pas, mais, de fait, Isla n'avait pas vu ses cousins qui vivaient sur l'île principale depuis six ans).

– Bon, tu changeras peut-être d'avis. J'y retourne.

– Encore ?

– Il y a un service, ce soir. Pour la maison de retraite. Tu peux venir nous aider, si tu veux. On va préparer un nouveau plat ; un genre de gâteau français, je crois. Ça te plairait.

Vera fit une nouvelle fois la moue.

– J'en doute. Et il y a mon émission de télé-réalité, *Escape to the Sun*, à la télé, ce soir.

Pendant une seconde, Isla, rebelle, souhaita sincèrement que sa mère parte en escapade au soleil.

Chapitre 30

Au *Rock*, Gaspard entra dans la cuisine, l'air furieux, comme toujours, en jetant une cigarette derrière lui. Flora avait installé un seau rempli de sable à l'entrée pour essayer de toutes les rattraper, mais cette initiative n'était pas toujours couronnée de succès.

– Aujourd'hui, c'est *tarte Tatin** ! annonça-t-il. Avec des poireaux du potager. Pas de gâchis. On a un million de poireaux. Les poireaux poussent bien sur ce rocher. Ah, ah, qui s'en serait douté ? *Alors**, vous allez tous apprendre. Je vais avoir besoin d'aide pour préparer l'entrée.

Ils passèrent donc l'après-midi à faire fondre des poireaux dans du beurre savoureux, à faire et refaire de la pâte sous l'œil désabusé du chef, à l'étaler, la cuire à blanc, et à gâcher du beurre, s'émerveillant de la capacité franchement remarquable de Bjårk à manger les restes de pâte tout en prenant soin de séparer les moindres petits bouts de légume, qu'il recrachait délicatement du coin de sa gueule. Le soir venu, ils avaient tous confectionné des tartes Tatin aux poireaux plus ou moins présentables, mais indéniablement délicieuses, servies dans de minuscules ramequins.

Konstantin gardait les yeux rivés sur la sienne, comme ébahi.

– On dirait que c'est la première fois de ta vie que tu cuisines quelque chose, le taquina Isla tout bas.

– C'est le cas, répondit-il simplement, fixant toujours sa tarte avec émerveillement.

Ils s'attablèrent, puis il en prit une bouchée. La recette de Gaspard lui était totalement inconnue, et la sauce hollandaise qu'il avait préparée en vitesse pour l'accompagner la rendait tout simplement sensationnelle. À la fin du repas, son étonnement redoubla, quand Isla, qui avait regardé sa gabardine tout l'après-midi d'un air chagriné, se leva pour aller la chercher sur le portemanteau.

– Qu'est-ce que tu fais ?

Sourcils froncés, elle lui montra un des petits nécessaires à couture dont regorgeait l'hôtel.

– Tu préfères le faire, peut-être ?

Il battit des paupières, surpris.

– Tu vas raccommoder mon manteau ?

Isla vira au rouge vif. Elle n'avait même pas réfléchi : elle reprisait les vêtements de son père autrefois et avait toujours été fière de ses points nets, et elle ne supportait pas de voir cet élégant manteau avec des accrocs dans son beau tissu. Elle le faisait surtout par habitude.

Mais aussi par gratitude : c'était indéniable, malgré son attitude négative, Konstantin avait à tout le moins évité à Ash de se prendre un mauvais coup sur la tête. Il avait toujours les mains rouges, coupées.

– Tu n'as pas besoin de faire ça, lui dit-il, ce qui la fit se sentir encore plus mal, comme si elle était une domestique à laquelle il faisait une fleur.

– Eh bien, tu as aidé mon ami, rétorqua-t-elle d'une voix timide.

Konstantin battit à nouveau des paupières.

– Mais tu peux le faire, si tu veux, répéta-t-elle.

– Je ne sais pas faire.

– Tu ne sais pas coudre ?

Il s'esclaffa.

– Bien sûr que non ! Qui sait coudre ?

– Moi, je sais coudre ! dit Kerry.

– *Moi aussi**, ajouta Gaspard. C'est évident. Nous ne sommes pas des animaux.

– Donc, si je comprends bien, tout le monde sait coudre ? en conclut Konstantin, dubitatif.

Quand il déchirait un vêtement, en général, il le jetait ; il pensait que tout le monde faisait pareil.

Tous les yeux se tournèrent vers lui.

Isla aurait parié qu'il leur ferait une réponse snob et acerbe ou les laisserait simplement s'en occuper pour lui. Mais non : il se cala dans sa chaise.

– D'accord, dit-il. Apprends-moi à coudre.

*

Ils avaient un peu de temps avant le ménage et le service du soir. Gaspard partit faire sa sieste quotidienne. Kerry et Tam allèrent nettoyer le poulailler, tâche qui terrifiait Isla, mais qu'ils semblaient tous les deux apprécier. Tout dépendait du rapport qu'on entretenait avec les poules. Isla avait peur de leurs petits yeux perçants, mais elle avait peur de beaucoup de choses. On n'avait pas encore fait appel à Konstantin pour cela, par crainte que Bjårk ne mange tous les œufs. Le chien essayait malgré tout de leur prêter main-forte, mais ils ne voulaient rien savoir.

Isla changea de station de radio, faisant taire l'effroyable musique de garçon qu'aimait Gaspard (Flora avait fait remarquer au chef d'un air pince-sans-rire que son bon goût en matière de nourriture avait à l'évidence dû être compensé par ailleurs, à savoir par ses horribles goûts musicaux), pour mettre la BBC Radio nan Gàidheal en fond sonore.

Le bas soleil d'hiver se montra un instant, éclairant les carreaux blancs aux murs, les ustensiles métalliques brillants et la table en bois. Isla pencha sa tête brune vers la sienne, blonde, et, avec quelques jurons et deux ou trois piqûres aux doigts (ses mains, observa-t-il, n'avaient jamais été en aussi piteux état, et elle fut tentée de répondre que ses mains étaient si douces qu'il devrait en avoir honte), elle lui montra un point courant, puis un point de croix. Mais elle le fit s'entraîner sur des torchons : elle ne l'aurait jamais laissé faire seul sur son beau manteau.

– Tu ne t'en sortirais pas, lui expliqua-t-elle.

Il parut inhabituellement songeur.

– Ça m'arrive souvent, dit-il soudain.

Elle releva alors la tête vers lui. Le soleil illumina ses cheveux bruns et ses yeux clairs, qui étincelèrent au milieu de son visage.

– Eh bien, tu t'en es bien sorti avec les sapins de Noël.

– C'est vrai.

– Et avec la tarte *Tatin**.

– La mienne était la pire de toutes, et de loin.

– Peut-être… mais les autres sont cuisiniers, et moi, je suis boulangère-pâtissière, alors…

– Mais elle était bonne, ajouta-t-il, presque pour lui-même.

– Et maintenant, tu sais faire un point courant !

Il regarda son œuvre.

– Oh.

– Quoi ? l'interrogea-t-elle en le voyant sourire.

Il leva les mains.

– J'ai cousu le torchon à ma chemise !

Isla éclata de rire, et il se leva, le torchon pendu à sa chemise. Il tira dessus.

– Ne tire pas dessus ! Tu vas te faire un autre trou ! Ne bouge pas !

Elle s'approcha doucement de lui, le soleil d'hiver entrant toujours à flots par la fenêtre. Tout à coup, comme elle réalisait que les ciseaux de cuisine étaient dans le lave-vaisselle, elle fut très consciente de sa présence, de son corps long et ferme à travers son onéreuse chemise en sergé. Elle n'avait pas le choix. Il leva les bras et, avec précaution et dextérité, elle se pencha vers lui, saisit le fil, puis le coupa avec ses dents avant de le retirer, sans laisser de trace.

Elle sentit aussi l'odeur délicate de son after-shave, y percevant une touche de cuir, de tabac ou… Mais d'où pouvait bien lui venir un tel goût du luxe ? Cela n'avait aucun sens.

En se redressant, elle avait les joues plus rouges que jamais. Il paraissait un peu surpris, lui aussi : il ne s'attendait pas à ce qu'elle morde le fil. Son visage était si près du sien, les derniers rayons de soleil éclairant ses cheveux bruns et brillants, qu'il ressentit… enfin. Cela faisait longtemps. Il ressentit un trouble. Mais il était ridicule. Cela l'avait pris par surprise, voilà tout.

– J'aurais pu demander à Bjårk de le faire, dit-il en revérifiant sa chemise pour cacher ses joues empourprées, au cas où elle pourrait lire dans ses pensées.

– La prochaine fois ! répondit-elle en détalant. On ferait mieux de se mettre à nettoyer.

La seconde suivante, elle avait remis son calot peu flatteur sur sa tête et plongé les bras jusqu'aux coudes dans l'eau savonneuse pour laver les ramequins, et les choses reprirent leur cours normal.

Chapitre 31

Isla retrouva Iona plus tard dans la soirée. Elle s'apprêtait à lui parler de Konstantin, mais, curieusement, se surprit à faire la timide. À la place, elle fit remarquer à sa copine, qui était censée être une pro des réseaux sociaux, qu'elle avait rendu son compte Instagram privé après un flirt désastreux avec une célébrité et qu'elle avait oublié de le remettre public, si bien qu'il fallait qu'elle poste à nouveau sa vidéo.

Au départ, il y eut peu de réactions sur Facebook. Mais beaucoup sur Instagram. Puis un journal écossais retweeta la vidéo, et les stations de radio commencèrent à en parler. Et là, les choses s'accélérèrent vraiment. Le nombre de clics se mit à augmenter de manière exponentielle, le téléphone d'Iona ne cessant d'afficher les notifications, et les deux filles se regardèrent fixement, partagées entre joie et effroi.

Iona brancha son téléphone sur une prise pour éviter qu'il n'explose, puis envoya un texto à Flora.

« Va faire un tour sur mon Insta !!!!!! », mais, malheureusement, il était vingt et une heures passées, et Flora était donc allongée en croix sur son lit, plongée dans un sommeil profond, sans se rendre compte qu'une série passait sur son écran d'ordinateur. Elle ne se rendait pas compte non plus que Joel était en train de donner son biberon à Douglas, un sourire aux lèvres, qui se transformait parfois en grimace, quand des ronflements bruyants lui parvenaient de la chambre parentale.

Flora avait trop de choses à gérer ; il devrait en faire plus, songea-t-il. Elle était censée être en congé maternité. Sauf que... sauf qu'il n'était pas totalement certain qu'aller à l'hôtel ne lui faisait pas du bien. Il fallait qu'elle s'occupe, Flora. Il commençait à se demander si elle n'avait pas surestimé le plaisir qu'elle prendrait à rester assise dans un rocking-chair.

Il regarda Douglas, qui tétait son biberon, l'air béat. Quand le bébé l'eut fini, il se lécha les lèvres de contentement, puis se permit un énorme pet.

– Si on m'avait dit qu'un jour, un autre être humain me péterait dans les mains sans que ça me dérange le moins du monde, je crois que j'aurais eu du mal à le croire, murmura Joel au petit. Mais c'était avant.

Douglas sourit d'un air rêveur, comme il le faisait toujours en entendant la voix de son père et, comme d'habitude, Joel ressentit ce petit pincement au cœur familier, empreint de tristesse, car ses parents n'avaient pas ressenti la même chose pour lui ou, si cela avait été le cas, n'avaient pas été capables (ils n'étaient encore que des adolescents) de s'occuper de lui, de le protéger. Lui, en regardant le petit minois de son fils, savait qu'il ferait absolument tout pour le protéger, pour assurer sa sécurité, et qu'il était dans le meilleur endroit au monde pour cela, songea-t-il en jetant un coup d'œil dans la nuit noire. Oui, il devrait se remettre au travail. Ces fichues illuminations : le temps commençait à manquer. Mais, oh, il était bien mieux là où il était.

Sous les étoiles froides de l'Atlantique Nord, tout allait pour le mieux.

Le lendemain matin, l'enfer se déchaînerait.

Chapitre 32

Au *Rock*, le téléphone sonnait sans discontinuer depuis cinq heures du matin, leur expliqua Gala, l'air mortifié.

Personne n'avait pu dormir, jusqu'à ce que Gaspard descende en trombe, jurant comme un charretier, pour le débrancher. Quand ils avaient fini par le remettre en service, chaque fois qu'ils décrochaient, c'était une journaliste du *Daily Post*, prénommée Candide, à l'autre bout du fil, qui voulait savoir comment cela se passait au « Pire hôtel de Grande-Bretagne ! ».

Les journaux n'arrivaient sur Mure que le lendemain de leur publication, il leur fallait bien cela pour être acheminés jusqu'ici, mais Flora, qui n'y comprenait rien, les consulta en ligne. Ce qu'elle vit la stupéfia.

Un article faisait la une, titré « L'HÔTEL EN FOLIE ! », illustré d'un arrêt sur image de Gaspard en train de tomber, une assiette volant dans les airs.

« L'hôtel le plus farfelu d'Écosse », disait l'article. « Laissé par un milliardaire excentrique et extravagant… »

– EXTRAVAGANT !

Fintan fit irruption dans la pièce, tout rouge.

– EXTRAVAGANT ! *EXTRAVAGANT* ! Tu sais ce que ça veut dire ?

Flora lui tapota l'épaule, mais cela n'eut aucun effet.

– Ça veut dire gay ! Ils se moquent de lui ! Et de moi ! On est un objet de moquerie pour eux ! Cette bande de… charognes !

– Je sais, répondit Flora. Je ne pense pas… enfin, ça pourrait peut-être nous faire de la pub.

– « Le pire restaurant de Grande-Bretagne » ? Dirigé par des folles ? Comment veux-tu que ça marche ? Oh et puis, j'en ai ras le bol. Je vais le fermer.

– Mais Colton voulait que tu le gères.

– Je m'en fiche de ce qu'il voulait, rétorqua Fintan, le visage blême de colère. Je m'en fiche ! Je déteste ce boulot, et je les déteste, et je n'ai pas envie que des abrutis viennent jeter un œil à notre hôtel « extravagant ». Je rentre à la ferme, je vais faire du fromage et être malheureux, et tous les autres peuvent bien aller se faire voir.

Flora le regarda partir, désespérée, puis aperçut les visages anxieux d'Isla et de Gala, qui la fixaient depuis la réception.

– Est-ce que ça veut dire qu'on va perdre notre travail ? lui demanda Isla timidement.

– Je ne sais pas, répondit-elle d'un air malheureux. Je suis certaine qu'il va se calmer. Ça va aller.

Elle était trop énervée pour aller voir Iona, qui, de toute façon, se terrait dans sa chambre, refusant de sortir de sous les couvertures. Ses parents, qui n'utilisaient pas les réseaux sociaux, étaient complètement déboussolés. Elle avait laissé son téléphone se décharger, car elle ne supportait plus d'entendre le *bip bip bip* constant des nouveaux messages qu'elles recevaient, toujours plus nombreux, son téléphone devenant bouillant dans sa main, mais elle savait qu'il faudrait qu'elle le rallume, parce que, sinon, ses amis commenceraient à s'inquiéter et passeraient la voir, et la situation ne ferait qu'empirer. C'était censé être drôle et les rendre populaires ! Ce n'était pas censé être « LE PIRE HÔTEL DU MONDE ».

Elle brancha son téléphone, mais le laissa de l'autre côté de la pièce, ayant trop peur de le toucher, comme si c'était une araignée ou un tisonnier incandescent.

★

Flora entra d'un pas raide dans la *Seaside Kitchen*, à la recherche d'Iona. Elle ne s'emportait pas souvent ; ce n'était pas vraiment dans sa nature. Mais elle était hors d'elle. Quand elle entra, tous les clients se turent, ce qui lui donna une idée assez précise de leur sujet de conversation.

– Où est-elle ? siffla-t-elle à Malik, qui releva les yeux vers elle en sursautant.

– Elle n'est pas encore arrivée, marmonna-t-il.

– Sans blague ? Eh bien, on ne peut pas dire que je sois surprise.

– Elle m'a chargé de te présenter ses excuses.

Flora regarda Malik droit dans les yeux.

– Est-ce que tu crois que c'est une manière de s'excuser ?

– Non.

– Moi non plus. Dis-lui de venir tout de suite.

★

Vingt minutes plus tard, une Iona débraillée, vêtue d'un jean troué et d'un pull en laine si élimé qu'il appelait à la compassion, entra par la porte coupe-feu dans l'arrière-cuisine, où Flora évacuait sa colère en confectionnant des scones au piment et au poivre du Sichuan.

– Je ne suis pas sûre qu'ils se vendent bien, lui dit doucement Iona.

– Oh, bien sûr ! C'est vrai que tu es une pro du marketing.

Iona avait les yeux rouges. Elle était si jeune. Flora faillit se calmer.

– Mais qu'est-ce qui t'a pris ?

– Tu m'as dit de poster sur Instagram !

– Pour montrer que l'île est belle et merveilleuse. Ce qu'elle est !

– J'en ai posté plein des comme ça, aussi ! répliqua Iona.

Elle sortit son téléphone pour montrer à Flora tous les jolis clichés : l'Infinie au coucher du soleil, le ciel d'un rose enchanteur ; les bateaux de pêche bleus et rouges en train de danser sur l'eau ; le *Harbour Rest*, photographié avec un filtre qui lui donnait une allure surannée, charmante, et non délabrée.

– Et les gens ont-ils partagé ces photos ?

– Euh… pas autant…, répondit Iona d'une voix qui n'était plus qu'un murmure.

– Pourquoi est-ce que tu ne m'as pas demandé si tu pouvais poster cette vidéo ?

– Tu m'as dit de poster des trucs !

– Iona ! J'ai eu vingt-cinq journalistes au téléphone ce matin, qui m'ont tous demandé une réservation gratuite pour la fichue semaine de Noël !

– Eh bien, ça pourrait peut-être être une bonne chose. Non ?

– Ils veulent juste se moquer de nous.

Le cœur de Flora se serra. Tout ce pour quoi ils avaient travaillé. L'héritage de Colton.

– Ils le font déjà, ajouta-t-elle avant de décrocher son téléphone, d'écouter une seconde la personne au bout du fil et de pester. Et maintenant, notre chef a disparu.

– Je suis désolée, dit Iona, ne sachant plus où se mettre.

Flora prit une profonde inspiration.

– Tout n'est pas ta faute, finit-elle par reconnaître. Mais, bon sang, quelle poisse.

Chapitre 33

À l'hôtel, Konstantin descendit tranquillement dans le hall pour voir ce qui se passait. Il n'était au courant de rien, mais était malgré tout étonné. D'abord, personne n'avait frappé à sa porte ce matin, alors qu'on n'était pas dimanche : il ne comprenait donc pas pourquoi il n'était pas dans la cuisine en train de peler des pommes de terre, et la peau de ses articulations, tout en se faisant hurler dessus.

En bas, à la réception, Gala était toujours pendue au téléphone, tandis qu'Isla patientait à côté, l'air inquiet.

Il fronça les sourcils.

– Il y a eu une attaque nucléaire, lui dit-il. Tout le monde est mort à cause d'une attaque de zombies. Nous sommes les derniers survivants.

Elle le dévisagea.

– Quoi ? Allez, ce serait cool.

– Une attaque de zombies, ce serait cool ?

– Pardon, c'est juste que la plupart des Écossais… c'est peut-être le manque de soleil…

– Arrête ! Tu es vexant !

Mais il fut heureux de voir deux fossettes se creuser sur ses joues. C'était comme si… enfin, la faire sourire, alors qu'au début, elle le regardait à peine... sans chercher à l'impressionner ni faire l'intéressant. Bon sang, pendant tout ce temps, il avait porté cette tenue affreuse. C'était indéniablement une sensation agréable.

Mais bon, une chose était certaine : l'hôtel était d'un calme inquiétant sans le tintamarre habituel de la cuisine. Gala venait de débrancher à nouveau le téléphone pour éviter que les journaux ne les harcèlent, si bien qu'il n'y avait plus un bruit : ni coup de fil, ni conversation. La réceptionniste sortit, l'air révolté, grommelant que ce n'était pas ce que tonton Mark lui avait promis.

Après son départ, Isla voulut expliquer la situation à Konstantin, mais il ne l'écoutait pas vraiment. À la place, il la regardait malicieusement.

– Quoi ?

– Il n'y a personne ici.

– Et ?

En réponse, il courut jusqu'à l'énorme chariot à bagages en cuivre, sauta dessus, puis prit de l'élan pour glisser sur le parquet du hall.

– J'ai toujours rêvé de faire ça ! s'exclama-t-il avec un grand sourire. Allez, grimpe !

– Oh non, je ne pourrais pas.

– Bien sûr que si ! Tu es bien trop sage ! Je parie que tu ne t'es jamais attiré d'ennuis à l'école, ni rien.

Isla s'empourpra. Il avait entièrement raison.

Konstantin s'arrêta en faisant déraper le chariot pour le placer juste devant elle, avant d'en descendre d'un bond.

– Allez ! Votre carrosse vous attend, madame.

– Tu es ridicule !

– Vite ! Vite ! Je n'arrive pas à retenir les chevaux.

Ne pouvant s'empêcher de rire, elle accepta la main qu'il lui tendait pour l'aider à monter.

– Accroche-toi bien !

Et il la poussa à toute vitesse sur le sol lisse, la faisant tourner juste avant qu'elle ne heurte le mur : elle riait aux éclats, les joues roses, et il se dit une nouvelle fois qu'elle était vraiment ravissante quand elle souriait. Ses longs cheveux ondulés volaient derrière elle, pendant qu'il criait : « Hue ! Hue ! », puis se mettait à galoper vers la porte… où ils se retrouvèrent nez à nez avec un Fintan au visage de marbre, ébranlé par l'horrible traitement que leur avaient infligé les réseaux sociaux dans la matinée. Pour ne rien arranger, il n'arrivait toujours pas à dormir. Il était donc d'une humeur massacrante, et malheur à ceux qui croisaient son chemin.

Chapitre 34

– Non, mais qu'est-ce que vous faites, vous deux ? hurla Fintan.

Konstantin, qui tirait désormais le chariot derrière lui, s'arrêta d'un coup, surpris, et Isla bascula en avant.

D'instinct, il la rattrapa, et elle se retrouva, tout aussi surprise, dans ses bras. Il la serra fort, juste un instant, et, même si elle ne pensait pas cela possible, elle sentit ses joues devenir encore plus rouges. Il était grand et mince ; pas maigre, juste svelte. Ils étaient tous comme cela, ces Scandinaves, non ? se surprit-elle à penser, avant de s'empourprer davantage, comme sa longue main lui effleurait la taille au moment où ils se dégageaient pour se tenir droit devant un Fintan manifestement furieux.

– Non, mais on est où, là ? À la crèche ? Dans un magasin de jouets ?

Ils baissèrent tous les deux les yeux.

– Vous êtes au courant qu'on est la risée du monde entier ?

– Oh, ça ne peut pas être si grave, mon vieux, commenta Konstantin.

Le jeune homme, toujours privé de son téléphone et qui n'avait pas écouté un mot de ce que lui avait dit Isla, n'était pas vraiment sûr de ce qui se passait. Cela faisait un mois qu'il était sur Mure, et il avait gagné suffisamment d'argent pour se faire expédier un nouvel appareil depuis l'île principale, mais une chose étrange s'était produite : il avait réalisé que cela ne lui manquait pas plus que cela.

C'était marrant : même s'il se considérait comme une personne capable de se passer des réseaux sociaux, il s'était rendu compte qu'il les utilisait beaucoup et y passait beaucoup de temps. Et, à l'inverse, qu'il était très reposant de ne pas les consulter. Il dormait mieux depuis qu'il était ici. C'était sans doute dû au fait de travailler dur, de se lever tôt et de ne pas boire d'alcool (à moins que Gaspard ne soit d'humeur généreuse), et, en un sens, être coupé de tout, y compris des trucs sympas, le préservait aussi du reste : les couloirs vides, résonnants, du palais, l'absence permanente de quelqu'un, les matinées perdues et les journées inutiles, les petits plaisirs assouvis par ennui ; les pièces que sa mère avait l'habitude d'arpenter.

C'était la première fois qu'il se coupait vraiment de tout, et il avait enfin un peu de temps et d'espace pour lui. Sans être en ligne ; sans jouer avec ses amis ni faire n'importe quoi. Juste un peu de temps pour contempler le monde, et un peu de discipline. Dans la bibliothèque, il avait trouvé un vieux livre qui parlait de l'hiver au pôle Sud : il le trouvait captivant et avait parfois le sentiment que l'expérience de cette personne n'était pas si différente de la sienne. Paix, tranquillité, obscurité, contemplation.

Aussi n'enregistrait-il pas vraiment ce que Fintan disait.

Mais Isla… Comme elle était jolie, songea-t-il à nouveau, quand elle riait. Comme sa peau était douce quand elle était dans ses bras. À présent, elle paraissait terrifiée à l'idée d'avoir des problèmes. On aurait dit une petite fille.

Fintan sortit son iPad et le posa sur la réception pour leur montrer les gros titres.

Les genoux d'Isla flageolaient. C'était terrible.

Konstantin, lui, rejeta la tête en arrière et éclata de rire. Elle le dévisagea.

– Oh, allez ! Ça va être bon pour les affaires.

– D'être le pire hôtel de Grande-Bretagne ?

– Non, d'avoir un très beau chien !

Soudain, il fronça les sourcils.

– Quoi ? grogna Fintan.

– Combien y a-t-il eu de partages ?

Il n'était pas impossible, réalisa-t-il, qu'une de ses connaissances ait vu la vidéo. L'ait vu, lui. Oh, tant pis. Cela ne porterait pas à conséquence, non ? Non ?

– Quarante mille, répondit Isla, sidérée.

– Ne rebranchez pas le téléphone, les avertit Fintan. Mais comportez-vous comme des professionnels, bon sang.

– On est plongeurs, rétorqua Konstantin.

– Je suis commise de cuisine junior ! se récria Isla, soudain consciente de ressembler à sa mère.

Fintan fit semblant de ne pas l'entendre.

– Eh bien, comportez-vous comme des plongeurs professionnels, alors, bon sang. Ce n'est pas difficile. Où est Gaspard ?

Konstantin se rendit alors compte qu'aucune délicieuse odeur (des oignons en train de caraméliser lentement ou de l'ail en train de rôtir) n'émanait de la cuisine.

– Avez-vous seulement pensé à le chercher ? fulmina Fintan.

S'il était déjà désabusé, triste et lassé de l'hôtel avant toute cette histoire, eh bien, maintenant, il haïssait purement et simplement toute cette entreprise.

Tout penauds, les deux jeunes gens répondirent d'un haussement d'épaules, puis il leur ordonna d'aller nettoyer la cuisine avant de sortir en trombe, à la recherche de son chef.

Chapitre 35

Gaspard n'était ni dans sa chambre, ni dans la bibliothèque, ni dans aucune des pièces de l'hôtel. Fintan poussa un soupir. Bon sang, il ne pouvait pas se permettre de perdre son chef caractériel. Pas deux semaines avant l'ouverture et, maintenant, avec les yeux du monde entier braqués sur eux. Il ne s'en remettait pas : cette histoire d'Instagram avait vraiment été stupide, comment avait-il pu l'approuver ?

Il mit son bonnet et, complètement abattu, sortit dans le vent hurlant. Tous les rêves de Colton, tout ce qu'il avait investi sur cette île qu'il aimait tant… il les lui avait confiés, mais il s'était laissé aller, déprimé, sans se préoccuper de l'établissement et, maintenant, il allait tout faire capoter, parce qu'il avait été trop malheureux pour s'en occuper correctement.

Ce qui le fit se sentir encore plus mal qu'avant.

Dehors, il se retrouva à la merci des éléments ; le temps reflétait son humeur. Le ciel et la mer se confondaient ; dans ce tourbillon de gris et de bleu acier, la ligne d'horizon se devinait à peine. Il n'y avait aucun bateau en vue ; le monde n'était que fureur, remous, l'océan Atlantique se déchaînant, les collines et les rochers escarpés disparaissant eux aussi dans la grisaille des embruns. Les mouettes et les hirondelles de mer se blottissaient les unes contre les autres pour se protéger de la violence de la tempête, tandis que Fintan se dirigeait vers la petite jetée, où des phoques barbotaient dans l'eau peu profonde, aboyant, tels des chiens, tout excités par le flot de petites créatures et de poissons que la mer démontée leur apporterait.

Fintan ne leur prêta pas attention. Où Gaspard pouvait-il bien être ? Calé dans un coin du *Harbour's Rest* ? C'était tout à fait possible, à condition qu'Inge-Britt soit réveillée.

Les mains enfoncées dans les poches de son manteau, il se dirigea lentement vers l'Infinie, luttant contre le vent. Personne ne serait assez fou pour sortir par un temps pareil, sûrement pas. Mais avec Gaspard, il fallait s'attendre à tout. Fintan décida de faire le grand tour, dans l'espoir qu'un peu d'exercice fasse passer son angoisse et sa mauvaise humeur et que, le temps d'arriver au pub, il se soit suffisamment calmé pour cesser de hurler sur tout le monde. Il était tellement fatigué, tellement, tellement, fatigué d'être toujours si en colère, si triste, si seul.

*

Fintan aperçut la silhouette au loin ; c'était la seule forme noire sur le sable blanc, le ciel et la mer gris tourbillonnant autour d'elle. Avec toute cette grêle et toute cette pluie, le temps était vraiment épouvantable. Il s'approcha un peu, et puis encore un peu. La silhouette essayait d'allumer une cigarette, entreprise totalement vaine sur l'Infinie, surtout un jour comme celui-ci. Elle se tapissait derrière une dune de sable, mais cela ne semblait pas servir à grand-chose. Fintan l'observa. Gaspard était fou de rage, c'était évident, même de là où il était : le chef appuyait sur son Zippo avec colère et donnait des coups de pied dans le sable, l'air consterné.

Fintan s'approcha. Dès que Gaspard le vit, il se mit à lui crier dessus, d'abord en français, puis, quand il fut plus près, en anglais.

– Mais qu'est-ce que vous avez fait, bon sang ? Qu'est-ce que c'est que cette histoire ? Vous me faites venir ici ; vous me faites venir dans cet endroit, au milieu de nulle part, et je cuisine pour vous, je veux bien faire, et vous me faites passer pour un idiot devant le monde entier. Vous trouvez ça drôle ? C'est une blague avec tes amis : regardez, Gaspard est tombé, c'est drôle, non ?

– Ce n'est pas drôle du tout, cria Fintan en retour, toujours énervé lui aussi, malgré sa promenade. Est-ce que tu crois que c'est ce que je voulais ?

Furieux, il donna un coup de pied dans le sable qui dansait autour de ses chaussures.

– Est-ce que tu crois que je voulais tout ça ? Ben non ! Je ne voulais rien de tout ça ! Je ne veux rien de tout ça.

Tous deux étaient épuisés à présent, essoufflés à force de crier sous la pluie torrentielle, le vent hurlant et le bruit des vagues qui s'écrasaient contre le rivage de l'Infinie.

– Je ne veux rien de tout ça.

– Rien de tout ça ? répéta subitement Gaspard, l'air las, tendu, son corps long et sec arc-bouté contre le vent.

Et la seconde suivante, ils s'embrassaient fougueusement, passionnément, le tumulte de la tempête reflétant le leur.

Chapitre 36

Saif Hassan avalait en vitesse un sandwich dans son bureau. Il faisait un temps atroce, et il avait promis de se déplacer à domicile pour éviter à ses patients les plus âgés d'attraper une pneumonie en escaladant la colline jusqu'à son cabinet. Néanmoins, il consulta son Facebook, comme toujours. Il n'était pas un grand utilisateur des réseaux sociaux : il ne postait pas de photos, ne partageait pas de mèmes inspirants, ne « likait » pas les photos de chien de ses amis. Il allait y faire un tour, juste au cas où.

C'était devenu un rituel, il le faisait par habitude. Il avait toujours son ancien numéro de téléphone syrien et son BlackBerry dépassé, vieux comme Hérode, mais toujours en état de marche, prépayé. Il ne sonnait jamais. Et il avait toujours son compte Facebook, avec un portrait d'Amena et lui le jour de leur mariage en photo de profil, et rien d'autre. Il ne savait pas comment trouver les informations pour découvrir combien de fois son profil avait été consulté, ce qui tombait bien, puisque Lorna avait cliqué dessus et fixé cette photo un nombre incalculable de fois, qu'elle n'aurait jamais avoué à personne, même sous la torture.

Aujourd'hui, il avait un message. De quelqu'un qu'il ne connaissait pas. En arabe. Ce qui n'avait rien d'exceptionnel.

Bien sûr, cela pouvait être n'importe quoi. Une arnaque. Quelqu'un qui essayait de l'escroquer, personnellement ou automatiquement : dans les pays occidentaux, certaines personnes ciblaient spécifiquement les noms arabes en leur promettant de retrouver leurs proches, de localiser des comptes en banque, de transférer des fonds ou toutes sortes d'activités malfaisantes. Cela pouvait être tout cela.

Mais cela pouvait aussi être autre chose. L'avatar de l'expéditeur était une petite marionnette crocodile célèbre en Arabie Saoudite, héroïne de la chaîne YouTube Temsa7LY. Certes, ce crocodile était très connu. Tout le monde pouvait avoir choisi cet avatar.

Mais un détail attira malgré tout son attention. L'avatar était tiré de la vidéo préférée des garçons, quand ils étaient petits. Ils l'aimaient plus que tout.

Les mains tremblantes, Saif cliqua sur le lien. Son cœur se serra. Oui, encore un spam, comme toujours. Le message disait : « OBTENEZ LE MEILLEUR PRIX ! TOUT CE QUE VOTRE CŒUR DÉSIRE ! POUR RIEN ! NIZ !!! 43 !!!!! »

Rien de plus. Saif fixa l'écran. Rien que des débris, flottant à la surface d'Internet, cherchant à attraper les gens peu méfiants. Rien de neuf sous le soleil. La routine habituelle.

Mais ce message lui laissait une drôle d'impression. Vraiment.

« Niz », songea-t-il soudain en se frottant la barbe. Cela ne voulait pas dire « rien ». Dans aucune langue. Et pourquoi avoir écrit « 43 » à côté ?

Cela lui fit penser à quelque chose. Il se souvint du livre de poésie de Nizar Kabbani qu'ils avaient dans leur petit appartement de Damas. Bien sûr, il ne l'avait plus, mais Internet pouvait être une ressource merveilleuse. Il en téléchargea une édition, puis se rendit fébrilement à la page qui se rapprochait le plus de la page 43 du texte original, d'après lui.

Et là, tout à coup, cela lui sauta aux yeux. Une seule strophe, isolée.

لأن حبي لك أعلى من الكلمات ، فقد قررت الصمت

« Parce que mon amour pour toi est plus fort que les mots, j'ai pris le parti de me taire. »

Il sursauta. Puis fixa la page. Longtemps.

Il écrivit un mot pour lui demander si c'était elle, et l'envoya.

Rien.

Le lendemain, il essaya autre chose et envoya un poème. Puis un code.

Mais il ne reçut aucune réponse.

Enfin, en désespoir de cause, il lui écrivit directement, la suppliant, lui demandant quand elle pourrait venir le rejoindre et ce qu'elle comptait faire.

Quand il ralluma son ordinateur, les doigts tremblants, le compte n'existait plus. Il eut beau continuer à se connecter, passer des nuits sans dormir, à se torturer, se demandant s'il n'avait pas fait une erreur, s'il n'avait pas répondu à un spam ou à un robot, si tout cela n'était pas une simple coïncidence, et rien de plus, le compte avait disparu pour toujours.

Chapitre 37

Le lendemain, les articles de presse étaient toujours peu flatteurs, et les réseaux sociaux du *Rock*, pris d'assaut : le monde entier semblait les regarder avec suspicion. Pour autant, au grand étonnement de tous, l'orage était passé dans la cuisine. En entrant, Gaspard était de si bonne humeur que les autres n'y comprirent rien – même si aucun d'eux ne s'en plaignit.

C'était comme si la journée de la veille n'avait jamais existé. Le chef ne semblait plus du tout avoir envie de se battre. Le téléphone était toujours débranché, il y avait à nouveau de la musique dans la cuisine (Gaspard avait remis son horrible pop rock), les nuages passaient, et le soleil perçait par les fenêtres de derrière, tandis que Bjårk, tout content, faisait des bonds sur la pelouse.

Gaspard avait décidé de leur apprendre à préparer des œufs pochés suite à une surproduction du poulailler.

– Allez, vite ! On casse l'œuf, on le plonge dans l'eau et on tourne avec le poignet ! hurla Gaspard.

Isla n'eut aucun mal à pocher son œuf, l'eau en ébullition débordant de sa casserole.

Konstantin, en revanche, passait un sale quart d'heure. Il s'avéra qu'il n'avait jamais cassé un œuf de sa vie, ce qui (comme beaucoup d'autres choses, semblait-il) horrifia ses collègues. Eh bien, dans son monde à lui, ce qui l'horrifiait, c'était qu'ils n'avaient jamais assisté à un banquet officiel, et toc ! Mais il préférait éviter d'aborder ce genre de sujet.

Même si Gaspard le traitait d'empoté qui n'arriverait pas à embrasser un cochon et levait les yeux au ciel devant tant d'incompétence, comme Konstantin venait de gaspiller un autre œuf, une chose était notable : depuis son arrivée, le jeune homme avait beaucoup appris. Pas seulement à émincer et à faire la plonge, bien que ces deux compétences soient nouvelles. Il avait aussi dû laver son linge, ranger sa chambre et s'occuper de Bjårk, que, d'ordinaire, le personnel du palais sortait une ou deux fois par jour pour lui éviter d'avoir à remplir les obligations les plus pénibles de tout propriétaire de chien, comme ramasser ses crottes, par exemple. À présent, il devait se débrouiller seul.

Malgré ses nombreux défauts, Konstantin était une personne enjouée : il ne restait jamais longtemps déprimé, sa bonne humeur naturelle reprenait vite le dessus. Même s'il avait eu une prise de conscience désagréable, la pire de toutes, qui lui avait donné envie de se rouler en boule, tant elle lui avait fait mal : pendant tout ce temps, il s'était cru entouré d'amis et d'employés qui le trouvaient tout simplement charmant, mais il devenait de plus en plus évident à ses yeux que ce n'était pas du tout le cas. Ces gens étaient en réalité payés par son père ou profitaient de la largesse de sa famille. Ici, certaines personnes l'aimaient bien et d'autres, Isla, surtout, pas du tout et, ce qui était presque pire, des tas de gens, toute la population de l'île, à vrai dire, ne faisaient pas du tout attention à lui. En Norvège, tout le monde le connaissait. Ici, tout le monde connaissait tout le monde, mais personne ne s'intéressait à lui. C'était très perturbant.

N'empêchait. Il n'avait toujours aucune intention d'avouer d'où il venait à qui que ce soit, même si, dans un premier temps, il avait été tenté de le hurler sur les toits et de faire une scène, jusqu'à ce qu'ils le laissent quitter ce trou à rats. À présent… cela ne le dérangeait plus vraiment. Et il était tout excité à l'idée d'apprendre à pocher un œuf.

Et cela ne s'arrêtait pas là : Isla lui avait appris à réaliser des viennoiseries. Enfin, elle le laissait regarder, pendant qu'elle confectionnait, les mains toujours froides et précises, de délicieuses tartelettes aux fruits secs, des petits pains à l'orange et à la cannelle, du pain d'épices chaud. Ils répétèrent leur menu jour après jour, pour qu'il soit parfait, avant d'envoyer une grande quantité de leurs préparations à la *Seaside Kitchen*, où elles étaient vendues, et le reste aux écoles et au foyer pour personnes âgées, où on se jetait dessus avec enthousiasme (et quelques plaintes au sujet des nouveaux ingrédients à la mode, dans la bouche de personnes qui considéraient que mettre autre chose que du sel sur du porridge était du chiqué et du gâchis).

Il avait aussi appris à faire une bonne sauce et regardait Gaspard avec admiration préparer des litres et des litres de bouillon, à partir d'os, pour les congeler. Une fois, Isla lui avait même confié le glaçage d'un gâteau, mais il l'avait complètement raté. Bjårk était ravi de faire de longues promenades vivifiantes en bord de mer, sur la plage interminable, et Konstantin découvrit qu'il était très difficile de ne pas se mettre à saluer les personnes et les chiens qu'il croisait tous les jours. Il comprenait, en un sens, qu'on puisse avoir cet endroit dans la peau. Bien sûr, ce n'était pas la Norvège, mais l'île était belle à sa façon.

À la surprise générale, Fintan, leur supposé patron, passa la tête à la porte. Ils se préparèrent tous mentalement, mais, en réalité, il avait presque le sourire.

– Entre, entre, lui dit Gaspard.

– Qu'est-ce que vous avez fait à la cuisine de Colton ? les interrogea Fintan, consterné. On dirait un génocide de poules.

– On est en train de faire des œufs pochés *parfaits**, répondit Gaspard. Tu vas t'entraîner, toi aussi ! Cela nécessite de l'entraînement ! Et un bon poignet ! Et du vinaigre ! Du vinaigre digne de ce nom ! Pas du vinaigre écossais. Le vinaigre écossais, c'est bon à décoller la tapisserie ! Tiens !

Il sortit une élégante bouteille en verre, sur laquelle était écrit « *Vinaigre** », puis alla chercher une fine mousseline et un œuf.

– Allez, vas-y !

– Quoi, moi ? demanda Fintan.

– *Pourquoi pas** *?* Kerry, fais-lui de la place.

Cette dernière obtempéra sans discuter, et Fintan, pas certain de savoir comment y échapper, se lava les mains puis se mit en rang à côté des autres.

– Casse l'œuf ! Maintenant, mets-le dans la mousseline !

Fintan cassa un œuf, en en mettant partout. Gaspard poussa un profond soupir. Les autres se rapprochèrent pour regarder, l'eau bouillonnant dans la grande casserole sur le feu.

– Tu es presque aussi mauvais que Konstantin, fit remarquer le chef.

– Personne n'est aussi mauvais que Konstantin, dit l'intéressé.

Gaspard tendit un autre œuf à Fintan, et Isla alla chercher un torchon pour protéger le beau pull en cashmere de son patron.

Cette fois, il réussit à casser son œuf sans mettre de coquilles dans le bol. Il le passa ensuite dans la mousseline, puis le versa dans un ramequin.

– D'accord, et maintenant ?

– Remue l'eau ! lui dit Gaspard, tout excité, en lui tendant une grande spatule en bois.

Tous les autres le regardaient faire, et Fintan leur jeta un coup d'œil méfiant, se demandant si c'était une blague.

– Plus vite ! lui conseilla Konstantin en l'observant attentivement.

– Oh oui, parole d'expert ! le taquina Isla en riant, ce qui le fit rire, lui aussi.

Fintan continua à remuer.

– Plus vite ! Il faut que tu crées un tourbillon ! Un trou dans l'eau ! finit par s'écrier Gaspard, exaspéré, avant d'attraper le bras de Fintan et de faire tournoyer l'eau à toute allure dans la grande casserole.

La respiration de Fintan se fit lourde. Il se demanda si quelqu'un l'avait remarqué. La nuit précédente avait été si étrange, un tel choc.

Il s'était attendu à se sentir terriblement coupable, rongé par le remords, après avoir couché avec un autre homme. Mais, étonnamment, il s'était senti mieux. Juste… vivant. Il avait dit à Gaspard qu'il ignorait qu'il était gay, ce à quoi Gaspard avait répondu en pouffant : « Comment les gens font-ils pour choisir si facilement, hein ? Juste *comme ça**. Je ne comprends pas. Garçon, fille, *pff*, si une personne me plaît, elle me plaît, tu comprends ? »

Fintan avait compris et avait essayé de dire « pff » avec la même emphase, mais ce n'était pas sorti comme il voulait : ils s'étaient mis à rire et, oui, se remettre à faire l'amour, ce n'était pas rien.

Mais se remettre à rire, cela, c'était vraiment incroyable.

Là, dans la cuisine, sentir ces bras forts et tatoués contre les siens lui fit une nouvelle fois l'effet d'une décharge électrique, comme un choc relançant un organisme mis en veille. Il se figea, savourant cette sensation, comme incapable de bouger la main, au moment où Gaspard serrait son bras pour le faire tourner, encore et encore, jusqu'à ce qu'un trou, ou un tourbillon, se forme bel et bien dans l'eau.

Gaspard, tout sourire, semblait inconscient du trouble dans lequel il jetait Fintan ou, du moins, y être indifférent. Il leva une main pour verser une minuscule goutte de vinaigre dans la casserole, puis une toute petite pincée de sel. Ensuite, comme Fintan continuait de remuer avec acharnement, il déposa doucement l'œuf dans l'eau, et ils regardèrent tous, fascinés, le blanc coaguler autour du jaune.

– Ce n'est pas juste, se lamenta Konstantin, dont les six premières tentatives avaient viré à la catastrophe, le blanc s'étant effiloché, laissant des petits bouts gluants peu engageants flotter à la surface. Gaspard l'aide trop.

– Oui, mais il ne travaille pas dans la cuisine, lui, lui fit remarquer Isla.

– Moi non plus… Oh, si ! s'exclama Konstantin, après s'être égaré une seconde.

Pendant que Gaspard faisait répéter l'opération à Fintan, Isla eut la présence d'esprit de mettre à griller quelques tranches de bon pain au levain et, moins de cinq minutes plus tard, Fintan se retrouva assis, un peu surpris, devant une énorme assiette d'œufs pochés servis sur des toasts, accompagnée d'une grande tasse de thé.

Cela faisait des mois qu'il n'avait pas aussi bien mangé. Il réalisa à nouveau qu'il sautait très souvent des repas. Il était affamé. Pendant qu'il mangeait, Gaspard ne le lâcha pas des yeux, à tel point qu'il trouva stupéfiant que personne ne s'en rende compte.

– Je ne sais pas ce que je ferais sans toi, lui dit-il.

– Bien, répondit le chef du tac au tac, avec un sourire. J'aimerais bien une augmentation.

Derrière eux, Kerry posa bruyamment une montagne de vaisselle dans l'évier de Konstantin, et la journée reprit son cours.

Chapitre 38

Oui, oui, il avait changé de rythme depuis la naissance de Douglas. Il en était conscient. Mais pourquoi un bébé magnifique, adorable, ne serait-il pas plus intéressant que son travail ? Assis devant son ordinateur, Joel essayait de rattraper son retard, se sentant coupable, pendant que Douglas dormait dans son berceau.

À présent, il fixait son écran, désemparé. Comment cela pouvait-il être aussi compliqué ? Il ne s'agissait que de quelques illuminations de Noël. Mais il n'arrivait à s'en procurer nulle part.

Il réfléchit à l'emplacement. L'école était perchée sur une colline herbeuse, toujours tentante. On y accédait par un chemin en lacet : les enfants pouvaient faire des roulades, des culbutes ou simplement dévaler la pente en courant, et les ados qui avaient un scooter s'amusaient à contourner les parties les plus boueuses. C'était le seul chemin (il était situé un terrain privé, mais plus personne, ou presque, ne se rappelait à qui il appartenait) et, depuis des années, le conseil municipal l'éclairait. La pente était trop raide pour y construire des bâtiments, si bien que, quand la nuit tombait vers quinze heures ou quinze heures trente, les petits étaient assurés de finir couverts de boue, sans doute avec le short troué. Le port du short obligatoire à l'école (pour les garçons) avait été aboli depuis un certain temps, mais les mamans du village, lasses de devoir repriser les genoux des pantalons ruinés sur la petite descente, s'étaient révoltées et avaient insisté pour qu'il soit rétabli, pour les garçons comme pour les filles. De fait, à présent, les seuls dégâts collatéraux étaient quelques genoux écorchés, et les Muriens considéraient que les genoux écorchés faisaient partie de l'enfance, même si cette opinion n'était plus très en vogue.

Or Colton était originaire des États-Unis, pays où on n'hésiterait pas à intenter un procès pour une écorchure, et trouvait cette histoire incompréhensible. Il avait également grandi au Texas, où les gens commençaient à mettre des lumières sur leur toit, d'énormes pères Noël gonflables sur leur pelouse et tout un tas de décorations à leurs fenêtres juste après Thanksgiving, et il considérait donc comme un droit fondamental de retrouver un peu de cet esprit en Écosse, d'autant plus qu'il faisait toujours sombre sur cette satanée île.

Il avait donc fait une dotation pour acheter des illuminations – que Joel avait complètement oubliée. À cause de son enfance difficile, décorer, enjoliver, un lieu ne lui serait tout bonnement jamais venu à l'esprit.

Flora, elle, adorait Noël. Son *Christmas pudding* était prêt, ses cadeaux, commandés – du moins, c'était le cas, en général. Elle avait beau être occupée au *Rock*, ils avaient installé le sapin, le décorant de bibelots hérités de Noël passés, qu'ils conservaient en les emballant soigneusement. Tous les ans, ils complétaient leur collection avec une nouveauté : cette année, Mark et Marsha leur avaient envoyé un grand D (pour Douglas) en bois sombre, magnifiquement sculpté, recouvert de feuilles gravées, qui étincelaient et reflétaient la lueur des flammes. Dougie avait tendu sa petite main potelée pour attraper la décoration et la mettre dans sa bouche, manquant faire tomber le sapin, mais la catastrophe avait été évitée, et son parfum sylvestre flottait dans toute la pièce. Des paquets avaient commencé à faire leur apparition à son pied, étroitement surveillés par Agot, à qui l'on devait régulièrement rappeler de ne pas les toucher, mais aussi d'arrêter d'appuyer sur les boutons qui allumaient et éteignaient les guirlandes lumineuses, parce qu'elle donnait la migraine à tout le monde.

Mais, c'était là, écrit noir sur blanc : une grosse somme d'argent, très généreuse, pour décorer le front de mer. Qu'entendait-il par là ? Sans doute la promenade le long de l'Infinie, ainsi que les réverbères, probablement. Comment fallait-il procéder ? Cela nécessiterait-il d'être planifié à l'avance ? D'être approuvé par le conseil municipal ? Franchement, ce n'était pas une sinécure, et il aurait pu s'en passer. Il était juriste, pas... enfin, quoi que soit ce travail.

Poussant un soupir, il décrocha le téléphone. S'il appelait Fraser, qui présidait le conseil municipal, avec un peu de chance, ce dernier lui énumérerait toutes les objections et lui dirait qu'aucune réunion n'était prévue avant Noël et que cela ne pourrait en aucun cas être fait à temps : il devrait alors s'excuser mentalement auprès de Colton, mais cela devrait être repoussé à l'année suivante.

Malheureusement, Fraser était sur le terrain de golf, prenant le départ avec un ami aux fesses tout aussi larges que lui, et transféra l'appel à son adjointe, Mme MacGlone, qui n'avait jamais rien d'amusant à faire et trouvait Joel incroyablement séduisant.

– Oh, c'est merveilleux ! lança la voix chevrotante à l'autre bout du fil. Nous avons toujours beaucoup aimé Colton.

C'était un gros mensonge. Ils avaient essayé de bloquer son projet d'hôtel au moins quatre fois, puis avaient approuvé la construction d'un parc éolien juste devant sa maison, au simple motif qu'il était américain et qu'ils le trouvaient donc agaçant. En réalité, celui que Mme MacGlone aimait beaucoup, c'était Joel.

– Eh bien, j'imagine que c'est trop tard pour tout planifier, dit Joel sans entrain.

– Oh non, pas pour les illuminations ! Nous avons simplement réaffecté les fonds, mais les permis ont été accordés. Oh, c'est vraiment merveilleux. Quand les installerez-vous ? Aurez-vous besoin…, commença-t-elle avant de marquer un temps d'arrêt pour s'éclaircir la voix. Aurez-vous besoin de quelqu'un d'important pour les allumer ?

– Oh oui, j'imagine que je ferais mieux d'engager quelqu'un.

– Oh. Je vois.

– Mais peut-être… je ne sais pas… vous pourriez peut-être vous en charger ?

– Oh, vraiment ? lança la voix, à nouveau pleine d'entrain. Eh bien, je dois avouer que ce serait un grand honneur ! Laissez-moi jeter un œil à mon agenda. C'est merveilleux.

Sur ce, elle raccrocha, laissant Joel fixer son écran, hors de lui. Il avait vraiment bien besoin de ça.

Heureusement pour lui, comme ses contacts londoniens l'avaient prédit, toutes les entreprises d'illuminations du monde semblaient être en rupture de stock. Sauf que, malheureusement, Mme MacGlone s'était aussitôt précipitée à la *Seaside Kitchen*, désormais considérée comme le compte Instagram officiel de l'île, pour annoncer à tout le monde qu'ils auraient des illuminations dignes de ce nom cette année ! Sur le front de mer ! En mémoire de Colton, et c'était *elle* qui les allumerait, n'était-ce pas merveilleux ? Puis elle ne manquait jamais d'ajouter : « Je sais, je n'en reviens pas qu'ils m'aient demandé à moi. J'aurais pensé qu'ils voudraient une célébrité ! »

Elle marquait alors un temps d'arrêt, pour que son interlocuteur puisse dire : « Oh, mais vous êtes une célébrité locale », ce que, il fallait bien le reconnaître, ils avaient pour la plupart la gentillesse de faire. Et, en un rien de temps, Joel ne put plus sortir de chez lui sans que Jonny, le violoniste, vienne le voir pour lui proposer de jouer ou que l'un des écoliers n'accoure, les yeux écarquillés, pour lui demander : « C'est quand qu'elles arrivent, les lumières ? Aujourd'hui ? Elles arrivent aujourd'hui ? »

⋆

Le lendemain, Joel se rendit au *Rock* pour aller chercher des papiers, évitant les Muriens qui déviaient leur chemin pour lui exprimer leur gratitude et le remercier d'une chose qui ne s'était même pas encore produite.

Comme d'habitude, Flora s'était arrangée pour être là : cela n'avait rien de surprenant, mais Joel venait rarement, et elle fit un grand sourire en le voyant arriver.

– Viens manger ! On prépare de bons petits plats. On va montrer à toutes ces charognes de quoi on est capables.

C'était vrai. Au lieu des cris et des hurlements habituels, une atmosphère paisible et respectueuse régnait dans la cuisine.

– Qu'est-ce qui se passe ? murmura Joel.

– Des trucs dégoûtants, répondit Gaspard d'un ton sec, qui était en train de sortir une chose blanche d'une casserole, dans laquelle était installé son cuit-vapeur.

– C'est du *lutefisk*, chuchota Isla en regardant Konstantin. Il aime ça.

Konstantin haussa les épaules.

– Quoi ? C'était une simple suggestion.

– Dix jours ! Ça fait *dix jours* que le poisson trempe là-dedans, ajouta Gaspard avec colère.

– Je ne t'ai pas forcé à en faire !

– Tu m'as dit : « Gaspard, tu ne sais pas faire le *lutefisk* », grommela le chef.

– Exactement ! s'écria Konstantin, agacé. Tout est dit !

– C'était un *défi** !

– Oh, ces Français ! s'emporta le jeune homme.

– *Exactement**. Les Français ne mangeraient pas un poisson vieux de *dix heures*. Celui-là a dix *jours*.

Joel fixa le plat.

– Ça va être dégoûtant, dit Flora. Il nous restait du poisson.

– Oh non, c'est bon, rétorqua Joel, la prenant au dépourvu.

– Quoi ?

– Oh, j'ai vécu dans le Midwest pendant un moment. Les gens en mangent, là-bas.

– Oui ! intervint Gaspard. Ils mangent du poisson aux États-Unis, alors qu'ils sont à des milliers de kilomètres de la côte. Voilà le problème. Les Norvégiens et les *Américains**.

Ils regardèrent tous dans la casserole. Avec un grognement de colère, le chef recouvrit la substance blanche et gonflée, qui ressemblait à de la gelée, d'une épaisse couche de sel, puis il l'enroula dans du papier et la mit dans le cuit-vapeur.

– Cette expérimentation ne me dit rien qui vaille, lança-t-il avec mauvaise humeur.

Konstantin, en revanche, cherchait dans tous les tiroirs et les placards, tout excité.

– Qu'est-ce que tu fais ? l'interrogea Isla, méfiante.

Elle veillait toujours à ce qu'il mette le moins de bazar possible.

– Il nous fait du bacon et des pois. Et regarde ! J'ai fait bouillir les pommes de terre.

Étonnée, la jeune fille jeta un œil dans la casserole qu'il lui montrait. Il avait bel et bien fait bouillir les pommes de terre (pas des pommes de terre nouvelles, des ordinaires), mais avec leur peau. Des petits bouts de terre flottaient dans l'eau.

– Mais quel bon à rien ! Je n'ai jamais vu ça, commenta-t-elle en secouant la tête.

Cette remarque dévasta Konstantin. Il pensait bien faire.

– Oh, ne t'en fais pas… C'est rattrapable, se hâta-t-elle d'ajouter, voyant sa mine défaite. Vite, mets la grosse casserole sur le feu ; il y a des pommes de terre de l'île quelque part, elles cuisent vite. Et il y a des lardons frais dans le garde-manger.

Le jeune homme obtempéra sur-le-champ, et Flora regarda Joel, l'air de dire : « Tu vois, on s'en sort déjà beaucoup mieux », trouvant amusant de le voir tout à coup aussi emballé par la perspective du déjeuner.

⋆

Vingt-cinq minutes plus tard, une purée de pois cassés, des petites pommes de terre nouvelles, bouillies, recouvertes de beurre et de sel, du bacon croustillant et de la crème aigre firent miraculeusement leur apparition sur la vieille table toute propre, où Gaspard, en colère, posa directement sa casserole, sans même mettre le *lutefisk* dans un plat.

– Bon, déclara-t-il. J'en ai fini de ces expérimentations. Je pars ramasser des escargots. Fintan, tu viens avec moi.

Éclatant de rire, les autres lui firent signe de revenir et de s'asseoir, pendant que Konstantin se chargeait de couper le poisson. L'odeur familière, salée, monta aux narines de Joel, qui sourit de joie.

– Ça a été le seul Noël heureux de mon enfance, confia-t-il tout bas à Flora. Dans le Minnesota. J'ai dû quitter l'État. Ils ne pouvaient pas tous nous garder. Je ne suis pas resté longtemps chez eux, mais c'étaient des gens bien.

Flora posa une main sur son bras.

– Je crois que c'est le premier bon souvenir d'enfance que tu me racontes.

– Pendant ce temps, Douglas, lui, a déjà un train électrique.

Flora sourit, puis lui caressa le bras.

– Mais c'est bien, non ?

Joel attaqua son plat.

– Oh, c'est mieux que ça.

Contre toute attente (même si Gaspard refusa d'y toucher, tel un gamin faisant sa mauvaise tête), le *lutefisk* remporta un franc succès, et Flora se dit aussitôt qu'il fallait l'ajouter à la carte. La préparation était délicate, mais pas difficile, et les ingrédients produits localement, authentiques, ne coûtaient pas cher.

– Mais cela va à l'encontre de tous mes principes culinaires ! s'écria Gaspard.

– Je croyais que les règles étaient faites pour être transgressées ?

– *Oui**, oui, *tes* règles ! Pas les *miennes* !

*

Au cours du déjeuner, Joel se retrouva à expliquer le problème des illuminations aux nouveaux venus. Ils ne pourraient pas l'aider, mais leur parler lui faisait du bien.

Konstantin y réfléchit.

– Oh, vous allez bien finir par trouver quelqu'un, quand même.

– Il ne reste pas une seule illumination en Écosse, répondit Joel, énervé. Ni à Londres. Ils les gardent pour eux. La fondation de Colton me paie pour passer tous ces coups de fil, c'est une vraie perte d'argent.

Konstantin haussa les épaules.

– Eh bien, en Norvège…

– Oh oui, en *Norvège*, vous mangez des aliments pourris et vous forniquez avec des rennes, le coupa Gaspard, qui avait au moins réussi à boire l'eau-de-vie que Konstantin avait dénichée dans le fond du bar poussiéreux, insistant sur le fait que le *lutefisk* ne pouvait s'apprécier sans un petit verre.

–… euh, bref, il y a toujours des tas d'illuminations dans le nord du pays, parce que, vous savez… il fait nuit vingt-quatre heures sur vingt-quatre. Ils en ont toujours plein de rechange. Et c'est plus près que Londres.

– Mais je ne parle pas le… oh ! s'exclama Joel en ôtant ses lunettes. Vraiment, tu m'aiderais ?

Personne n'avait jamais demandé d'aide à Konstantin jusque-là. Cela lui fit tout drôle. Il y réfléchit.

– Est-ce que ça m'éviterait la plonge et la casserole de *lutefisk* ?

– *Non* !* s'écria Gaspard.

Konstantin proposa son aide malgré tout. C'était nouveau pour lui, mais il trouva cela agréable.

Bien sûr, en théorie, il avait déjà fait de bonnes actions. En temps normal, il revenait à Konstantin d'assister aux différentes cérémonies, à tous les événements importants, aux côtés de son père. Il détestait cela ; c'était d'un ennui mortel. Des discours à n'en plus finir, des gens qui en remerciaient d'autres, les congratulaient, et patati et patata, ça durait des heures. Tout cela, en général, en restant debout dehors, dans le froid glacial.

Maintenant, en passant des coups de fil dans son pays natal, il comprenait pourquoi on remerciait les gens de faire ce genre de choses gratuitement. Parce que, en toute franchise, ce n'était pas de tout repos. Même si c'était toujours mieux que la plonge – le *lutefisk* s'avéra extrêmement difficile à faire partir. Mais cela lui prenait beaucoup de temps, d'autant qu'il avait pour tâche de faire venir des hommes et des équipements sur une île reculée, inaccessible, dont personne n'avait jamais entendu parler ni n'était capable d'épeler ou de prononcer le nom.

Encore et encore, il appela différentes entreprises, pour obtenir la même réponse : trop tard, déjà réservées. Sur l'ordinateur de l'hôtel, il tapa en vitesse son nom dans Google, en norvégien – juste une fois. Une photo de lui s'afficha à l'écran, l'air ivre mort, deux mannequins assis sur ses genoux. Elle illustrait un article du magazine *Se og Hør*, au titre racoleur : « Le prince play-boy a disparu… Est-il en cure de désintox ? » Grimaçant, il jeta vite un coup d'œil en arrière pour s'assurer que personne n'avait rien vu. Heureusement qu'ils ne lisaient pas la presse norvégienne. Pendant une seconde, il fut scandalisé, voulut répondre que non, bien sûr, il n'était pas en désintox – mais la vérité était encore pire et, mon Dieu, la dernière chose dont il avait besoin était que tout le monde découvre qu'il avait été banni. Il ferma donc la page internet, décidant d'oublier à nouveau le monde extérieur. D'autant que, sur Mure, ce n'était pas bien compliqué.

Il finit – enfin ! – par trouver un vieil artiste qui pouvait peut-être l'aider. Il vivait dans le nord du pays, créait des œuvres lumineuses et souhaitait venir sur l'île (à grands frais, mais Konstantin ne prêtait jamais attention à ce genre de détails et, heureusement, le budget de Joel était généreux) pour voir si « le lieu lui convenait ».

Konstantin lui demanda si le lieu lui convenait souvent, sans vraiment obtenir de réponse, mais il ne pouvait faire mieux. L'artiste insista pour venir en avion et rester une matinée, laps de temps qui, apparemment, serait suffisant pour que sa sensibilité artistique s'imprègne de l'île.

– Il faut que je le charme, annonça Konstantin à la cuisine. Il faut qu'il ait envie d'installer l'une de ses créations ici.

– Je croyais qu'il fallait juste accrocher des lumières aux réverbères, répondit Isla.

– Moi aussi.

Il était bien plus découragé qu'il ne l'aurait admis. Il avait l'habitude d'impressionner les autres assez facilement, don qui semblait lui échapper depuis un mois, et il craignait désormais que l'artiste ne soit pas intéressé ou qu'il prévienne les journaux, aucune de ces deux issues n'étant à souhaiter.

– Je ne sais pas quoi faire pour l'impressionner. Et il ne sera là que pour le petit déjeuner.

– Tu pourrais faire des croissants, lui proposa Isla.

Elle plaisantait, mais Gaspard traversa la cuisine en glissant, comme sur des patins à roulettes.

– Tu sais faire les croissants ? lui demanda-t-il, ses lèvres se retroussant.

Il la fixa, et elle ne put s'empêcher de trembler légèrement. C'était devenu une habitude chez elle.

– Euh… Flora m'a montré une fois.

– Tu sais faire, oui ou non ?

– Eh bien, je…

– Ah, ah ! je le savais. On ne ment pas au sujet des croissants !

Il tourna les talons, prêt à s'éloigner d'un pas raide.

– Je ne mens pas au sujet des croissants.

En réponse, elle n'eut droit qu'à une petite moue méprisante.

– D'accord ! On va le faire ! se surprit-elle à dire.

– Tu n'arrives même pas à bien prononcer le mot, comment pourrais-tu en faire ?

Isla, courageuse, persévéra, n'en revenant pas.

– Vous verrez bien.

– Je verrai bien, répéta Gaspard, mais sa voix était à la fois pleine d'espoir et de dédain. Le roi de la plonge, tu l'aides.

– Je suis sûre que je peux m'en sortir toute seule.

– Non. Tu la regardes et tu apprends, dit-il en désignant Konstantin. Mais s'il est nul, tu peux oublier ce que je viens de dire.

Voilà comment ils se retrouvèrent, avant l'arrivée de l'artiste Gunnar, debout à quatre heures du matin (Isla résignée ; Konstantin, éberlué), quittant l'obscurité glaciale pour entrer dans la cuisine chaude et silencieuse au beau milieu de la nuit.

Gaspard, qui avait refusé qu'elle utilise la recette de Flora, lui avait laissé la sienne. Étaler le beurre froid. Le rouler dans la pâte qu'elle avait préparée la veille au soir. Replier la pâte. Mettre au frais. Puis recommencer. Et recommencer à nouveau.

– C'est ridicule, dit-elle en considérant l'énorme motte de beurre. Comment peut-on avoir la patience de faire ça ? J'avais oublié que c'était une telle galère.

– Non, c'est un croissant, répondit Konstantin en essayant de comprendre comment faire marcher la cafetière, dans l'espoir que, s'il s'y prenait suffisamment mal, Isla prendrait la relève et s'en chargerait à sa place.

Elle ne comprit pas sa blague, non plus. Il se redressa.

– Des gens font des croissants tous les jours, non ?

– Oui, des fous.

Dehors, un hibou hulula. Il était si tôt, il faisait si noir, il était si étrange d'être dans la cuisine en pleine nuit, qu'ils esquissèrent tous deux un sourire, mais Isla réprima aussitôt le sien, de peur qu'il ne croie qu'il lui était adressé.

Ils se partagèrent la pâte, puis entreprirent d'étaler le beurre froid dessus.

– Si quoi que ce soit devient chaud, c'est… *poubelle**, dit Isla en lisant attentivement les instructions. Qu'est-ce que ça veut dire ?

– Ça veut dire qu'il faut le jeter, lui expliqua Konstantin sans réfléchir.

Elle le dévisagea.

– Tu parles français ?

Il haussa les épaules, ennuyé de s'être trahi.

– Oh, un tout petit peu.

Naturellement, il évita de mentionner qu'il parlait également le suédois et l'allemand.

– Je veux dire, pourquoi est-ce que tu travailles ici ? Tu détestes ça, c'est évident.

– Eh bien, vu que tu t'es déjà fait ton opinion sur moi, je ne crois pas être obligé de répondre à cette question, répliqua-t-il tandis qu'ils continuaient d'étaler leur beurre avant de mettre cette couche au frais pendant vingt minutes.

Le silence se fit dans la pièce.

Isla se leva pour préparer du café, à la grande joie de Konstantin.

– Alors, dis-moi pourquoi Mure est si géniale ? l'interrogea-t-il en sirotant son café, qui était excellent.

– Est-ce que tu veux vraiment le savoir ?

– Non, mais il faut que j'attende vingt minutes, et je n'ai pas de crédit sur mon téléphone.

– Eh bien, manifestement, tu n'as pas bien regardé autour de toi, lança-t-elle avec une moue.

– Je l'ai fait, mais mon bonnet me retombe toujours sur les yeux à cause du vent.

Isla faillit sourire.

– Eh bien, la vue est magnifique, où qu'on se trouve. Ce n'est qu'une toute petite île, mais du sommet du mont, elle paraît immense. On a l'impression d'être seul au monde, mais, si on a besoin de compagnie, tout le monde est content de te voir ou, du moins, discutera volontiers un moment avec toi. On est en sécurité partout. Rien de mal ne peut t'arriver, à condition de ne pas tomber dans le port.

– Est-ce que ça arrive souvent ?

– Quand j'étais petite, j'ai entendu dire que quelqu'un était tombé de la passerelle du ferry et que les *selkies* l'avaient emmené, commença Isla en souriant malgré elle. J'étais terrifiée.

– Tu connaissais cette personne ?

Elle secoua la tête.

– C'était toujours le cousin d'un ami de quelqu'un en visite sur l'île. Et puis ma mère m'a dit qu'on lui avait raconté ça quand elle était petite, à elle aussi, et à sa mère aussi, du temps des vieux bateaux. Je crois que c'est juste une histoire qu'on raconte aux enfants pour qu'ils ne s'approchent pas du bord de l'eau.

Konstantin sourit.

– C'est quoi, un *selkie* ? Un noyé ?

– Non. C'est une personne-phoque. Elle t'emmène pour jouer avec toi. Et parfois, elles renvoient un phoque à ta place, qui peut être très beau, mais étrange.

– On a ce genre d'histoire, nous aussi ! Le roi d'Ekeberg. Il détestait ses enfants, alors il les échangeait avec d'autres. Donc, si, au réveil, votre enfant paraissait différent…

– C'est bizarre qu'il existe tant d'histoires sur les substitutions d'enfants.

Konstantin secoua la tête.

– Je ne trouve pas. On en trouve dans la plupart des cultures. Je crois que c'est comme ça qu'on expliquait l'autisme avant la science.

Isla n'y avait jamais pensé.

– Mon Dieu, dit-elle en pensant aux enfants de ces légendes, si beaux, mais si étranges derrière les yeux de phoque. C'est si triste.

– Eh bien, ça se déclare vers cet âge en général…, commença-t-il avant de s'interrompre. Mais ce n'est pas toujours triste, si ? C'est juste différent.

Isla pensa au grand frère de Flora, Hamish, qui était obsédé par les trains, n'avait jamais pu quitter le nid familial et qu'on pouvait à peine laisser faire les magasins seul, mais que tout le monde adorait.

– J'imagine que tu as raison. Mais les gens devaient vraiment avoir peur.

– Oh, je crois que les gens ont toujours peur. Mais ils croient que c'est un méchant docteur qui fait une injection.

– C'est vrai, répondit Isla en réfléchissant. Mon Dieu.

Dans la nuit sombre et glaciale, en pleine conversation sur les enfants substitués, le ding du minuteur les fit tressaillir.

Tous deux se levèrent d'un bond, étalèrent à nouveau du beurre et replièrent leur pâte, deux fois encore, dans une ambiance joviale. Puis ils la coupèrent en douze triangles, qu'ils roulèrent et mirent dans le four chaud, avant de relancer la cafetière.

– Ça ne peut pas être bon pour la santé, fit remarquer Konstantin. Avec cette quantité de beurre, c'est la crise cardiaque assurée. Pourquoi les Français ne sont-ils pas tous morts ?

– Parce que c'est du bon beurre, répondit-elle sur un ton rassurant. C'est l'autre truc super sur Mure : tout ce qu'on produit ici est pur, local. Une vache, de la pluie…

– Ah oui, beaucoup de pluie !

–… de l'herbe, du sel des marais salins, et le tour est joué.

– D'accord, dit Konstantin en humant l'air chaud et parfumé. Si c'est aussi bon que ça en a l'air, tu m'auras entièrement convaincu.

Cette fois, il apporta son café à Isla, et ils s'assirent ensemble. Il la laissa lui raconter tous les mythes du pays : la princesse montée sur la montagne de glace pour échapper aux Vikings ; les sorcières qui poussaient les navires au naufrage. Et il lui parla des trolls des grandes forêts sombres et des elfes qui venaient offrir d'étranges présents dans sa patrie nordique. Puis, enfin, les croissants gonflèrent, tout chauds, fumants, légers comme des plumes – de vrais délices. Un peu honteux, mais le sourire aux lèvres, les jeunes gens ajoutèrent encore *plus* de beurre et en mangèrent un qui était trop chaud, puis encore un autre, parce que, franchement, ils ne purent se retenir. Les croissants étaient si aériens ; croustillants à l'extérieur ; moelleux, miraculeusement légers, à l'intérieur : Isla n'avait jamais rien mangé d'aussi succulent. L'odeur fit même descendre Gaspard, qui entra dans la cuisine, les yeux encore fermés.

– *Vraiment** ? Ce n'est pas possible. Je suis à Lyon, *non** ? s'exclama-t-il, leur faisant le plus beau compliment dont il était capable.

Ils durent cacher ces trésors afin de les garder pour l'artiste, et Gaspard leur suggéra de se lever tous les jours à quatre heures du matin pour en préparer, ce à quoi, bien sûr, ils répondirent : « Noooooonnnnn ! » d'une seule voix, même s'ils étaient peut-être un peu déçus que le chef n'insiste pas.

*

À la descente du petit avion, en pleine tempête de neige, on ne pouvait pas manquer l'artiste. Il portait un pantalon rose et violet, pour commencer, et des lunettes très tape-à-l'œil. Il avait un air renfrogné, qu'il conserva quand ils le conduisirent dans un coin confortable du bar de l'hôtel pour lui servir du café et des croissants. Qu'il refusa.

– J'ai besoin de voir l'île, déclara Gunnar, alors qu'ils espéraient que le cadre douillet et la nourriture savoureuse suffiraient à le convaincre. Montrez-moi ! Allons nous promener.

Konstantin rapporta les croissants dans la cuisine en interdisant aux gens d'y toucher, sur quoi Gaspard en prit un dans chaque main avant de mordre dedans, d'un air de défi. Levant les yeux au ciel, Konstantin sortit avec l'artiste, qui parlait mal anglais.

Ils partirent tous les deux d'un pas lourd. Gunnar ne posa aucune question personnelle à Konstantin, ce qui constitua un soulagement, mais attira son attention sur des choses qu'il n'avait jamais remarquées jusque-là : les couleurs contrastées des petits bâtiments sur le port ; le jeu du soleil sur l'eau ; la vitesse à laquelle changeaient les ombres. À l'évidence, l'artiste ne voyait pas le monde comme les autres, et il prenait son temps, flânait, observait tout autour de lui. Ils finirent par atteindre la petite colline devant l'école.

– Hum. Non, dit-il au bout d'un moment. Mon œuvre est spectaculaire. Ambitieuse. C'est trop limité, ici. Ça ne plaira pas aux gens. Cet endroit, vous voyez, est *cosy*.

Il prononça ce terme comme si c'était la pire insulte qui lui venait à l'esprit.

– Eh bien, c'est charmant, rétorqua Konstantin, prenant soudain la défense de l'île.

– Exactement. *Charmant*, grogna Gunnar en remontant ses lunettes tendance.

Le cœur de Konstantin se serra. Il était persuadé que, s'il arrivait à le faire venir ici, l'affaire serait dans le sac. Et il avait promis à Joel, qu'il avait semblé impressionner et qui le prenait pour un adulte. Il avait aussi promis à la cuisine. Et maintenant, il allait avoir l'air d'un idiot fini, doublé d'un incapable. Il poussa un soupir.

– Mais vous pourriez la rendre extraordinaire.

– Et pourquoi ça ? rétorqua l'artiste en haussant les épaules.

– PARDON, lança alors une voix impériale.

Agot avait fait exprès de sortir tôt pour trouver la meilleure flaque d'eau gelée sur le chemin de l'école, et ces deux-là étaient pile dessus.

– C'EST MA FLAQUE DE GLACE.

Konstantin dévisagea l'enfant, qui le dévisagea à son tour, et il eut la désagréable sensation qu'elle avait pris le dessus sur lui suite à leur dernière rencontre.

– Je crois qu'elle est à tout le monde.

– Non.

Sur ce, elle ôta ses petites bottines fourrées, puis se mit à glisser sur la fine couche de glace en chaussettes.

– Tu ne peux pas patiner en chaussettes.

– TOI, tu ne peux pas, répliqua-t-elle avant de se mettre à fredonner *Boléro* très fort pour ne plus les entendre, tout en tentant de faire des pirouettes sur la glace, avec des résultats variables.

– Tes chaussettes sont mouillées, lui fit remarquer l'artiste avec un fort accent.

– Tes lunettes sont débiles, riposta Agot sans s'arrêter.

– Pardon, c'est une petite îlienne très malpolie, expliqua Konstantin en norvégien.

La fillette le fixa avec un tel regard qu'il fut presque certain qu'elle l'avait compris.

Gunnar ne prêta pas attention à lui.

– Qu'est-ce que tu construirais si tu devais construire quelque chose pour Noël ? interrogea-t-il Agot.

Elle le regarda comme s'il était parfaitement idiot.

– Une patinoire.

– Je ne fais pas de patinoire.

Elle répondit d'une moue, l'air de dire : « Alors, tais-toi. »

Il sourit. Puis recula. Il considéra la petite fille, puis le sommet de la colline, avant de baisser à nouveau les yeux.

Les copains d'Agot (et/ou ses acolytes terrorisés) déboulèrent en courant, et l'artiste les observa, se déplaçant à droite et à gauche, en jetant des regards en direction de la colline. Agot remit ses pieds trempés dans ses bottines, avant de partir d'un pas décidé, sans même se retourner.

– J'imagine qu'ils sont résistants par ici, commenta l'artiste, presque pour lui-même.

Ils regardèrent cette petite troupe se faufiler jusqu'à l'école. Garçons et filles criaient, riaient, donnaient des coups de pied dans la poudreuse, se lançaient des boules de neige et se cassaient la figure avant de se relever en vitesse. Sur Mure, les parents n'avaient pas besoin d'accompagner leurs enfants à l'école, même si certains le faisaient, bien sûr. Le trajet était sûr, et l'école, suffisamment près de chez eux, pour la plupart. Les petits, avec leurs pulls et leurs bonnets rouges, étaient adorables à voir.

– Hum, fit l'artiste. D'accord, d'accord. Je vais le faire.

Konstantin sentit son visage se fendre en un large sourire.

– Vraiment ?

– Oui. Pour les enfants, répondit-il en sortant son téléphone pour se mettre à mitrailler le site sous différents angles.

Konstantin aurait pu sauter de joie.

– Voulez-vous un croissant avant d'aller prendre votre avion ?

– Oh, non. Certainement pas.

Chapitre 39

– Donc, si je comprends bien, résuma Joel, qui commençait à avoir mal à la tête. Tu ne sais pas vraiment ce qui arrive ?

Deux semaines plus tard, ils étaient sur le quai pour récupérer l'installation lumineuse. Gunnar avait travaillé vite, mais n'avait répondu à aucun des mails de Konstantin lui demandant des précisions sur la nature ou la taille de son œuvre. Ils auraient besoin d'une source d'énergie sur la colline, il ne savait rien de plus. Joel tentait de calmer Mme MacGlone, qui commençait à s'inquiéter de la réaction de Fraser.

– C'est un artiste, expliqua Konstantin dans l'espoir que cette réponse suffise.

Innes attendait à côté avec son fourgon, tout comme Clark, le policier de l'île. Ils regardaient tous le ferry accoster, avec une certaine appréhension.

Il ne leur était pas venu à l'esprit qu'en semaine, un groupe de gens ne pouvait pas s'attarder sur le quai en pleine journée sans faire jaser et éveiller les soupçons et, sans surprise, dans la *Seaside Kitchen*, on les surveillait de près.

– C'est qui, le petit nouveau ? demanda Mme Brodie avec méfiance. Il est beau garçon, soit dit en passant.

– Elspeth ! la reprit Flora d'un ton réprobateur.

Elle jeta un coup d'œil par la fenêtre. Elle ne trouvait aucun homme plus beau que Joel, jamais. Ses cheveux bouclés, ses lunettes à écailles, son corps élancé et musclé… Elle poussa un soupir de contentement. Mais oui, c'était vrai, cet inconnu blond n'était pas mal non plus, si on aimait le genre scandinave dégingandé.

– C'est un beau garçon, répéta Mme Brodie.

Les tricoteuses de Fair Isle relevèrent la tête pour voir de qui elle parlait, avant d'opiner vigoureusement du chef, à l'unisson, et de retourner à leur ouvrage et ses motifs complexes.

– Il n'est jamais venu ici ? demanda Flora, perplexe.

La plupart des gens finissaient par passer au café, un jour ou l'autre : il fallait dire que le choix était limité sur Mure.

– Il est plongeur au *Rock*, dit Mme Brodie. Il ne doit pas avoir de sous.

– Il travaille peut-être pour se payer un tour du monde ? Il est sans doute étudiant, surenchérit une des tricoteuses.

– Il a un beau manteau et de belles chaussures.

– Ça n'empêche pas les gens de vouloir travailler.

– Eh bien, peut-être que récurer toutes ces casseroles le musclera un peu, poursuivit Mme Brodie, comme si elle en avait l'eau à la bouche.

– Madame Brodie ! Ça suffit ! s'écria Flora.

Sur ce, Lorna entra pour boire un café.

– On est en train de parler de beaux garçons, lui expliqua Mme Brodie, mais Lorna la regarda, l'air de ne pas comprendre.

Flora la prit à part.

– Est-ce que ça va ?

– Il a été convoqué, lui apprit Lorna à voix basse.

Elles savaient toutes les deux ce que cela voulait dire.

– Au ministère de l'Intérieur, rajouta-t-elle.

– Oh non. Pour quoi encore ?

Flora était sincèrement inquiète. Et pas seulement pour Lorna, sa meilleure amie, ni pour Saif, qu'elle aimait beaucoup. Elle craignait que le médecin quitte l'île et qu'ils soient privés du meilleur qu'ils n'aient jamais eu. Il fallait prendre l'hélicoptère pour rejoindre l'hôpital le plus proche, et, avec un bébé et un père vieillissant, elle préférait savoir Saif dans les parages.

– Ils ne le disent jamais, répondit son amie en haussant les épaules. Il doit y aller pour le savoir.

– Est-ce que vous êtes en contact ?

Elle opina du chef.

– Oui, mais il n'en sait pas plus que moi. Et il est terrifié.

Flora lui caressa l'épaule.

– Et toi ?

– Moi aussi.

Flora empaqueta la plus grosse part de pain d'épice qu'elle trouva, rallongea un peu le café de Lorna, puis la raccompagna à la porte. Pendant ce temps-là, le reste de la *Seaside Kitchen* faisait mine de ne pas espionner ce que traficotaient les hommes sur le quai.

– Ils débarquent peut-être une nouvelle voiture ! dit quelqu'un. C'est peut-être un cadeau de Noël !

– Pour qui ?

– C'est peut-être pour toi, Flora. Ton avocat plein aux as.

Flora pouffa. Ils n'avaient pas l'impression d'être riches, loin de là. Joel avait renoncé à tous ses contrats lucratifs pour travailler pour la fondation de Colton et était payé en conséquence, et ils devaient se serrer la ceinture pendant son congé maternité.

– Ce sont les illuminations, annonça-t-elle, et toutes les têtes acquiescèrent, ravies.

– Déjà ? s'étonna Mme Brodie. C'est efficace.

– Les enfants vont les adorer, fit remarquer Mme MacPherson.

– Et moi, je vais adorer regarder les hommes les installer, renchérit l'inépuisable Mme Brodie. Oh, et ça me rappelle ! N'oubliez pas de payer pour participer au *Loony Dook* !

À ces mots, quelques protestations bienveillantes s'élevèrent dans la salle. Le *Loony Dook* était organisé tous les ans, le 26 décembre. Il fallait s'acquitter de deux livres, qui revenaient à une association caritative, puis courir dans l'eau en maillot de bain. Cet événement connaissait un étrange succès, même si tout le monde le redoutait et que de nombreuses rumeurs de pneumonie circulaient. Le *Loony Dook* était une tradition, voilà tout.

★

Il y avait des caisses à n'en plus finir, toutes énormes. Les hommes sur le quai échangèrent des regards inquiets. Il y avait aussi toute une série d'instructions tapées à l'ordinateur et imprimées sur des feuilles A4 pour l'assemblage. Malheureusement, elles étaient toutes en norvégien.

– Euh…, fit Konstantin. Bon.

– Est-ce que tu es capable de monter ce truc ? l'interrogea Innes.

– Je peux lire les instructions, répondit le jeune homme, l'air très soucieux. Oh non. Je suis désolé. J'ai sans doute fait une belle bêtise.

Il fixa ses chaussures, l'air très jeune tout à coup.

Innes haussa les épaules.

– Bah, tu vas nous les traduire, et on construira. Je vais envoyer un texto à Hamish.

Konstantin releva aussitôt la tête, n'en revenant pas.

– C'est vrai ?

– Est-ce que tu as déjà construit quelque chose ?

Le jeune homme en avait plus qu'assez de ce genre de questions, aussi, au lieu d'y répondre, alla-t-il aider les autres à porter les caisses, qui pesaient une tonne, à l'arrière du fourgon – d'où elles dépassaient toutes, l'espace étant restreint. Puis ils se mirent en route pour le *Rock*, saluant gaiement les dames à l'intérieur de la *Seaside Kitchen* en passant devant elles.

*

Les garçons se retrouvèrent après le travail, à vingt et une heures, quand la plupart des Muriens dormaient déjà. Charlie se joignit aussi à eux, tout comme Hamish, emballé par le matériel de soudage.

Ils commencèrent l'assemblage dans l'un des vieux garages du *Rock*, équipé d'outils flambant neufs, qui, pour la plupart, n'avaient encore jamais servi. Konstantin traduisait les instructions à voix haute, regardant avec admiration ces hommes doués de leurs mains se mettre à souder et boulonner les différents éléments – sauf Joel, qui, avec sa mauvaise vue n'était bon qu'à les maintenir en place.

Comme l'œuvre commençait à prendre forme, ils durent ouvrir en grand les portes du garage. Elle était de plus en plus imposante, et les garçons étaient si excités qu'ils remarquaient à peine le vent froid qui s'engouffrait à l'intérieur, soufflant du large. Portant tous gants et bonnet, ils s'acharnaient sur des boulons métalliques à l'ancienne, rigides, armés de clés Allen minuscules. On aurait dit un immense kit Lego, et, même s'ils se plaignaient du temps pourri et de ces satanés boulons, en réalité, ils s'amusaient tous comme des fous.

Enfin, peu avant minuit, l'équipe se recula. C'était fini. Les lumières du garage n'éclairaient plus grand-chose : elles étaient masquées par l'impressionnant édifice, qu'ils avaient dû sortir pour achever sa construction.

– Ben dites donc ! s'exclama Innes en sifflant.

– Est-ce que ça va marcher ? demanda le pragmatique Charlie.

– Avec le prix qu'on a payé, j'espère bien, répondit Joel en étudiant attentivement les schémas des instructions.

– *C'est énorme* !* s'écria Gaspard, qui sortait de l'hôtel pour fumer une cigarette.

Effectivement, l'œuvre de Gunnar était énorme et, une fois sur site, devrait être installée dans un trou, qu'ils combleraient de béton – encore une chose que n'avait pas prévue Konstantin. Mais, pendant tout le difficile assemblage, il avait traduit, expliqué, préparé du thé et même appris à se servir d'une clé Allen et d'une clé à molette. Les autres se moquaient de son incompétence, mais, à ses yeux, apprendre encore quelque chose de nouveau (quelque chose d'utile, de concret) était miraculeux, même si Hamish avait dû tout refaire après lui, au cas où un élément se détacherait et tuerait quelqu'un.

L'œuvre faisait quatre mètres de haut, près de quatorze pieds, et, en reculant, tous en eurent le souffle coupé.

Ils avaient devant eux une sculpture contemporaine en métal : un ange monumental, magnifique, fabriqué à partir d'un bel acier, lisse et brillant. En tournant la manivelle principale, deux ailes immenses se déployaient sur ce qui semblait être plusieurs kilomètres. Ils ne l'avaient même pas encore branchée, mais cette sculpture, ne put s'empêcher de penser Konstantin, un sourire aux lèvres, allait épater tout le monde.

– On est loin des guirlandes lumineuses auxquelles s'attendent les gens, fit remarquer Charlie.

– Parfait, répondit Joel, se disant que c'était une bonne chose.

– Est-ce qu'on essaie de la brancher, pour voir ? proposa Konstantin, les joues roses d'excitation.

Joel se dirigea vers la prise, où il inséra l'adaptateur européen avec précaution.

– C'est parti ! s'écria-t-il, puis il appuya sur le bouton.

Et toutes les lumières s'éteignirent à six kilomètres à la ronde.

Chapitre 40

Pendant ce temps, du côté sud de l'île, dans l'ancien presbytère, où il y avait toujours de l'électricité, Saif Hassan avait les yeux rivés sur son écran, se demandant comment il avait pu s'imaginer venir sur Mure pour y mener une vie tranquille.

Ses enfants s'y épanouissaient, cela ne faisait aucun doute, bien que cela l'attriste un peu, parfois : ils pouvaient devenir écossais à présent, britanniques, s'ils le voulaient, mais leur culture syrienne leur échappait, jour après jour, même si leur père faisait tout pour qu'ils n'oublient pas leur pays d'origine ni leur langue maternelle. Or, en toute honnêteté, il était surmené et souvent trop fatigué pour y penser et leur parlait donc le plus souvent en anglais.

Et Lorna. Il ne s'attendait pas à tomber amoureux. Cette idée était trop éloignée de l'image qu'il se faisait de sa vie après la Syrie. Le simple fait de survivre avait été sa priorité pendant si longtemps : rejoindre l'Europe, demander l'asile, repasser ses examens, être envoyé au bout du monde. Puis il avait retrouvé ses garçons, et il avait fallu faire face : essayer de surmonter leur traumatisme, même si cela impliquait de laisser derrière eux leurs souvenirs de leur patrie, telle une scène aperçue à la fenêtre d'un train en marche.

Et à présent, il fixait quelque chose sur son ordinateur, frissonnant, tremblant. Car la situation s'apprêtait à empirer davantage.

Le lendemain après-midi, il était à Glasgow, de retour dans l'horrible bâtiment du ministère de l'Intérieur où il s'était rendu la dernière fois, quand ils pensaient avoir trouvé sa femme, mais qu'il s'était avéré que ce n'était pas elle.

Il avait dit à Lorna avoir été convoqué, mais ne pas savoir pourquoi, et elle aurait voulu l'accompagner, plus que tout, même s'ils savaient tous les deux que c'était impossible. Alors il était monté dans l'avion, et elle s'était rendue à l'école, comme toujours.

★

L'un des avantages de la carrière d'institutrice, s'était toujours dit Lorna, plus reconnaissante que jamais de travailler ce jour-là, était que cela ne lui laissait tout bonnement pas le temps ni la disponibilité mentale de cogiter et de ressasser.

Les enfants se fichaient de sa vie privée. En réalité, ils ne se doutaient même pas qu'elle en avait une. Ils avaient beau vivre dans une toute petite communauté, les petits en restaient toujours bouche bée quand ils la croisaient à la poste ou à l'épicerie, comme s'ils croyaient qu'elle vivait dans l'armoire à fournitures de l'école.

Peu importait qu'elle ait du chagrin ou des soucis, il fallait venir et garder le sourire. Son attention était aussitôt détournée par le slip de Horace McGill qui apparaissait mystérieusement sur son pantalon après le cours d'éducation physique ; l'accident de gouache de Ruby ; le fait de demander à tous les enfants de mettre leurs mains sur leur tête ou de corriger des exercices de maths tout en évitant une bagarre dans la boue à cause de l'énorme éléphant en peluche que Fintan et Colton leur avait gentiment offert deux Noël plus tôt, si gros que les petits pouvaient monter dessus, et malheureusement tellement mieux que les autres jouets et jeux qu'on leur avait donnés qu'il déclenchait la troisième guerre mondiale au moins deux fois par semaine.

Elle se jeta donc à corps perdu dans le travail, essayant de ne pas penser à ce qui se passait à Glasgow, trois cents kilomètres au sud.

Sauf que, bien sûr, Ash était dans sa classe et que, par moments, quand elle relevait la tête, elle le voyait la regarder d'un air inquiet. Il se faufila jusqu'à elle à la fin de la récréation.

– Mon papa est parti.

– Je sais, répondit-elle.

Elle craignait toujours d'accorder un traitement de faveur aux fils de Saif. Mais s'ils en avaient manifestement besoin, comme dans le cas d'Ash ? Elle aurait tort de ne pas lui accorder un peu plus d'attention, même si elle était terrorisée à l'idée de se trahir ou d'outrepasser sa fonction. Pourquoi ? Pourquoi fallait-il que tout soit si compliqué ?

– Mais il sera bientôt de retour, le rassura-t-elle.

Le petit opina du chef.

– Bientôt. Je n'aime pas quand il s'en va.

– Je sais, mais tu aimes bien Mme Laird, n'est-ce pas ?

– J'aime les friands à la saucisse.

Mme Laird, leur baby-sitter, était l'un des cordons-bleus de l'île et, en effet, ses friands à la saucisse valaient le détour.

– Bien, ce ne sera pas long.

– Si, rétorqua Ash, l'air sombre. Je serai en train de dormir quand il rentrera. MAIS. Je ne dormirai pas vraiment !

– J'en suis sûre, dit Lorna en sortant un tube de colle, qui redonna un peu le sourire à Ash.

Quand on avait six ans et qu'un tube de colle faisait son apparition, on savait que les maths n'étaient pas au programme. Un tube de colle remontait toujours le moral, même momentanément, à un enfant qui broyait du noir.

– Je me disais, est-ce que tu aimerais m'aider à distribuer les paillettes ? lui demanda Lorna, changeant de sujet de façon pragmatique.

– DES PAILLETTES ! s'exclama Ash, oubliant presque ses malheurs. OUI, AVEC PLAISIR.

– Bien, dit-elle au moment où la sonnerie retentissait. Et, Ash, ajouta-t-elle, comme il s'emparait des petites boîtes en plastique qui contenaient les gommettes brillantes et attrayantes, argentées, dorées, rouges et vertes, dont ils orneraient leurs dessins de Noël, qui, à leur tour, tapisseraient l'entrée de l'école.

– Mmh ? répondit-il en tournant et retournant les tubes de paillettes, fasciné.

– Ça ne dérangera pas ton papa, si tu l'attends. Pas le moins du monde.

– REGARDE ! AGOT ! J'AI DES PAILLETTES ! criait déjà Ash, comme sa complice faisait irruption dans la pièce, les joues toutes roses.

Agot s'arrêta net, furieuse.

– JE FAIS DES PAILLETTES. JE T'AIDE.

– Laisse-le faire, s'il te plaît, Agot, lui demanda Lorna, qui avait tant d'affection pour l'adorable et insouciant Innes qu'elle ne savait pas comment lui annoncer que sa ravissante fille (et nièce adorée de Flora, sa meilleure amie) était en réalité un vrai diablotin.

– NON, JE L'AIDE !

Elle voulut attraper le tube rouge, mais Ash leva instinctivement la main en arrière, arrachant le couvercle, et toutes les paillettes volèrent dans les airs. Un énorme « Oooohhhh ! » se fit entendre, comme les autres enfants rentraient en file indienne dans la classe, stupéfaits, sentant, tout excités, qu'il y avait de l'orage dans l'air.

– C'EST PAS MOI ! J'AI RIEN FAIT ! hurla aussitôt Agot. C'EST ASH !

Le petit grimaça, prêt à éclater en sanglots. Lorna dut accourir pour tout arranger, et, enfin, cela eut le mérite de lui changer les idées. Un temps.

Chapitre 41

C'était une journée comme une autre, à Glasgow – cessait-il de pleuvoir, parfois ? Sérieusement ? Sur Mure, tout au nord et plus à l'est, le vent apportait la pluie, puis la chassait. La ville était belle, c'était indéniable, et aussi vivante, bruyante, amusante. Mais elle donnait l'impression de reposer au fond d'une vallée à jamais engloutie sous un nuage gris. S'il demandait son avis sur la question à un habitant de Glasgow, il le soupçonnerait de déclarer sans doute que le temps lui convenait parfaitement comme cela, d'un air de défi.

Sans oublier qu'il n'y était jamais venu que pour des mauvaises nouvelles. Cela faussait sans doute son jugement.

– Comment est-ce que ça va ? lui demanda Neda avec son franc-parler habituel.

Elle suivait un grand nombre de dossiers – mais bon, c'était le lot de tous les travailleurs sociaux, non ? Toutefois, Saif était un usager un peu à part. Elle avait réussi à placer de nombreux réfugiés auprès d'autres Syriens ou, au moins, de personnes qui parlaient arabe. Saif s'en était sorti tout seul, sans même savoir si ses fils étaient encore vivants, au départ. Il ne s'en était pas simplement sorti, en réalité : il s'épanouissait, manifestement (même s'il n'aurait jamais dit cela, mais ses patients l'adoraient, et il était un membre de la communauté plus apprécié qu'il ne l'aurait soupçonné). Il était l'une de ses plus belles réussites, et elle était fière de lui. Ce qui lui rendait la tâche si difficile.

– Vous avez besoin d'aller chez le coiffeur, ajouta-t-elle.

– Je sais, je sais.

Il y avait un salon de coiffure pour dames sur Mure, pas de barbier, et Saif répugnait à y aller. C'était une habitude à prendre, il le savait, mais quand même. Neda, elle, avait une coupe en brosse toujours impeccable.

– Il y a un barbier turc au coin de la rue, lui dit-elle. Vous pourriez y faire un saut après.

Il opina gravement du chef. Après quoi ? Il aurait voulu le lui demander, mais il savait que Neda ne pourrait rien lui dire, même si elle était au courant. Il fallait suivre les procédures.

Ils étaient dans le même bâtiment sécurisé que la dernière fois, bas, terne, affreux, avec le même contrôle d'accès et le même personnel militaire à la mine grave. Il retrouva les longs couloirs, le café infect, la gestion gouvernementale fastidieuse de personnes gênantes et de dossiers compliqués, les êtres humains épuisés qui s'efforçaient d'être justes, de promouvoir le vivre ensemble, quand on ne leur donnait pas les moyens ni le soutien politique dont ils avaient besoin pour pouvoir se montrer bienveillants.

Saif savait qu'il devrait être reconnaissant envers son pays d'adoption – et il l'était, il l'était sincèrement, bien sûr. À l'heure actuelle, avec ses enfants, ils pourraient être dans un horrible camp de réfugiés, appelés sous les drapeaux, ou morts. Mais, en un sens, le fait même de devoir constamment se sentir reconnaissant pouvait aussi devenir un poids, et il ne savait pas trop comment exprimer ce ressenti. Un pays riche qui essayait d'être économe tout en se montrant magnanime était un bien triste spectacle.

On le conduisit dans une petite pièce, où un homme qui ne semblait pas habitué à porter un costume s'éclaircit la voix. Sans préambule, il ouvrit un dossier marron tout simple pour en sortir deux grandes photos.

Puis il en retourna une pour la montrer à Saif. Et le temps se figea.

⋆

À de nombreux égards, Saif pensait que c'était ce qu'il attendait depuis toujours, ou quelque chose d'approchant.

Mais il réalisa que ce n'était pas le cas. Car ce qu'il vit défiait l'imagination.

Chapitre 42

Ils avaient réussi à brancher la sculpture à un groupe électrogène pour la faire fonctionner, mais il ne faisait aucun doute qu'il allait falloir la raccorder au générateur principal de la municipalité s'ils ne voulaient pas faire sauter les plombs de toute l'île.

– À quoi est-ce que cela va ressembler ? demanda Innes. Une boîte de nuit ?

– Combien de watts ça va consommer ?

Konstantin les fixa, le regard vide. Il n'avait absolument aucune idée de ce dont ils parlaient.

Le lendemain, pendant que Saif se rendait à Glasgow, Innes était allé voir Colm, un conseiller municipal, pour discuter ou, plus précisément, lui donner deux poules bien grasses en pot-de-vin. Non pas que Colm n'aurait pas été tout de suite disposé à les aider, mais cela pouvait leur éviter tout un tas de tracasseries administratives dans l'attente de la prochaine réunion du conseil, un débat interminable, et de devoir avoir affaire à Fraser, ce que personne n'aimait, à moins d'y être obligé. Sans surprise, Colm leur avait prêté le passe-partout qui donnait accès au transformateur électrique de la mairie, en leur faisant promettre d'être prudents et d'agir dans le noir, sans en parler à personne ; Hamish devrait s'en charger seul, et, s'ils se tuaient tous, il ne faudrait pas venir se plaindre auprès de lui.

Flora était furieuse, car Innes lui avait piqué deux de ses meilleures pondeuses, alors que la demande en œufs de la *Seaside Kitchen* et du *Rock* combinés était absolument énorme, ils ne pensaient à rien, ou quoi. Innes la regarda d'un air rebelle, ressemblant beaucoup à Agot, pendant que Hamish baissait la tête, mais cela n'avait plus d'importance, il était trop tard à présent, et ce « grand projet secret » avait intérêt à valoir le coup.

Mais les garçons étaient impatients que la nuit tombe. Ils avaient même enfilé des cagoules et des écharpes sur leur tête. En les voyant, Flora leva longuement les yeux au ciel, mais, quand Joel parut avec son plus beau pull en cashmere relevé sur le visage, elle éclata carrément de rire.

– Tu es sérieux ? Vous n'allez pas faire un braquage.

– D'un point de vue légal, c'en est un, répondit-il avec son sérieux habituel. On va pirater le transformateur électrique de la mairie.

Flora fronça les sourcils.

– Si tu te fais tuer, je te tue, compris.

– Bien reçu, répondit-il en la regardant.

Elle éclata de nouveau de rire, puis déposa un profond baiser sur ses lèvres.

– C'était en quel honneur, ça ? lui demanda-t-il, troublé.

– Joel Binder. Depuis que je te connais, j'aime tout en toi. Mais je ne crois pas t'avoir déjà vu prendre autant de bon temps.

Il se renfrogna.

– Sauf...

– Oui, sauf pour ça. Mais on peut prendre du bon temps de différentes façons.

– Il gèle dehors, et je risque de me faire électrocuter.

– Oui, mais tu prends malgré tout du bon temps.

Chapitre 43

Saif fixa la photographie pendant longtemps. Il n'arrivait pas à croire ce qu'il avait sous les yeux. Cela n'avait aucun sens ; il avait l'impression que son cerveau avait explosé. Une partie de lui se disait que, s'il fermait les yeux, s'il faisait abstraction de tout, il oublierait tout. Il pourrait tout arranger, revenir en arrière, quitter ce pays, rentrer chez lui, repartir à zéro. Un frisson le parcourut, comme il se rappelait Amena tout à coup : il la voyait, pouvait presque sentir les odeurs familières du bougainvillier, des pots d'échappements dans la nuit chaude et des plats qui mijotaient le soir chez leurs voisins, de l'autre côté de la cour où ils vivaient, l'air lourd, orange. Il se souvenait d'elle en train de promener Ibrahim, en lui chantant des berceuses arabes.

Cette personne sur ce cliché… il ne pouvait en détacher les yeux.

C'était Amena, oui. C'était elle. Il ne pouvait le nier. Mais cela ne pouvait pas être vrai. Cette silhouette se tenait bien droit et fixait l'appareil photo. Elle paraissait plus vieille, mais ses beaux yeux étaient toujours semblables à ceux d'Ash, avec ses longs cils recourbés ; mère et fils se ressemblaient tant.

Mais cette femme… qui était Amena sans l'être. On voyait qu'elle tenait un autre homme par le bras, dont juste le coude apparaissait sur la photo. À sa main gauche brillait une alliance, mais ce n'était pas celle, en argent torsadé, qu'il lui avait donnée, qu'il avait rapportée de Beyrouth et achetée avec son petit salaire d'étudiant en médecine. Non, c'était une bague épaisse et terne, qui pouvait tout aussi bien être en or qu'un simple anneau de rideau en laiton, d'après ce qu'il voyait.

Et sous sa longue tunique traditionnelle, bien plus conservatrice que ce qu'elle portait quand ils étaient ensemble, il devinait un ventre arrondi de femme enceinte.

Il repoussa ce cliché.

– Non, ce n'est pas elle.

– En êtes-vous certain ? s'obstina le commandant. Regardez à nouveau. Ce n'est pas comme la dernière fois, quand nous ne savions rien. Nous sommes à peu près certains que c'est elle.

Saif eut du mal à relever sa tête échevelée ; il était incapable de fixer son regard plein de larmes sur la photo.

– Qu'est-ce que cela signifie ? Je ne comprends pas, dit-il d'une voix rauque.

Sans rien dire, l'homme retourna une autre photo. Elle était de nouveau là, mais, cette fois, elle était avec quelqu'un : un homme avec une grosse moustache et une petite barbe. Il portait des vêtements simples, mais un gros fusil et une épée pendaient à sa ceinture.

– Cette photo est un peu plus ancienne, lui expliqua l'homme. Nous croyons… Nous croyons qu'il s'agit d'une photo de mariage.

Saif fixa le visage d'Amena.

– Mais elle est déjà mariée, répondit-il d'un air hébété.

Pour le réconforter, Neda posa une main sur son épaule.

– Il y a des mariages forcés, dit-elle. Vous comprenez ?

Or Saif ne pouvait détourner les yeux de cette photo de mariage. La femme sur ce cliché souriait.

*

On leur apporta du thé, puis on lui expliqua la situation dans les grandes lignes, même s'il n'y comprenait rien. Rien du tout. Il apparaissait qu'Amena Hassan, née Abboud, s'était remariée avec un combattant rebelle deux ans après la disparition de son époux et de ses fils.

Ce qui soulevait plusieurs problèmes. Et, notamment, à quel camp appartenait le combattant.

– Nous ne pouvons pas… Dans cette situation, il serait très difficile de la faire venir au Royaume-Uni. Compte tenu du climat politique actuel… J'ai bien peur que ce ne soit très délicat.

Saif releva la tête pour regarder l'officier droit dans les yeux. Cet homme n'était pas méchant, il le savait. C'était la triste vérité.

– Elle… a… épousé… un soldat de… Daesh, dit-il le plus doucement et le plus calmement possible.

L'homme se contenta de hocher la tête.

– Mais ses deux fils sont ici. Vous la priveriez de ses fils ?

Une fois encore, l'homme ne dit rien.

– Si vous pouviez l'identifier formellement…

– *Quoi ?*

Les yeux de Saif exprimaient toute sa détresse. Sa première pensée avait été de se demander s'il pouvait aller la chercher. Mais que trouverait-il, là-bas ? La guerre n'était pas finie. Qui savait quel enfer l'attendrait à Damas ? Qui savait quel effet cela aurait sur ses enfants, ce qu'il avait de plus précieux au monde ? Comment pourrait-il les arracher à leur environnement merveilleux, leur école fabuleuse et, le plus important (plus important que tout), leur sécurité ?

Certes, Mure était minuscule, glaciale et isolée. Mais, mon Dieu, l'île était sûre. Personne n'y serait blessé. Personne ne serait réveillé en pleine nuit par des soldats. Il n'y en avait pas, de toute façon, sauf si on comptait les sous-mariniers russes qui remontaient à la surface de temps à autre, en cachette, pour dévaliser le stock d'alcool de l'épicier, mais Saif ne les comptait pas, puisque tout ce qui les intéressait, c'était boire de la vodka et draguer les filles du café.

Ses garçons étaient en sécurité. Que pouvait-il y avoir de plus important ?

Eh bien. Leur mère. Voir leur mère. Quel enfant ne braverait pas le monde entier pour retrouver les bras de sa mère ?

Mais s'il y avait déjà un autre bébé dans ses bras ?

Chapitre 44

À cette époque de l'année, la nuit ne tardait pas à tomber, mais les garçons avaient convenu, par un accord tacite, d'attendre que tout le monde soit couché, aussi patientaient-ils en se cachant, Hamish incapable de retenir ses rires. Agriculteur pur jus, il n'avait pas l'habitude d'être encore debout passé vingt et une heures.

L'immense sculpture métallique était creuse, sinon elle aurait été impossible à soulever, mais ils allaient tout de même devoir la transporter jusqu'à la colline et la couler dans le béton. Elle pesait une tonne : ils suèrent, haletèrent pour la charger sur le seul camion à plateau de l'île, qui appartenait à Anndra, le maçon, qui, par chance, avait quatre enfants robustes en âge d'aller à l'école et ne s'était donc pas fait prier : cela lui éviterait de prendre l'avion jusqu'à Inbhir Nis pour les emmener voir les illuminations de Noël. Ne leur manquait plus qu'un père Noël. Par politesse, personne n'avait fait remarquer à Anndra que, avec son gros ventre et sa petite barbe, il était sans doute le meilleur spécimen à leur disposition.

Isla sortit leur apporter un grog bien chaud, en partie parce qu'il faisait un froid glacial et qu'elle voyait qu'ils manigançaient quelque chose, et en partie parce que tous les autres dans l'hôtel mouraient d'envie de savoir ce qui se tramait et l'avaient chargée d'essayer de leur tirer les vers du nez.

– Dans tes rêves ! lui cria Konstantin en se précipitant à sa rencontre. Reste là ! lui ordonna-t-il avant de se mettre derrière elle et de lui cacher les yeux. Ne regarde pas ! Tiens bien le plateau ! Il ne faut pas que tu voies !

– Ne sois pas ridicule, répondit-elle, mais elle resta malgré tout immobile.

Sentir ses mains, longues et douces, sur ses yeux, et sa présence dans son dos, la rendit toute chose. Un léger frisson la parcourut. C'était le froid, forcément. Bien sûr, il n'avait aucune arrière-pensée ; c'était un jeu. D'un autre côté, il se tendit, lui aussi (elle en était certaine), juste une seconde. Elle crut le sentir frémir, et, pris d'une timidité inhabituelle, il marqua un temps d'arrêt.

Puis, d'une voix un peu tremblante, il s'écria :

– Venez, les gars, prenez vos verres ! Mais ne la laissez pas voir !

– Je veux voir !

– Tu pourras voir quand ce sera fini.

– Ce n'est vraiment pas juste, je vous ai préparé des grogs !

– Je m'en fiche ! Tourne-toi.

À contrecœur, les bras de Konstantin l'empêchant de trébucher, elle se retourna et releva les yeux vers lui. Son plateau était vide à présent ; il tenait les deux derniers verres et lui en tendit un.

– Est-ce que tu pourras venir me chercher quand je pourrais voir ? se surprit-elle à lui demander.

– Je viendrai aussitôt, répondit-il sans hésitation.

Et, pendant une petite seconde, sous la lumière froide et sombre des étoiles, la lune poursuivant sa course vers l'ouest, leurs yeux se croisèrent, Isla relevant sa petite tête vers lui. Ils se regardèrent, et Konstantin éprouva une drôle de sensation. Un peu comme quand on voyait un oisillon ou un chaton, se dit-il – une chose très fragile, innocente, qu'il fallait se garder de toucher ou de déranger.

C'était vraiment bizarre : jusque-là, il ne s'était jamais vraiment intéressé à sa voisine d'évier. Mais, à présent, il la voyait, les yeux grands ouverts, plongés dans les siens, terriblement séduisante.

– Hé ! l'interpella Hamish, et elle s'éclipsa.

Konstantin la regarda, songeur, ramener le plateau à l'hôtel. Elle se promit de ne pas se retourner, et s'y tint.

★

Ils avaient retiré les ailes de la sculpture, mais elle restait malgré tout gigantesque. Ils l'attachèrent avec des cordes et, enfin, Innes commença à reculer tout doucement dans l'allée du *Rock*, les autres sautant autour du camion pour s'assurer que l'ange ne bougeait pas trop. Puis, avec une grande précaution, il fit demi-tour et se mit en route, s'éloignant lentement du cap et de l'hôtel éclairé, en direction du village.

Sans surprise, ils ne croisèrent aucun autre véhicule en chemin. Un jour, se plut à penser Joel, de nombreuses personnes viendraient séjourner ici, au *Rock*, pour profiter de ce cadre idyllique, de ce havre de paix et de tranquillité – l'hôtel ne comptant que douze chambres, ils ne seraient jamais envahis.

Ils ne manqueraient jamais de place, d'air frais ni de calme, et tous ceux qui décideraient de venir pourraient y trouver la même quiétude que lui. Enfin. Qui pouvait le dire ? Ce projet ridicule de Konstantin pourrait peut-être les aider. Il considéra le jeune blond. Pour un gamin de riche pourri gâté, il s'en sortait étonnamment bien. Il espérait que son père serait content.

Konstantin observa la scène, puis finit par estimer que la sculpture était suffisamment bien attachée. Après une course grisante, il se jeta sur le plateau du camion, faisant signe à Bjårk de le suivre.

– À plus, les nullos ! s'exclama-t-il avec entrain, l'air très jeune tout à coup. Profitez bien de la promenade !

Innes donna alors un grand coup de volant, et Konstantin faillit tomber, une de ses longues jambes jaillissant dans les airs (Bjårk, avec son centre de gravité bas et poilu, ne bougea pas d'un pouce). En temps normal, cela l'aurait agacé, car il détestait se ridiculiser devant les autres, surtout quand ceux-ci n'arrêtaient pas de lui répéter qu'il était vraiment trop cool. Curieusement, ici, cela ne lui fit ni chaud ni froid. Hamish rigolait tant qu'ils crurent qu'il allait se casser la figure en glissant sur le sol verglacé. Puis, certains à pied, d'autres, en camion, ils rejoignirent le village, mais ils firent un tel tapage qu'ils causèrent une belle frayeur aux vaches dans les champs alentour.

*

Ils s'arrêtèrent au pied de la colline sur laquelle était perchée l'école. Ils avaient choisi le meilleur emplacement possible, le plus important étant de ne pas éclairer les fenêtres des habitants toute la nuit, afin d'éviter de les rendre fous.

Le raccordement électrique se trouvait à mi-pente, derrière une vieille grange : ils ne risquaient donc pas de déranger grand monde. Innes avait déjà creusé le trou – suscitant beaucoup d'intérêt de la part des enfants, dont plusieurs avaient voulu revenir avec leur pelle pour « CREUSER », ce qui était déjà assez difficile comme cela dans le sol gelé. Il leur avait dit que c'était pour la ferme et de passer leur chemin. Stratégie qui n'avait pas mal fonctionné : les petits sortaient de l'école et avaient pour la plupart besoin d'un bon quatre-heures et d'un peu de repos avant de retourner jouer. Seule Agot, bien sûr, était restée pour « AIDER » : elle chassait les enfants qui passaient, leur apprenant qu'elle était la seule à pouvoir participer, puisque c'était pour la ferme, ce qui s'était révélé plutôt utile.

À présent, comme la bétonnière tournait, les garçons étaient tous surexcités. Outre les phares du camion, ils étaient équipés de lampes-tempêtes pour s'éclairer, de façon à s'assurer que la sculpture était bien droite quand ils la firent descendre dans le trou, avec précaution, la tenant tous de leurs mains. Puis, quand elle fut bien d'aplomb et que les fils électriques furent branchés, ils s'écartèrent pour laisser le béton couler en cascade tout autour de son pied.

Ils se reculèrent pour admirer leur œuvre. Cela ne faisait aucun doute : cette sculpture était gigantesque. Elle changerait Mure à jamais ; il faudrait la scier pour la démonter.

– Bon sang, lâcha Innes.

– Est-ce que les conseillers municipaux savent qu'elle fait quatre mètres de haut ? demanda Konstantin, un peu inquiet, même si, bien sûr, il était bien trop tard pour cela.

– Non, répondit Joel. Parce que tu refusais de me dire ce qui se préparait.

– Oui, mais est-ce que tu l'as dit à la dame du conseil aujourd'hui ?

– Je lui ai dit qu'elle faisait quatre…, commença Joel, laissant sa phrase en suspens.

– Je ne suis pas sûr qu'elle comprenne le système métrique, fit remarquer Innes.

Il y eut un blanc.

– Tu veux dire qu'elle croit que la sculpture fait quatre *pieds* ? Un peu plus d'un mètre ?

– C'est fort possible, répondit Joel.

Tous les regards se portèrent sur le béton, qui durcissait rapidement.

– Oh, allez ! finit par s'écrier Konstantin avec des yeux espiègles. Tant pis, on l'allume !

Chapitre 45

– Bon sang !

On a rarement envie d'entendre ces mots dans la bouche d'un pilote. Heureusement, il les prononça d'une voix étouffée, même dans le minuscule habitacle du petit avion de tourisme qui faisait la liaison, tel un bus de campagne, entre les îles reculées du nord, avec ses huit places et son isolation phonique un brin rudimentaire.

Saif n'avait pas besoin d'entendre cela : il était plongé dans un désarroi si profond que la mer et le ciel noirs à l'extérieur, qui s'étendaient à l'infini, ne faisaient que refléter son humeur.

En réalité, avant de réaliser ce qui venait d'être dit et de reprendre ses esprits, une petite part de lui songea que, si le pilote était en train de leur annoncer que l'avion s'apprêtait à s'abîmer en mer, eh bien, ce ne serait pas nécessairement un drame. Au moins, cela mettrait fin au tourbillon de pensées dans sa tête. Cette idée était si terrible, si bouleversante, qu'il la chassa aussitôt de son esprit, sidéré.

Mais il l'avait nourrie.

Il se força à oublier ses idées noires, puis cligna plusieurs fois des yeux.

Ils avaient amorcé la descente : ils étaient donc presque arrivés. La minuscule piste d'atterrissage de Mure était tenue par un couple, Billy et Effie, qui tenait aussi le bureau de poste, si bien que rien ne leur échappait sur l'île.

En temps normal, à travers les hublots gauches de l'appareil, le spectacle était toujours le même : un monticule minuscule, sa forme rappelant celle d'une virgule étirée, avec des phares éparpillés sur tout son littoral, pour protéger les navires de passage, et des lumières regroupées au sud-est, où se nichait le village, oasis chaleureuse dans l'obscurité du vaste océan, accueillante et réconfortante. Il trouvait impressionnant que des êtres humains puissent vivre et prospérer si loin de tout, sur un si petit lopin de terre, en pleine mer.

Or, ce soir, la vue n'était pas la même. Pas du tout. Juste derrière la grand-rue, sur la colline qui conduisait à l'école se trouvait… Mais enfin, qu'est-ce que c'était que ce truc ?

Saif et les autres passagers (un couple d'ornithologues amateurs venus de Nouvelle-Écosse, qui, pleins d'enthousiasme, avaient essayé d'engager la conversation en gaélique, et une jeune femme élégante, seule) regardèrent tous du côté gauche de l'avion, jusqu'à ce que le copilote vienne leur demander d'arrêter, parce qu'il faisait pencher l'appareil.

– *Obh obh !* s'écria la vieille dame.

Saif comprit plus ou moins ce qu'elle voulait dire : l'île donnait l'impression d'être en feu. Un grand faisceau lumineux s'élevait dans les airs, et, en dessous, se trouvait une immense forme blanche.

– Est-ce que c'est dangereux ? interrogea-t-il le copilote, qui fronça les sourcils.

– Eh bien… c'est *vulgaire* en tout cas.

Saif fixa cette chose. Il avait été perdu dans ses pensées jusque-là, s'efforçant de se rappeler la conversation qu'il avait eue à Glasgow dans ses moindres détails.

– Pourquoi ne m'a-t-elle pas contacté ? avait-il demandé d'une voix étranglée. J'ai toujours le même numéro. Je suis sur Facebook. Je fais partie du Mouvement international de la Croix-Rouge et du Croissant-Rouge.

L'homme avait paru tendu.

– Il peut y avoir plusieurs explications, avait-il répondu avec gêne. Si elle est dans un camp de réfugiés, elle n'a peut-être pas accès à un téléphone.

– Il est toujours possible d'en emprunter un.

– Elle peut… Son mari le lui interdit peut-être.

– Qui lui interdirait de contacter ses propres enfants ? avait poursuivi Saif en fermant les yeux.

– Quelqu'un qui ne voudrait pas qu'elle ait eu une autre famille, avant, lui avait expliqué l'homme avec gentillesse, mais fermeté.

Saif avait secoué la tête.

– Ou elle comprend parfaitement la situation et ne veut pas vous compliquer la vie.

– Qu'est-ce que vous voulez dire ? l'avait interrogé Saif en fronçant les sourcils, avant de relever les yeux. J'ai reçu un message étrange qui ne… J'ai cru qu'il s'agissait d'une simple coïncidence.

Il lui avait raconté toute l'histoire, et l'homme avait haussé les épaules.

– Eh bien, elle connaît le statut des femmes de djihadistes en Occident. Elle sait que cela vous causerait des ennuis. Que cela déplairait au gouvernement britannique, qu'on ne la laisserait pas entrer dans le pays. Peut-être même qu'on ne vous laisserait pas rester, vous non plus. Il est possible qu'elle compte sur son silence… pour vous protéger.

Après cela, Saif s'était tu longuement.

Il reposa sa tête contre le hublot de l'avion.

C'était… C'était impossible, mais cela semblait être un immense ange de lumière. Il ne pouvait le quitter du regard. Un ange de lumière. Michel, l'archange de la miséricorde.

Il ferma bien les yeux. Il était médecin, un homme de science. Il n'était pas du genre à croire que des anges allaient apparaître, se manifester subitement, pour l'aider à se sortir d'une situation difficile. Cela n'avait aucun sens. Aucun. Bien sûr que non.

Restait que, quand il avait quitté Mure le matin même (après avoir déposé les garçons à l'école), il était certain, sans l'ombre d'un doute, qu'il n'y avait absolument rien sur cette colline, excepté les petites lanternes qu'ils accrochaient dans les arbres chaque année. Et maintenant…

Saif continua à le fixer, hypnotisé. Plus ils s'en approchaient, plus il était grand et lumineux. C'était surnaturel.

– Bon sang, répéta le pilote. Mesdames et messieurs, je vais juste…

Il n'y avait aucun autre avion à des kilomètres à la ronde. Il fit un petit détour, juste pour jeter un œil. Le copilote prit une photo, mais on aurait dit un énorme OVNI, ce qui était encore pire. Ils volèrent bas pour mieux voir, mais cette chose n'avait pas plus de sens vue de près que des airs.

Sauf qu'elle était belle.

Elle était visible depuis l'aérodrome, de l'autre côté de l'île. Elle l'était sans doute de partout, peut-être même de l'espace.

Billy et Effie accoururent à leur rencontre quand l'avion s'immobilisa sur la piste.

– Le téléphone n'arrête pas de sonner ! s'exclamèrent-ils, à bout de souffle. Les pilotes et tout le monde à la radio deviennent complètement dingues.

– Mais qu'est-ce que c'est ? demandèrent les ornithologues amateurs.

– Apparemment, commença Effie. Apparemment, ce sont nos décorations de Noël.

⋆

La jeune femme qui débarqua de l'avion se mit à prendre de nombreuses photos. Elle en avait pris quelques-unes à travers le hublot, mais la lumière s'était réfléchie sur le verre épais et on ne voyait rien : elles étaient toutes floues. Mais elle pressentait que cette histoire pouvait cacher quelque chose – son rédacteur en chef voulait un scoop sur le « pire hôtel de Grande-Bretagne » et, en ces temps de restrictions budgétaires et de rédactions restreintes, il était en général assez difficile de dégager les fonds pour envoyer un journaliste en reportage. Mais elle avait réussi à le convaincre que cela vaudrait le coup et elle était donc là, à des millions de kilomètres de tout, avec une mission en tête : trouver le pire hôtel de Grande-Bretagne.

Chapitre 46

Mme Laird aurait été bien incapable de garder Ash et Ib au lit, même sans tout ce tapage : partout dans le village désormais réveillé, malgré l'heure tardive, des gens sortaient pour aller voir ce qui se tramait sur la colline.

Même sans cela, les garçons n'étaient jamais sereins quand leur père quittait l'île, ce que Saif ne faisait qu'en cas de force majeure.

Ash se jeta dans les bras de son père, les yeux grands ouverts. En le voyant, Saif eut mal au cœur. Il lui ressemblait tant. Il ressemblait tant à Amena. Ib aussi. Il ne s'était absenté qu'une seule journée, mais il avait l'impression de les redécouvrir : il remarqua à nouveau qu'ils s'étaient tous les deux remplumés ; Ib, surtout, avait bien poussé. Il serait grand, comme lui. Ash, sans doute pas. Saif savait que la malnutrition infantile pouvait entraîner des troubles de la croissance. Mais Ib était grand et fort. Amena ne le verrait sans doute jamais ainsi, aussi grand.

Comment pouvait-elle le supporter ? Comment pouvait-elle ne pas mourir d'envie de les voir ? Peut-être était-ce le cas. Mais elle était là-bas, mariée à un autre homme. Enceinte. Dans sa tête, il se disait que, bien sûr, elle n'avait pas eu le choix.

Mais était-ce… ? Son sourire.

Bien sûr, un sourire pouvait être forcé.

Et puis, si elle les croyait morts ? Et si elle avait passé deux années en étant aussi malheureuse que lui ? Et si on lui avait dit que les garçons étaient perdus, si elle s'était imaginé le pire ? Et si elle s'était raccrochée à la moindre promesse de bonheur, sous la forme d'un anneau de laiton ?

Après tout, n'avait-il pas fait exactement la même chose avec Lorna ?

Mais il avait ses enfants ; dans le cas contraire, il n'aurait pas été capable de…

Enfin. Comment savoir ?

Mais ce n'était pas pareil.

N'est-ce pas ?

Il enfouit son visage torturé dans les cheveux de son cadet.

– *Abba ! Abba !* Il y a un vaisseau spatial et on DOIT ALLER LE VOIR, lui expliqua le petit avec empressement.

Agot avait le droit d'utiliser le portable de son père (Saif trouvait cela insensé) et avait apparemment réveillé toute la maison pour leur ordonner d'aller sur la colline, en dépit du fait qu'il était très tard, qu'il y avait classe le lendemain et qu'il faisait – 5 degrés.

Ash était déjà en train d'enfiler ses bottines fourrées.

– DIRECTION LE VAISSEAU SPATIAL ! affirma-t-il en faisant semblant d'être certain que cela allait se produire, dans l'espoir que cela se produise vraiment.

– Ce ne sera pas un vaisseau spatial, crétin, rétorqua Ib, qui se devait de le contredire.

Mais sa tentative était vaine : il était visiblement aussi impatient que son frère d'y aller, surtout pour ne pas être exclu des conversations à la récré le lendemain.

Mme Laird leva les yeux au ciel.

– Il me semble que beaucoup de gens sont sortis voir, dit-elle.

Saif poussa un soupir. D'un autre côté, que ferait-il, sinon ? Aller se coucher pour rester éveillé pendant des heures et des heures, les yeux grands ouverts, pensant à Amena à chaque seconde, laissant toutes les possibilités, terribles et pires encore, lui traverser l'esprit ? Expliquer aux enfants que leur maman était en vie, mais qu'elle avait une autre famille à présent ?

Cela lui faisait tellement mal, telle une douleur physique. Il ferait tout aussi bien d'aller marcher un peu.

*

Il faisait un froid glacial dehors : il y avait du vent, la neige voletait paresseusement en tous sens, et on annonçait de nouvelles chutes, très fortes.

Les garçons étaient fous de joie à l'idée de se lever en pleine nuit, bien après leur heure de coucher habituelle, comme s'il n'y avait plus de règles. C'était si excitant de quitter la maison (après avoir enfilé leur pull, leur blouson matelassé, leur bonnet, leur écharpe, leurs chaussettes et leurs bottes par-dessus leur pyjama), tenant chacun une main de leur père (en temps normal, Ib n'aimait pas qu'on le voie tenir la main de son père, ce n'était pas cool du tout en CM2, mais il faisait une exception ce soir, et Saif lui en fut profondément reconnaissant).

Ils sortirent de l'ancien presbytère et partirent en direction du village. Le long de la route, toutes les portes s'ouvraient, et des bavardages enthousiastes (et certains franchement désapprobateurs) se faisaient entendre ici et là. Il y avait beaucoup de bruit : de plus en plus d'enfants surexcités s'interpellaient en criant pour rejoindre le cortège. Quand Agot fonça sur Ash, les deux petits sautèrent sur place, comme ils le faisaient toujours quand ils se voyaient en dehors de l'école – ces deux-là étaient vraiment les meilleurs copains du monde.

– C'EST MOI ! hurla la fillette. C'est un ange. Comme moi !

Agot jouait le rôle d'un ange dans la crèche vivante, cette année. Lorna aurait aimé pouvoir dire qu'il n'y avait aucun favoritisme là-dedans et, en un sens, c'était vrai. Agot avait tant insisté pour incarner l'ange Gabriel qu'il avait tout bonnement été plus simple d'accepter (ce rôle n'était pas aussi important que celui de Mary) que d'avoir à supporter l'esclandre qu'elle aurait fait en cas de refus. Tout au fond d'elle, Lorna savait que ce n'était pas bon pour Agot : la fillette pouvait penser qu'en se montrant odieuse, elle obtiendrait tout ce qu'elle voudrait. D'un autre côté, Lorna avait toute une classe à gérer, une montagne de paperasses à remplir, une école à diriger, une histoire d'amour malheureuse à ruminer, plein d'autres élèves à surveiller et, s'avérait-il, une fusée venait de se matérialiser devant l'établissement. Sans compter qu'Agot ne serait pas éternellement son problème, aussi avait-elle laissé couler, pour une fois.

– Ils ont construit une statue de toi ? lui demanda Ash, émerveillé.

À ses yeux, tout ce que faisait Agot était épatant.

– JE CROIS.

– Je ne crois pas que ce soit toi, *mo ghràidh*, intervint tendrement Eilidh.

– SI, C'EST MOI, répliqua Agot en poussant un soupir de contentement, avant de froncer des sourcils. IL ME FAUT MON COSTUME D'ANGE.

Eilidh, apercevant Flora, se dépêcha d'aller la retrouver, pour éviter d'avoir cette conversation avec sa fille.

– Mais qu'est-ce que c'est que ce truc ? l'interrogea-t-elle.

Flora était en train d'examiner la sculpture, se demandant pourquoi les gens n'arrêtaient pas de lui poser cette question à elle, plutôt qu'à Joel, par exemple, qui était juste à côté et avait construit ce fichu machin.

Pour autant, en reculant un peu, elle se rendit compte qu'elle l'aimait bien. Elle ne pouvait le nier. Cette sculpture était si énorme que c'en était absurde, et elle préférait ne pas penser à la quantité d'électricité qu'elle consommerait (heureusement qu'ils avaient les parcs éoliens) ; elle savait aussi que certaines personnes s'en plaindraient et que l'aviation civile leur demanderait peut-être de la démonter.

Mais, indubitablement, un ange de lumière gigantesque, magnifique, brillant de mille feux, avait fait son apparition au beau milieu du village. Et elle l'aimait pour cela.

– Qu'est-ce que tu en penses ? lui demanda Joel.

– C'est dingue, mais… dans le bon sens.

– Vraiment ?

Elle fit un geste de la main.

– Regarde comme les enfants sont contents !

Effectivement, une multitude de petits minois fascinés regardaient en l'air, et un grand *oooh* s'éleva des rangs quand les ailes de l'ange furent déployées.

*

Konstantin riait aux éclats, la tête rejetée en arrière. De la musique était diffusée par haut-parleur, et il se dépêcha d'aller mettre des chants de Noël, cherchant sur Spotify jusqu'à trouver *Douce Nuit, sainte nuit* en norvégien. Il chantait à tue-tête, et, en le regardant, Isla fut soudain comme submergée.

Elle l'avait pris pour un blanc-bec, un ignare ; un garçon grossier, prétentieux et antipathique. Mais construire cet ange était un geste si spontané, si insensé. Il ne devait pas être si arrogant, après tout, car c'était tout simplement adorable. Et à présent, il était là, à distribuer des verres d'aquavit (l'importateur de l'œuvre lui avait laissé une bouteille), un grand sourire aux lèvres, même si quelqu'un faisait une remarque désobligeante sur l'Ange de Mure, qui le laissait indifférent. Il attirait l'attention des plus petits sur les parties brillantes de la sculpture et abonda solennellement dans le sens d'Agot : il s'agissait bien d'une statue d'elle. La fillette avait revêtu son costume d'ange ; quelqu'un devait avoir fini par céder.

En le regardant, Isla sentit son cœur faire un bond dans sa poitrine. Elle se rendit compte, à présent qu'ils étaient hors de l'enceinte de la cuisine, qu'elle était un tantinet jalouse : Iona lui tournait autour ; comme tout un tas de filles, d'ailleurs. Toutes ses taquineries, qu'elle avait fait mine de ne pas entendre ou n'avait pas prises au sérieux… Eh bien, tout à coup, le voir les adresser à d'autres, papoter avec tout le monde, l'agaça. Elle avait l'habitude de l'avoir pour elle toute seule, réalisa-t-elle.

Et, en le regardant, si grand, en train de faire l'idiot et de s'esclaffer dans la lumière vive, aussi excité que les écoliers autour de lui, elle eut une prise de conscience.

Il lui plaisait.

Il lui plaisait beaucoup.

Oh non. Il lui plaisait, lui et ses cheveux blonds débiles, son chien ridicule, le mal qu'il avait à sortir du lit le matin et le regard de chien battu qu'il lui faisait quand il voulait qu'elle fasse quelque chose pour lui.

Au départ, elle l'avait trouvé pathétique, bon à rien.

Mais il avait travaillé dur et accepté ses échecs de bonne grâce. Il s'améliorait chaque jour. Et il avait réussi ce tour de force : c'était tout lui. Une prouesse qu'il ne devait qu'à lui. Un raté pourri gâté n'aurait pu faire une chose pareille.

Comme s'il lisait dans ses pensées, il releva les yeux et croisa son regard.

Ce fut plus fort qu'elle : elle lui fit un immense sourire. Il parut si surpris que c'en fut presque comique, puis son visage se fendit lui aussi en un grand sourire. Il leva le pouce pour lui demander si cela lui plaisait : elle répondit en levant ses deux pouces et eut droit à un autre grand sourire en retour.

Elle était si jolie, songea-t-il. Pas trop apprêtée, comme tant de filles qu'il rencontrait en soirées, qui avaient dix centimètres de maquillage sur la peau et les sourcils épilés, posaient pour Instagram, la bouche en cul-de-poule, des fringues hors de prix sur le dos, et étaient blasées de tout.

Isla avait les joues roses et les yeux clairs, un teint velouté, ses beaux cheveux bruns et épais volant au vent, sa longue écharpe et son manteau dissimulant… eh bien, qui pouvait le dire ? Les lui ôter donnerait l'impression d'ouvrir un paquet-cadeau.

Malgré l'agitation autour de lui, il ne la lâcha pas du regard. En réponse, elle fit un pas vers lui. La lumière de l'ange brillait dans son dos ; c'était éblouissant.

Il était éblouissant.

Elle avança encore d'un pas. Son expression avait changé ; il était nerveux, à présent. Il avait refermé la bouche, mais un petit sourire flottait aux coins de ses lèvres. Mon Dieu, songea-t-elle. Il était si beau. Ne l'avait-elle jamais remarqué, avant ? Vraiment ? Ou s'était-elle simplement dit : *Encore un beau gosse décérébré* ?

La seconde option, sans doute. Mais elle avait changé d'avis. Du tout au tout. Elle pensa à ses longues mains, ses longs doigts et sentit subitement un frisson la parcourir. Il se passait quelque chose… il se passait quelque chose. Elle en était certaine. Elle avança encore d'un pas.

Peut-être, se dit Konstantin. Non. Il savait qu'elle ne l'aimait pas. Elle le lui avait fait clairement comprendre. Pourtant… il se passa nerveusement la langue sur les lèvres.

En temps normal, quand il rencontrait des femmes (et il en rencontrait beaucoup), il avait un certain nombre d'atouts en poche, comme son nom et sa fortune. La plupart des filles qu'il croisait savaient parfaitement qui il était et étaient disposées à tenter leur chance avec lui.

Dans ce genre de situation, il aurait sans doute été soûl, comme tous les autres, et les choses se seraient faites naturellement. La fille se serait chargée de le draguer, et il aurait suivi le mouvement, avec plus ou moins d'enthousiasme. Pour un petit moment, du moins.

Là, c'était différent ; si nouveau, si étrange.

Il se tenait devant Isla, dépouillé de tout : il n'était qu'un commis de cuisine, sans nom et sans fortune, qui ne possédait pas grand-chose, excepté un chien qui semblait laisser de la boue partout derrière lui. Il n'avait pas cherché à la charmer, ni à flirter avec elle. Bien au contraire.

Elle le connaissait. Elle ne l'appréciait pas… au début. Mais maintenant… elle était là, elle avançait vers lui – et il n'avait rien du tout. Était-il possible qu'il ait changé ?

Il sentit alors qu'on lui tirait sur la manche et jeta un coup d'œil en arrière, pensant tomber sur Hamish, qui avait besoin d'être rassuré et qu'on lui dise que la statue était géniale.

Mais non, c'était une blonde au menton pointu qu'il ne connaissait pas.

– Euh, bonjour, dit-il, énervé qu'on le dérange.

– Hé, salut ! s'exclama la fille, révélant des dents très blanches. J'ai entendu dire qu'on vous devait cette œuvre ! Ouah ! C'est dingue. Candice Blunt. *Daily Post.*

*

Les enfants hurlaient, faisaient les fous devant l'ange, et Lorna commençait à revoir sérieusement à la baisse son programme du lendemain, quand elle l'aperçut.

Bien sûr, elle se doutait que les garçons auraient envie de venir. C'était en partie pour cela qu'elle était venue. Il ne servait à rien de se mentir. Elle jeta un coup d'œil à la ronde. Flora la regardait, l'air inquiet, ce qui ne manquait pas d'ironie : avant, c'était Flora qui vivait une relation compliquée, et elle essayait de compatir. Maintenant, Flora vivait dans cette belle maison avec un homme et un bébé, pendant qu'elle, elle…

Enfin. Il ne servait à rien de s'apitoyer sur son sort : cela ne l'aidait pas. Surprise, elle vit Saif se diriger lentement vers elle. Quoi de plus normal ? C'était seulement le médecin du village qui allait discuter avec l'institutrice de l'école, la routine habituelle, qui pourrait bien se douter de quoi que ce soit ? Et s'ils avaient quelque chose à cacher, ils ne parleraient sans doute pas en public comme cela, n'est-ce pas ? Non. Donc.

Malgré tout, elle se recula un peu dans l'ombre, loin de la lumière éclatante de l'ange.

– Bonjour, Lorenah, dit-il de cette voix basse et grave qu'elle aimait tant.

– Euh, bonjour, répondit-elle le plus nonchalamment possible, comme toujours, sans vraiment y parvenir. As-tu quelque chose à voir là-dedans ?

– Non. Mais ça explique toutes les brûlures dues à des décharges électriques que j'ai vues au cabinet.

– Vraiment ?

– Oh, non, c'était une blague.

En général, Saif n'avait pas à expliquer quand il blaguait à Lorna. À tous les autres, si. Mais, parfois, quand tout s'effondrait autour de lui, c'était tout ce qu'il trouvait à faire.

– C'est… j'aime bien, commenta Lorna.

– Je l'ai vu du ciel.

Elle opina du chef.

– Comment est-ce que ça s'est passé ? l'interrogea-t-elle avec une tendresse infinie.

Il s'arrêta net, réalisant tout à coup qu'il allait fondre en larmes s'il en disait plus. Ils ne pouvaient pas prendre ce sujet à la légère ; discuter de cela mine de rien.

Flora vint à leur rencontre. Elle sentait qu'il se passait quelque chose.

– Est-ce que ça va ? leur demanda-t-elle avec entrain. Je peux surveiller les garçons pendant une petite demi-heure, si vous voulez.

– Il faut juste… qu'on parle, répondit Lorna en jetant un regard au visage accablé de Saif.

– Si vous le dites, répondit Flora avec insouciance, en détournant ostensiblement les yeux.

Mais Lorna ne pouvait pas se préoccuper de cela pour l'instant. Elle jeta un regard à Saif, qui comprit aussitôt (et était incapable de supporter la foule beaucoup plus longtemps). Il se faufila jusque chez elle, en bas du village. Elle vivait au-dessus du musée et était la seule habitante de l'immeuble. Personne ne le vit entrer dans le bâtiment et, comme toujours, la porte de l'appartement n'était pas fermée à clé.

Chapitre 47

Lorna le trouva à l'intérieur, assis devant le feu, les jambes ramenées contre son torse, les bras autour de ses genoux, où il avait enfoui son visage. On aurait dit une statue : il ne se balançait pas, ne sanglotait pas, rien – ce qui était pire que tout, ou presque, et rendit Lorna encore plus nerveuse.

Elle leur servit un whisky chacun, puis attendit.

Au bout d'un moment – parce qu'ils n'avaient jamais le temps, jamais –, il parvint à relever la tête. Mais il garda les yeux fixés sur le feu, refusant de la regarder. Elle lui mit son verre de whisky dans la main, il en but une petite gorgée, puis reposa son verre en poussant un profond soupir.

Lorna sentait son cœur battre à cent à l'heure. Une petite part d'elle-même – aujourd'hui encore, malgré tout – palpitait de joie, du simple fait de sa présence ici, dans sa chambre, devant sa cheminée. Sa présence physique, à laquelle elle était complètement accro, de façon grotesque. Il était là. Peut-être allait-il lui dire… lui dire qu'il avait pris une décision (bien sûr, cela serait triste), qu'il avait fait son choix, qu'ils ne pouvaient pas être ensemble…

C'était absurde, invraisemblable, compliqué, mais…

Eh bien, des choses compliquées se produisaient à longueur de temps.

Cela lui était presque insupportable. D'attendre sagement qu'il parle. Elle finit par lui effleurer délicatement l'épaule, et son tressaillement la transperça comme une lame.

– Amena, réussit-il à dire au bout d'un moment.

Lorna sentit son cœur tomber dans sa poitrine, tel un ascenseur en chute libre. Bien sûr, il n'allait pas lui dire que tout irait bien. Bien sûr que non. La douleur la plia en deux. Bientôt, il ne resterait rien d'elle ; rien qu'une peau en forme de Lorna, qu'elle devrait porter pour le restant de ses jours.

– Ils… Ils l'ont trouvée ? dit-elle.

Il opina du chef, les larmes lui montant aux yeux, qu'il refusait toujours, obstinément, par défi, de poser sur elle.

Elle lui caressa le bras, tout doucement, alors même qu'elle avait l'impression d'être évidée par un couteau cruel, bercée par le doux crépitement du feu et, au loin, les « oh » et les « ah » des Muriens qui sortaient, toujours plus nombreux, admirer la mystérieuse lumière.

Il acquiesça, cachant à nouveau son visage.

– Elle… elle est en vie ?

À nouveau, l'acquiescement. Mais pourquoi était-il si… ?

– Que se passe-t-il, Saif ? lui demanda-t-elle avec douceur, mais fermeté, mettant à contribution toutes ces années passées aux côtés d'enfants récalcitrants ou timides. Dis-moi ce qui se passe.

⋆

Candice Blunt était un peu perdue. À son arrivée, elle n'avait trouvé ni taxi ni transport, rien, si ce n'était le responsable de l'aéroport, qui lui avait proposé de la déposer où elle voulait.

Elle lui avait dit vouloir se rendre au *Rock* (sans lui révéler pourquoi, à savoir qu'elle était envoyée par le *Daily Post* pour écrire un article sur cet endroit épouvantable), mais il lui avait répondu que l'hôtel n'était pas encore ouvert aux clients et l'avait déposée au *Harbour's Rest* à la place. Établissement qui, il fallait bien l'admettre, était un peu défraîchi sur les bords, et les verres étaient un peu collants, mais l'accueil d'une grande Islandaise sympathique avait été chaleureux, les boissons étaient généreuses et sa chambre immense donnait sur la mer. Il n'y avait pas grand-chose à redire.

Elle se dirigea vers un lieu qui grouillait de monde, flairant une bonne histoire. Il fallait qu'elle justifie sa venue. Un seul article à charge ne serait peut-être pas suffisant.

Il faisait un froid de canard ici, bon sang. Son élégant imperméable londonien était loin d'être assez chaud. Pas étonnant que les gens du coin aient tous l'air de partir en expédition en Antarctique. Une rafale de vent la transperça, et elle plissa les yeux. Mais comment pouvait-on vivre ici ?

C'était vraiment curieux : ils étaient tous rassemblés autour d'une immense statue d'ange illuminée. Du moins, elle *pensait* que c'était un ange ; c'était difficile à dire. *De l'art moderne*, songea-t-elle. Ses lecteurs détestaient l'art moderne, et tout ce qui apparaissait comme des concepts prétentieux. Si cette œuvre avait bénéficié d'un financement public, cela apporterait de l'eau à son moulin. « L'île qui gaspille l'argent de ses contribuables pour construire des œuvres d'art moderne insensées » : cet angle fonctionnerait à merveille, aucun doute.

Elle demanda à la première personne qu'elle croisa qui était responsable, et on lui indiqua un grand blond, étonnamment beau garçon, qui était en train de rire et de regarder quelque chose, au pied de la statue. Elle plissa les yeux. Il lui semblait familier, mais elle n'arrivait pas à le remettre. Malgré tout, son instinct de journaliste la titillait. Elle se dirigea vers lui avec assurance.

– Salut ! J'ai entendu dire qu'on vous devait cette œuvre !

⋆

Au début, Konstantin eut du mal à détacher les yeux d'Isla. Pourquoi, songeait-il, n'avait-il pas remarqué plus tôt ? Comme elle était jolie. Comme elle était gentille, timide et… si différente des filles qu'il connaissait.

– Candice Blunt. *Daily Post.*

La blonde à côté de lui paraissait en colère. Il remarqua qu'elle portait des bottines à talons hauts, très chic, qui n'auraient pu être plus inappropriées pour escalader une colline sur Mure, à minuit. Elle était pleine d'assurance, certaine d'attirer son attention.

– Oui ? répondit-il à contrecœur.

– Alors, est-ce à vous qu'on doit cette œuvre ?

– On m'a beaucoup aidé.

– Est-ce que le conseil municipal l'a financée ?

Konstantin ne l'écoutait pas vraiment ; il cherchait Isla des yeux, mais elle avait de nouveau disparu dans la foule. Il fronça les sourcils.

– Le conseil municipal ?

– Oui.

Il haussa les épaules. Il se rappelait qu'ils avaient dû demander une autorisation pour la statue.

– Bien sûr, répondit-il, et Candice lui fit un grand sourire.

– Ouah, incroyable ! dit-elle en griffonnant quelques mots dans son calepin. Vous devez être très fier.

– Oui, c'est formidable. Il fallait égayer un peu tout ça, *ja* ?

Bien sûr, il parlait du lieu tel qu'il était avant l'installation des illuminations. Candice ne le comprit pas ainsi.

– Eh bien, cette île est sombre, froide et sinistre, dit-elle en regardant autour d'elle.

– Hum…

Isla avait disparu. Il l'avait perdue de vue. Où était-elle allée ?

– Rappelez-moi votre nom ?

Il lui donna son prénom, mais pas son nom de famille. C'était suspect, ça aussi. Elle le nota, prenant soin de bien l'orthographier.

– Vous êtes scandinave ? Qu'est-ce qui vous amène ici ?

– Je travaille à l'hôtel.

– Le nouvel établissement ?

– Oui. Veuillez m'excuser, il faut que j'y aille.

– Je pourrais peut-être venir vous parler là-bas, demain ? Et est-ce que je peux prendre une photo de vous à côté de… ? Parfait, dit-elle en sortant son appareil photo.

Elle surprit Konstantin en train de grimacer et envoya aussitôt le cliché au service photo. Certains de ses collègues étaient passés maîtres dans l'art de reconnaître les visages. S'il disait quelque chose à quelqu'un, elle ne tarderait pas à découvrir son identité.

Chapitre 48

– Mais à qui… à qui est-elle mariée ?

Saif répondit d'un simple haussement d'épaules.

– Et ils pensent que c'est un… djihadiste ? Un terroriste ?

– Peut-être.

Le silence s'installa entre eux. C'était parfaitement ridicule, songea Lorna. Elle était institutrice dans un minuscule village des îles écossaises. Elle n'avait rien à voir avec l'abominable situation politique au Moyen-Orient.

Elle regarda la tête de Saif, toujours baissée. *Personne*, se dit-elle. Personne ne demandait à être mêlé à ce genre de choses. Mais la guerre pouvait survenir et faire voler la paix en éclats ; elle pouvait entrer par n'importe quelle fenêtre, se glisser sous le pas de n'importe quelle porte, alors qu'on pensait être en sécurité.

Et ils étaient en sécurité. Ils l'étaient.

Mais, oh… Amena.

– Vont-ils la laisser venir ?

Saif haussa à nouveau les épaules.

– Est-ce que tu veux qu'elle vienne ? lui demanda-t-elle plus bas.

Il laissa échapper un bruit étouffé, qui ressemblait plus à un gémissement qu'à autre chose.

Lorna se rapprocha. Elle s'assit derrière lui, l'encadrant de ses genoux, et passa ses bras autour de sa taille.

– Là, là, fit-elle.

– Il faut que je retourne voir les garçons.

– Pas encore, mon amour, dit-elle, si bas que sa voix était presque un murmure. Reste un peu.

Il lui prit les mains, puis les porta à son visage, qui était baigné de larmes ; il les embrassa tendrement.

Elle pivota pour se retrouver face à lui. Accroupie entre ses genoux, désemparée, elle contempla son visage : le regard plongé dans ses yeux brun foncé, son corps élancé pressé contre le sien, elle éprouva soudain un profond désir, une envie folle qu'il la serre dans ses bras puissants.

Elle se rapprocha encore de lui.

– Reste un peu, répéta-t-elle.

Il ferma les yeux, puis enfouit son visage dans ses cheveux, la respirant, s'enivrant de son odeur, la seule chose qui l'aidait à se sentir mieux. Elle se pressa encore plus contre lui, jusqu'à ce qu'il l'enveloppe totalement dans la lumière vacillante des flammes.

– Mon chéri, murmura-t-elle avant d'approcher la tête pour embrasser ses lèvres douces et tristes.

Mais il se recula, en colère contre lui-même, contre le monde, contre tout, puis se leva en secouant vivement la tête. Elle se leva aussi, sans cesser de le regarder.

– Tu as le droit d'être en colère, lui dit-elle, leurs deux corps se touchant toujours, la voix fêlée, rauque.

Elle se reconnaissait à peine. Elle n'avait jamais autant désiré quelqu'un ; de toute sa vie. Il lui faisait un effet complètement dingue, à elle, à son corps.

– Tu as le droit d'être en colère. Ce n'est pas grave. Tu es en sécurité. Tu es avec moi.

Elle le regarda droit dans les yeux, ivre de désir, puis n'hésita pas à lui dire ce qu'elle voulait à voix haute.

– Tu peux l'évacuer avec moi.

Il comprit aussitôt où elle voulait en venir. Il l'empoigna, immobilisa ses bras contre ses flancs, la dévorant du regard, puis la poussa subitement contre le mur. Il l'embrassa avec fougue, et elle sentit son corps, long et fin, contre le sien, chaque centimètre de ce corps dur. Elle s'abandonna, se cambra vers lui, comme folle, sentant sa respiration s'accélérer et le sang lui monter à la tête.

Puis il jura en arabe, furieux contre lui-même, secouant la tête, et s'arracha à ses bras, haletant, manifestement excité.

Il n'était pas ce genre d'homme. Ne voulait pas être ce genre d'homme.

– Je suis désolé. Je suis désolé. Vraiment désolé.

Et il sortit de l'appartement, trébuchant à moitié, laissant Lorna derrière lui, la respiration lourde, elle aussi furieuse, désespérée.

Chapitre 49

La mère d'Isla était encore debout quand la jeune fille rentra chez elle.

– C'est quoi, ce cirque ? demanda-t-elle d'un ton accusateur.

– Ce sont les illuminations de Noël, répondit Isla, joyeuse, même si elle avait pris peur quand l'attention de Konstantin avait été détournée.

Bien sûr, se dit-elle. Bien sûr qu'il avait eu envie de parler avec quelqu'un d'autre. Une blonde magnifique qu'elle n'avait jamais vue. Elle avait eu peur et s'était donc sauvée.

Mais ce n'était pas la seule raison. Sa prise de conscience avait été si intense. Si violente, qu'elle en avait été surprise ; qu'elle avait détalé comme un lapin. Cela n'avait rien à voir avec une soirée arrosée en compagnie d'un marin russe. Ni avec son histoire avec Nobby Parsons, qu'elle avait embrassé à chaque boom du collège, jusqu'à ce qu'ils finissent par sortir ensemble, plus ou moins, même s'ils n'avaient pas grand-chose à se dire et que Nobby passait le plus clair de son temps à jouer à FIFA, à parler de FIFA ou à essayer de lui expliquer ce jeu.

C'était totalement différent. Il était si beau, si drôle, si débordant de vie, d'idées, de folie… Et ce soir…

Elle avait envie de serrer cette idée contre son cœur, de la tourner et la retourner dans sa tête, de la savourer. Sa mère regardait par la fenêtre, l'air revêche.

– Voilà une bonne façon de gaspiller de l'argent, si tu veux mon avis.

– Eh bien, c'était l'argent de Colton, répondit Isla avec précaution, ce qui ne fit qu'accentuer la moue de sa mère.

– À croire qu'il n'avait rien de mieux à en faire que le gaspiller avec ces bêtises.

– Je trouve qu'il a aussi fait plein d'autres choses chouettes, avança nerveusement Isla, pour ne récolter qu'une nouvelle moue. Je vais me coucher.

– Personne ne va fermer l'œil avec ce truc qui bourdonne et émet de la lumière, prédit Vera.

Elle avait à moitié raison : les gens ne fermèrent pas l'œil de la nuit, et ce, pour différentes raisons.

⋆

Lorna pleura toutes les larmes de son corps sur son lit vide, ayant de nouveau le sentiment d'être née pour souffrir et se couvrir de ridicule. Les gens étaient censés trouver l'amour simplement : ils rencontraient une personne qui leur plaisait et s'installaient. Comme Billy et Effie. Ils semblaient bien s'entendre, partageaient parfois un petit pain à la *Seaside Kitchen*, regardaient leurs enfants grandir.

Leur était-il arrivé de s'effondrer de désespoir, à cause de l'amour qu'ils se portaient ? Avaient-ils déjà versé un torrent de larmes ? S'étaient-ils languis l'un de l'autre, au point de devenir à moitié fous, brûlant d'un désir confus et intense ?

Peut-être.

★

Saif prit ses fils par la main. Ils avaient froid et étaient prêts à regagner leur lit douillet, avec un bisou sur le front, dans la paix et la sécurité totales qu'ils avaient dû attendre si longtemps, songea-t-il amèrement, et avaient été si durement gagnées.

Et maintenant ? Il resta longtemps à côté du lit d'Ib, regarda sa petite mine sévère se détendre, s'apaiser dans la douceur d'un rêve d'enfant. Pourrait-il bouleverser à nouveau leur vie ? Y faire entrer un autre homme, même.

Un autre homme.

Son sang ne fit qu'un tour. Et si elle voulait les emmener ? Pour qu'ils vivent avec sa nouvelle famille.

Mais non. Pas sa douce Amena. Pas sa femme.

Sauf qu'elle n'était plus sa femme. Et pouvait-on réellement rester gentil après avoir connu la guerre ? Quand on a cru perdre ses propres enfants ?

Déconcerté, il se reconnecta à Facebook. Il avait laissé le message, même s'il avait cessé de le regarder religieusement à longueur de temps, de manière pathologique. Pourquoi, pourquoi ne l'avait-elle jamais cherché ? Jamais trouvé ? Était-elle retenue contre son gré, avait-elle été mariée de force ? Le message était toujours là. Mais il n'y avait rien de plus. Il sortit le livre de poésie, y chercha des réponses, mais n'en trouva aucune.

Mais elle semblait heureuse. Elle semblait heureuse sur la photo. Elle semblait heureuse. Comment pouvait-elle l'être ?

★

Fintan resta allongé dans son lit, à se tourmenter parce qu'il avait trahi Colton, ce qui s'était à nouveau produit – même si cela ne l'aurait pas dérangé, pas le moins du monde : il lui avait répété un million de fois qu'il était encore jeune, qu'il devrait se remettre à fréquenter des gens.

N'empêchait, il avait l'impression de faire quelque chose de mal. Il avait l'impression de le tromper, même s'il trompait un mort.

⋆

Konstantin ne pouvait s'en empêcher : il était tout excité. Pour la première fois depuis longtemps, son téléphone lui manquait. Il aurait aimé regarder des photos d'elle. Pour se rappeler. Mais que faire ? Le problème, c'était qu'il lui était presque impossible de l'inviter à sortir, puisqu'ils devaient rester debout l'un à côté de l'autre devant l'évier toute la journée. Si elle disait non ? Pourquoi s'était-elle sauvée ?

Il était tellement habitué à voir défiler les femmes comme des taxis. Alors qu'avec Isla… Elle était si discrète, si timide, qu'il allait devoir la persuader de sortir. Il n'était même pas sûr de lui plaire.

Quoique, ce sourire…

⋆

Fintan baissa les yeux. Sous son bras, Gaspard dormait à poings fermés, un bras recouvert de tatouages sur les yeux, les jambes écartées, parfaitement bien dans sa peau encrée.

C'était réconfortant en soi. Fintan repensa à la conversation qu'ils avaient eue plus tôt. Non sans hésitation, il avait demandé à Gaspard ce qu'il retirait de cette histoire. Cette question avait laissé le chef incrédule, et il s'était lancé dans une explication très compliquée au sujet des saumons qui remontaient le courant, que Fintan n'avait pas totalement comprise.

– Les poissons, l'eau, c'est leur maison, n'est-ce pas ? Mais l'eau est toujours mouvante.

– Donc, c'est une bonne chose ? avait hasardé Fintan.

– *Bien sûr* !* Bien sûr. Au jour le jour, c'est bien, c'est frais, l'œil est vif.

– Tu parles de moi ou du poisson ?

– Aujourd'hui, de toi.

Et en le regardant, en sentant son corps chaud contre le sien, Fintan finit par s'assoupir.

Chapitre 50

Dès son ouverture, *la Seaside Kitchen* fut assaillie, l'Ange de Mure éclairant toujours l'obscurité derrière l'établissement, sur la colline.

– C'est un scandale ! s'écria Mme Brodie.

– C'est magnifique, oui ! protesta Cuthbert McSquib, dont la ferme n'avait été raccordée à l'électricité qu'en 2002 et qui, en voyant l'Ange de Mure, pensait avoir débarqué à New York.

Des tas de gens l'avaient déjà pris en photo, et Iona se disait qu'il y en aurait encore plus quand le jour serait levé. Elle servit un nombre incalculable de cafés, puis nota dans un coin de sa tête, toute guillerette, de penser à sortir les emporte-pièces en forme d'ange pour faire des anges en pain d'épice. Elle pressentait qu'ils se vendraient bien.

Au point du jour, l'Ange était déjà entouré d'une petite foule. Il se produisit alors une chose extraordinaire, sous les yeux d'Iona. Les personnes qui se trouvaient du côté sud-ouest de la sculpture virent les tout premiers rayons du soleil la frapper. Ce faisant, ils se réfléchirent, se réfractèrent dans le plexiglas transparent des ailes, et un immense arc-en-ciel se forma de l'autre côté.

Les enfants poussèrent aussitôt une grande exclamation, et même quelques adultes qui admiraient le spectacle, les yeux grands ouverts. Iona dut leur hurler de se pousser pour pouvoir prendre une bonne photo, ce qu'elle fit, s'autoproclamant « photographe officielle de l'Ange ». Sous un certain angle, on avait l'impression que l'arc-en-ciel dansait au-dessus de la tête des gens. Le corps de l'Ange, lui, luisait, tel de l'or. C'était magnifique, indéniablement.

À neuf heures cinq, Fraser arrivait avec les membres du conseil municipal pour demander son démantèlement.

*

C'était absurde, songea Flora, chez elle : malgré tout ce qu'elle avait à gérer par ailleurs, organiser une fête pour Agot était plus simple que d'habitude. C'était une tradition de longue date : après la crèche vivante de l'école, leur mère organisait toujours une fête chez eux et, peu à peu, cet événement s'était imposé comme une célébration annuelle pour tous les Muriens. Flora aurait eu l'impression de manquer à son devoir en ne perpétuant pas cette tradition, mais, cette fois, elle décida de faire appel au service traiteur du *Rock*, se disant qu'elle méritait bien d'être récompensée pour le temps et les efforts qu'elle consacrait à l'hôtel, puisqu'elle faisait tout le travail de Fintan. Il était moins triste, ces derniers temps, se dit-elle, mais peut-être plus songeur. Comme toujours, si elle essayait de l'amener à se confier, à parler ou à faire des projets d'avenir, elle n'avait droit qu'à son dédain et sa colère.

Bref. Elle fit un saut au *Rock* où, pour une fois, la cuisine travaillait en parfaite harmonie. Ils produisaient des scones à tour de bras et coupaient des sandwichs, de l'épouvantable pop française en fond sonore, mais, dans l'ensemble, l'ambiance semblait gaie. Elle n'était pas certaine qu'un chien ait sa place dans la salle de restaurant, mais préféra garder ce sujet pour un autre jour.

– Déposez tout ça à la ferme vers quinze heures, leur dit-elle. Et faites-moi le plaisir de rester à la fête.

Du coin de l'œil, Konstantin jeta un regard à Isla. Une fête. Cela semblait être une bonne opportunité, même si elle avait été toute rouge, nerveuse, en sa compagnie, ce matin.

Elle avait été toute rouge, nerveuse, mais elle avait mis du rouge à lèvres : une nouveauté. C'était bon signe. Puis elle avait remarqué qu'il regardait son rouge à lèvres et s'était volatilisée. Quand elle était reparue, le rouge à lèvres avait disparu. C'était mauvais signe. Non ? Il aurait aimé que les choses soient un peu plus faciles, comme avec les filles qu'il connaissait quand il vivait au palais. Mais l'étaient-elles vraiment, alors ? Il ne se rappelait pas avoir déjà été aussi excité par quelque chose, s'être senti aussi vivant. Il avait des papillons dans le ventre, pas de doute, et attendait quinze heures avec impatience. Tout à coup, il trouva ses scones légers comme l'air. Il n'arrivait pas à le croire : il se préoccupait de la légèreté de ses scones, mais ces petits gâteaux reflétaient son humeur, et, quand la première fournée fut cuite, il courut dans toute la cuisine, tel un chiot, insistant pour que tout le monde en goûte un, le sourire jusqu'aux oreilles.

Isla s'était éclipsée dans la salle de bains, où elle appuyait la tête contre le carrelage froid. Comment avait-elle pu être aussi bête ? Il avait tout de suite remarqué son rouge à lèvres ; on aurait dit un loup en train de se lécher les babines. Oh non, commettait-elle une terrible erreur ? Était-ce ridicule ? Et si… et s'il cherchait juste une aventure, avant de repartir aussi sec en Norvège ? Il parlait souvent de la Norvège, non ? Il devait mourir d'envie d'y retourner. Il ne voudrait pas travailler dans la cuisine d'un hôtel toute sa vie – il n'y avait qu'à voir ce qu'il avait accompli avec la statue. Il voudrait être avec une fille comme cette blonde.

Elle se regarda dans la glace. Il s'encanaillait. Elle le savait. Il s'ennuyait et voulait s'amuser. Bien sûr. Et puis il irait retrouver une de ces Scandinaves blondes de deux mètres soixante-dix de haut. Iona avait beau lui répéter que ses cheveux bruns et ses yeux verts étaient magnifiques, d'une couleur envoûtante, elle n'en mesurait pas moins un mètre cinquante et des brouettes, en chaussettes, et était tout en courbes, avec son visage rond, ses cheveux bouclés, ses seins galbés, ses fesses rebondies et ses petites jambes. Une fois, sa mère l'avait surnommée Chorlton[1], référence qu'elle n'avait comprise que bien plus tard, mais qui n'avait cessé de la blesser depuis, même si Vera lui avait dit de ne pas être aussi susceptible, « c'est juste une blague, ma chérie ».

Mais elle se trouvait face à un dilemme : même s'il ne cherchait qu'une aventure (ce qui était presque à coup sûr le cas), il lui plaisait malgré tout beaucoup. Beaucoup. *Vraiment* beaucoup. Quel mal pourrait-il y avoir à franchir le pas ? Juste pour cette fois.

Fébrile, elle avait interrogé Iona à plusieurs reprises à ce sujet, en l'appelant sur WhatsApp, tard le soir, pour que sa mère ne surprenne pas leur conversation, mais, bien sûr, sa copine voyait les choses très simplement et était convaincue que, dans tous les cas, elle devrait (au minimum) flirter avec lui.

1. Référence à *Chorlton and the Wheelies*, série télévisée animée diffusée à la fin des années 1970 en Grande-Bretagne, dont le héros, Chorlton, est un petit dragon tout en rondeurs (N.d.T.).

– La vie est longue, lui avait-elle dit avec sagesse, du haut de ses vingt-quatre ans. Est-ce que tu as vraiment envie d'y repenser dans dix ans, quand tu auras des gosses et que tes seins toucheront le plancher, quand on ne te regardera même plus, que tu auras un petit ventre de maman et le regard vide, et que tu passeras toutes tes soirées à la maison, pleine de vomi, comme Flora ? Est-ce que tu as vraiment envie d'y repenser et de te dire, eh bien, ma vie est vraiment nulle, mais, Dieu merci, je ne suis pas sortie avec ce mec super canon ce Noël-là, que j'ai passé toute seule, du coup ?

– Dit comme ça…, avait répondu Isla sans conviction. Mais s'il voulait juste profiter de moi ?

– Toi, profite de lui ! avait rétorqué Iona, qui connaissait trop bien les points faibles de son amie. Vois ça comme un entraînement !

– Oh, je ne… je ne sais pas.

– Eh bien, moi, je sais. À mon avis, tu devrais bien t'amuser avec lui. Toute cette énergie, pour commencer.

Isla avait fermé les yeux. Penser à lui de cette façon…

– Oh oui.

– Voilà. C'est ce que tu veux, l'amener à te faire dire ça.

*

Isla s'était donc maquillée, elle avait recourbé ses cils et s'était lavé les cheveux, même si c'était inutile puisqu'elle devait les attacher sous son calot. Elle s'était à nouveau aperçue qu'il la regardait, et c'en avait été trop pour elle. Était-ce… était-ce réellement en train de se produire ? Elle essuya son rouge à lèvres, en remit, l'essuya à nouveau. Puis s'emporta contre elle-même : tout cela était ridicule.

Elle pensa aux mises en garde de sa mère, qui lui disait toujours de ne pas papillonner et de ne pas se faire remarquer.

Ce fut comme un déclic, qui, bizarrement, l'aida à se décider. Elle était adulte. Ce n'était plus une enfant. Et les règles de sa mère ne la rendaient manifestement pas très heureuse. Noël approchait, une fête était organisée, et un bel homme, dehors, voulait y aller avec elle. Il n'y avait rien de bien compliqué là-dedans, non ?

Si, lui murmura son cerveau perfide, sous le coup de la terreur, mais elle décida, juste pour cette fois, de ne pas l'écouter. Comme elle était introvertie, elle se laissait parfois submerger par ses émotions. Voilà tout.

Elle réappliqua un tout petit peu de rouge sur ses lèvres, puis les tapota, de façon à ce qu'il soit à peine visible, à peine, puis se força à sortir de la salle de bains pour regagner la chaleur de la cuisine et son atmosphère bruyante et joyeuse, où même Gaspard, qui avait la ferme conviction que les scones n'étaient pas des pâtisseries et ne seraient jamais vaguement acceptables (c'est vrai, quoi, ce sont des petits pains ou des gâteaux, quoi ? *c'est quoi ?**), était en train de dévorer une des œuvres de Konstantin, généreusement recouverte de confiture de sureau faite maison.

Elle eut un sourire timide.

– Bon ! dit le chef, comme ils remplissaient les plateaux pour les mettre dans la fourgonnette. C'est une fête pour les petits enfants et les vieilles personnes de l'île, et je ne sais pas qui est assez fou pour vivre ici, si loin des théâtres, parce que c'est horrible et qu'on se gèle. Vous savez, cette île est nulle, vraiment nulle.

Il s'interrompit tout à coup, distrait. Dehors, sans que personne s'en rende compte, la neige avait recommencé à tomber. Le monde entier était comme ouaté.

Enchantés, ils coururent tous jusqu'aux fenêtres.

– Regardez comme c'est beau, commenta Konstantin.

– Autant que chez toi ? lui demanda Isla, un brin nerveuse.

Il se tourna vers elle, ravi qu'elle lui parle à nouveau.

– Loin de là, mais ça me plaît quand même.

– Mais ! poursuivit Gaspard, qui n'avait pas fini. C'est une fête malgré tout. La semaine prochaine, c'est l'ouverture, et on se met au travail. Mais aujourd'hui, on est heureux et on s'amuse.

Sur ce, ils se précipitèrent vers la porte, où ils commencèrent à enfiler leur manteau et leur bonnet, presque aussi excités que des enfants.

Chapitre 51

Pendant ce temps-là, à l'école, la crèche vivante se déroulait avec son lot habituel de larmes, d'esbroufe, mais aussi de stupeur hébétée, incarnée cette année par Conal Feachan, de la classe de CP, qui resta tout du long figé, face au public, un doigt stoïquement planté dans le nez, tandis que ses parents mortifiés tentaient désespérément de lui faire signe de l'enlever, prouesse qui n'eut pour résultat que de l'amener à se le curer avec encore plus d'entrain.

Agot ne l'entendait pas de cette oreille.

– JE VOUS ANNONCE UNE BONNE NOUVELLE, déclara-t-elle, ressemblant moins à une sorcière miniature qu'à une fée aujourd'hui.

Pour une fois, on lui avait fait un brushing : ses cheveux n'étaient pas pleins de nœuds, ni attachés en arrière, peignés en tresses serrées qui lui faisaient larmoyer les yeux. D'une blondeur qui tirait sur le blanc, ils ondoyaient dans son dos, telle une vague ; ils étaient magnifiques.

Son costume démesuré la gênait pour marcher et, comme elle était persuadée d'être la star du spectacle, il ne fut pas simple de la faire se placer non pas devant Mary (une Effie-Jane McGhie offensée), mais derrière. Agot serait son ennemie à vie, décréta Effie-Jane en étreignant la poupée de Jésus et en essayant de croiser le regard de son grand-père malgré la jupe trop ample d'Agot, sans réaliser qu'Agot lui vouait déjà une haine farouche et durable, parce que c'était elle qui tenait le poupon. Agot avait soutenu, avec acharnement, que c'était l'ange qui devrait apporter le bébé Jésus DE LA PART DE DIEU DANS LE CIEL ? VOUS SAVEZ ? DIEU ? DANS LE CIEL ?, faisant perdre patience même à la douce Lorna et, de fait, cette chipie passa malgré tout la plupart du spectacle en pleine lumière.

Comme elle se trouvait à l'avant de la scène, elle adressa un regard à Conal Feachan, le vaillant berger, le doigt toujours solidement planté dans sa minuscule narine.

– JE SUIS L'ANGE GABRIEL. ARRÊTE DE TE CURER LE NEZ, déclara-t-elle devant un public hilare.

Réalisant que cela allait l'inciter à faire encore plus son intéressante, Flora donna un petit coup de coude énervé à Innes, en vain : son frère riait de bon cœur avec les autres (sa fille ne pouvait rien faire de mal à ses yeux), si bien qu'il revint à Lorna de lui lancer un regard noir, qui finit par la renvoyer dans le fond de la scène, où elle rejoignit Ash, qui, par prudence, après la débâcle de l'année précédente (quand il avait incarné un aubergiste affublé d'un torchon sur la tête, ce qui avait profondément contrarié Saif), jouait un mouton. Ib, heureusement, était maintenant trop grand pour participer à la crèche vivante ; il était avec la chorale et articulait silencieusement les paroles pour ne pas avoir à chanter en chœur, parce qu'il avait onze ans maintenant et que ce spectacle était manifestement un truc de bébés, parfaitement ridicule.

Saif avait prévu de ne pas y assister, cette année. Il ne pouvait en supporter davantage – il était débordé de travail, comme toujours. Or, à la dernière minute, le chagrin d'Ash à l'idée qu'il ne soit pas là avait triomphé de ses objections fondamentales et, s'étant retrouvé face à un cabinet vide (c'était incroyable comme les gens semblaient se sentir mieux le jour de la célèbre fête des MacKenzie), il avait fermé plus tôt, puis s'était faufilé dans le fond de la salle en s'efforçant de ne pas attirer l'attention. Il s'assura toutefois qu'Ash puisse le voir. Le petit garçon lui fit aussitôt coucou, comme un fou, et, inévitablement, Lorna se retourna et vit Saif, avant de le regretter aussitôt.

Elle ne put s'empêcher de se remémorer le spectacle de l'année précédente, quand ils s'étaient embrassés pour la première fois. Elle savait qu'il allait y penser, lui aussi, et pesta intérieurement. L'année précédente, elle trouvait déjà les choses compliquées. Cette année, c'était mille fois pire.

Elle se reconcentra sur le spectacle.

– Les Rois mages arrivent de loin, dit le narrateur, le flegmatique Jimmy Donaghy.

Bien. La fin du spectacle approchait, puis il y aurait des chants de Noël à entonner et des parents à rançonner avec du vin chaud vraiment peu alcoolisé, puis tout le monde irait… Elle jeta un coup d'œil par la fenêtre. Il était près de quinze heures : il faisait donc presque nuit, et, oui, il était là. On distinguait la tête de l'Ange illuminé depuis le sommet de la colline. Il y avait toujours des personnes autour, comme cela avait été le cas toute la journée. Mais elle l'aimait. Elle le trouvait beau, et encore plus maintenant que la neige se déposait tout autour.

⋆

Agot refusait d'enlever son costume, parce que les gens n'arrêtaient pas de lui dire : « Bonjour, ange Gabriel », quand elle les abordait, ce qui lui convenait très bien, d'autant qu'Effie-Jane avait dû ôter son costume de Mary et qu'elle pouvait donc se moquer d'elle, émotion qui dura jusqu'à ce qu'Effie-Jane ressorte des toilettes des filles d'un air suffisant, vêtue de la robe de soirée la plus rose et la plus rigide qu'Agot n'avait jamais vue. Elle était ornée de sequins qui changeaient de couleurs quand on passait la main dessus *et* d'un jupon *et* d'une licorne sur le devant. Aussitôt, Agot redevint folle de rage : elle devait attendre d'être rentrée à la maison pour pouvoir enfiler sa propre robe de soirée, qui n'était pas rose et n'avait pas de licorne dessus. Elle était argentée et avait un ours dessus, et elle avait supplié sa mère de l'acheter la dernière fois qu'elle l'avait emmenée sur l'île principale. Elle regrettait amèrement son choix, aujourd'hui.

Mais tout fut oublié quand les enfants finirent leurs derniers chants – comme toujours, *Paiste Am Betlehem*, le chant de Noël gaélique qui tirait toujours des larmes au public, suivi, bien sûr, de *Caledonia*. Puis les petits, après avoir avalé à toute vitesse jus de fruits et biscuits, sortirent en trombe de l'école, criant, hurlant, ravis que les vacances approchent et d'avoir coché un autre événement excitant sur leur liste avant le jour le plus excitant de tous. Quand ils virent les flocons tourbillonner dans la cour, ainsi que, plus enthousiasmant encore, le nouvel ange, extraordinaire, apparu comme par magie pour éclairer leur chemin, ils devinrent presque hystériques.

Comme un seul homme, ils s'élancèrent vers lui. Après avoir échoué à le faire démonter dans la matinée (le béton avait été une surprise), Fraser avait organisé une réunion de crise, si bien qu'à leur arrivée, l'Ange était déjà cerné par des adultes bruyants, qui murmuraient des choses comme « planification », « on ne peut pas s'imposer comme ça », ou encore « complètement illégal ». L'un d'eux prenait des notes sur un porte-bloc, pendant qu'un autre grommelait avec colère dans un téléphone, mais, bien sûr, pour les enfants, les sujets de conversations des adultes étaient toujours d'un ennui mortel et devaient être ignorés chaque fois que c'était possible. Parfaitement indifférents, ils se rapprochèrent donc de l'Ange et se mirent à danser sous la neige, sidérés par sa taille et sa beauté.

Konstantin n'avait pu s'empêcher de faire un détour pour aller jeter un coup d'œil à sa création. Ils avaient réussi, il n'arrivait toujours pas à le croire. Il l'adorait. Isla, qui marchait à côté de lui, discutait de tout et de rien et lui jetait de temps à autre un regard discret, sous son bonnet en Fair Isle. À un moment, leurs gants s'étaient effleurés dans l'air froid, et elle avait frémi, mais il était incapable de dire si ce frémissement était une bonne ou une mauvaise chose.

En voyant tous les petits autour, il se mit à courir jusqu'à la sculpture, ressemblant lui aussi à un grand enfant.

– Est-ce que ça vous plaît ? leur demanda-t-il avec assurance.

Cela fit sourire Isla ; il pouvait parler à n'importe qui, il n'était jamais mal à l'aise. Bien sûr, elle n'avait aucune idée du nombre d'écoles et d'hôpitaux pour enfants qu'il avait dû visiter avec son père.

– Alors, en Norvège, quand on fait une ronde autour du sapin de Noël, on chante une chanson. Elle s'appelle *Jeg Er Så Glad Hver Julekveld*. Est-ce que vous la connaissez ?

Les enfants s'esclaffèrent, avant de crier :

– NOOOOONNN !

– Oh ! Est-ce que vous connaissez une chanson qu'on pourrait chanter en tournant autour du sapin ?

– Il y a *Mon beau sapin*, répondit Effie-Jane en faisant voleter son jupon.

Du haut de ses cinq ans, elle trouvait que Konstantin ressemblait au prince de *La Reine des neiges*. D'accord, ce prince ne s'était pas avéré pas si charmant que cela, mais n'en restait pas moins prince, alors elle avait décidé de l'aimer malgré tout.

– C'EST UNE IDÉE VRAIMENT DÉBILE, lança une voix d'ange à proximité, mais les autres enfants semblaient plutôt d'accord avec Effie-Jane.

– Parfait, dit Konstantin en surveillant les adultes.

Il savait pertinemment ce qu'ils entendaient faire, et il avait tout intérêt à les en empêcher, et leur montrer combien les enfants aimaient l'Ange ne pouvait que l'aider.

– Maintenant, si ma charmante assistante veut bien me rejoindre…

Il parlait d'Isla. Il lui tendit sa main. Se surprenant elle-même, elle s'avança et s'en empara, puis elle saisit celle du petit à côté d'elle. Tous en firent de même, jusqu'à former un cercle autour de la grande sculpture. Les adultes furent priés de se reculer ou de rejoindre la ronde. Konstantin souriait, comme si tout cela n'était qu'une simple coïncidence.

– Allez, c'est parti !

Il se tourna vers Isla.

– Je ne connais pas cette chanson, lui murmura-t-il. S'il te plaît, aide-moi. Vite !

Elle lui fit un joli sourire.

– D'accord ! « Mon beau sapin, mon beau sapin… »

Elle entonna cette vieille mélodie d'une voix un peu tremblante, mais si douce, si limpide dans l'après-midi enneigé, que les enfants ne tardèrent pas à l'accompagner.

– « Que j'aime ta verdure… »

– Oh ! s'exclama Konstantin, ravi. Je la connais !

Il se mit aussitôt à chanter en allemand, avec une jolie voix de baryton.

– « *Wie treu sind deine blätter !* »

Cela fit rigoler les petits. Il leur adressa un clin d'œil, puis ils continuèrent tous ensemble :

– « Mon beau sapin… »

– « *O Tannenbaum…* »

Deux des vieilles dames dont les petits-enfants participaient au spectacle se joignirent alors à eux, pour entonner à tue-tête, d'un ton grincheux, « *O Chraobh Na Nollaig !* », ajoutant à la cacophonie. À la fin du couplet, ils se mirent à tourner autour de l'Ange et, comme personne excepté Isla ne connaissait la suite, ils rechantèrent le premier, deux fois, tournant de plus en plus vite, jusqu'à tourbillonner à toute allure, encore et encore, autour de la statue illuminée, chantant de plus en plus vite, à pleins poumons, avant de s'écrouler, hilares, dans la neige.

S'ensuivit une bataille de boules de neige, que Konstantin et Isla se dépêchèrent de fuir.

– Je pensais que tu serais super fort en batailles de boules de neige, lui fit remarquer la jeune femme, comme ils descendaient la colline, laissant les parents libres d'intervenir ou de participer, en fonction des personnalités.

– Je le suis, répondit Konstantin, l'air grave. Trop. Je les massacrerais tous.

Elle éclata de rire (elle ne put se retenir), et ils commencèrent à monter péniblement le chemin caillouteux qui menait à la ferme MacKenzie. La fourgonnette du *Rock* était déjà garée dans la cour, et Gaspard semblait fâché qu'ils ne soient pas arrivés à temps pour les aider à tout installer.

– *Venez, venez**, les tourtereaux. Allez ! grommela-t-il et, tout à coup, les deux jeunes gens furent incapables de se regarder.

Chapitre 52

Les villageois se jetèrent avec enthousiasme sur les scones, les gâteaux et les sandwichs, telle une nuée de sauterelles. Des casseroles de cidre chaud aux épices trônaient sur la cuisinière, et les gens ouvraient des bouteilles de whisky, qu'ils faisaient circuler, pendant que les enfants déchaînés couraient dans toute la ferme, sans même troubler les belles vaches aux yeux endormis, qui les regardaient passer avec indifférence avant de retourner fureter dans l'herbe enneigée.

En apercevant Lorna, qui, comme toujours, arrivait tard après avoir fermé l'école, Flora lui versa aussitôt un bon gros verre, puis l'entraîna dans son ancienne chambre, qui était pleine de manteaux et d'écharpes.

– Raconte-moi tout, lui dit-elle. E

Et Lorna, ne pouvant s'en empêcher, s'exécuta.

– C'est pas vrai, dit Flora quand son amie eut terminé.

– Je sais.

– Je veux dire, c'est si…

– Je sais.

– D'un autre côté, ça veut dire que, techniquement… tu n'as rien fait de mal.

– À part coucher avec un bigame, rétorqua sombrement Lorna. Non, attends… avec le mari d'une bigame.

– Tu ne crois pas que ça pourrait vouloir dire… qu'il est libre ?

– Je crois qu'il ne pourra jamais être libre, répondit Lorna, sa voix se brisant.

⋆

Konstantin attrapa deux autres grandes tasses du délicieux cidre chaud, puis alla retrouver Isla dans la cuisine, au calme. Ce n'était pas vraiment intime, mais les invités étaient tous occupés à manger, à boire, et à papoter, se demandant si le temps allait empêcher les bateaux de naviguer : les livraisons devenaient de plus en plus cruciales à cette époque de l'année, tout comme les excursions sur l'île principale pour se procurer toutes les choses qu'on ne trouvait pas forcément sur Mure – un sacré paquet, pour être honnête. Mais Gaspard, qui n'aimait pas qu'ils restent trop longtemps à ne rien faire, les envoya vite dans le petit cellier à l'arrière de la maison pour attaquer la vaisselle. Ils se regardèrent en levant les yeux au ciel, mais, curieusement, songea Isla, même faire la plonge devenait excitant quand on la faisait avec quelqu'un avec qui on mourait d'envie de la faire.

La jeune fille y vit aussi une bonne occasion de lui poser davantage de questions sur lui, mais il les détourna toutes avec habileté.

– Non… Parle-moi de toi, plutôt.

Elle haussa les épaules.

– Il n'y a pas grand-chose à dire. Enfin, je suis née ici. Dans la maison dans laquelle est né mon père, et son père avant lui, et ainsi de suite, dit-elle avec un sourire.

– Est-ce que ton père vit toujours ici ?

Le visage d'Isla changea aussitôt.

– Non. Il est mort. Quand j'étais petite.

Elle eut soudain toute son attention.

– À quel âge ?

– Huit ans, répondit-elle.

Comme toujours, ce souvenir lui donna envie de se rouler une boule. La peine était moins vive, bien sûr. Un peu. Mais vivre sur Mure présentait un énorme avantage : tout le monde la connaissait, et tout le monde avait connu Roddy, et l'aimait beaucoup. Elle n'avait jamais eu à expliquer pourquoi elle était si discrète (elle ne l'avait pas toujours été), n'avait pas à expliquer que son monde s'était écroulé, parce que tout le monde le comprenait.

Elle dissimula un peu son visage, continuant de sécher la vaisselle en silence. Elle ne voulait pas voir son visage apitoyé.

Or, quand elle releva les yeux, Konstantin n'avait pas du tout l'air apitoyé. Il acquiesçait.

– J'avais treize ans, lui confia-t-il d'une voix légèrement étranglée.

– Ton père ?

– Ma mère. Cancer.

Elle hocha la tête. Puis ils restèrent tous les deux silencieux un moment. Parler avec quelqu'un qui comprenait faisait un bien fou. Parce que la plupart des gens disaient : « Oh, je suis sincèrement désolé ; cela a dû être terrible », ce qui était vrai, naturellement, mais ils ne le ressentaient pas, ils ne savaient pas vraiment ce qu'on éprouvait en voyant son monde s'écrouler.

– Comment est-ce que ta mère l'a vécu ?

Isla se mordit la lèvre. Elle devait prendre la défense de sa mère. Elle savait que certaines personnes n'avaient pas mâché leurs mots : Vera Donnelly était devenue aigrie et s'était défoulée sur la petite. Elle n'était pas stupide. Et elle n'aurait jamais évoqué ce sujet avec personne sur Mure, pas même Iona.

Mais, curieusement, en présence d'une personne extérieure (une personne qui comprenait ; qui, même si elle était agaçante, était manifestement, tout simplement, gentille), elle ressentit quelque chose qu'elle n'avait pas ressenti depuis de nombreuses années.

Elle avait envie de parler. De se confier.

– Très... Très mal, balbutia-t-elle.

Konstantin hocha la tête, mais ne répondit rien, attendant qu'elle poursuive.

– Je crois qu'elle lui en voulait terriblement d'être mort. Il est parti jeune, sans nous laisser grand-chose. Et il n'y avait que moi. Je crois qu'elle a dû se défouler sur moi, mais je ne crois pas qu'elle en avait l'intention.

– Est-ce que tu ressembles à ton père ?

– Apparemment, oui, répondit-elle d'un air pince-sans-rire. Mais ça ne lui plaît pas.

Konstantin acquiesça à nouveau, rajoutant de l'eau chaude dans son évier.

– Oui, dit-il. Ils nous en veulent de leur ressembler. Ça ne paraît pas juste, n'est-ce pas ?

– Je n'y peux rien, moi, si j'ai le même visage que mon débile de père, dit Isla avant d'éclater de rire. Pardon, je dois passer pour une furie.

– Je comprends.

– Mmh mmh.

– Et moi, il me plaît, ton visage. Beaucoup.

Un très long blanc s'ensuivit, tandis qu'une Iona troublée séchait une tasse, encore et encore, parce qu'elle avait oublié ce qu'elle devait en faire.

Konstantin, lui, fixait l'eau savonneuse.

– Mon père m'a mis à la porte.

– Tu rigoles ?

– Il a dû en avoir marre de s'occuper de moi. Je crois que j'étais un peu pénible.

– Il t'a envoyé ici ?

– Il fallait bien que j'aille quelque part. D'abord, au pensionnat, puis comme je ne ressemblais toujours pas au fils qu'il aurait voulu… il m'a envoyé ici.

– Il t'a mis dehors ?

Konstantin haussa les épaules.

– Mon Dieu.

C'était sa pire crainte : que sa mère lui dise de quitter la maison. Où pourrait-elle bien aller ?

– Enfin, ça pourrait être pire, poursuivit-il. Tu sais, j'aime beaucoup les tartelettes fourrées aux fruits secs que vous faites ici.

– Mon Dieu, je n'arrive pas à croire que… Pas étonnant que tu aies été si malheureux.

– Il m'arrive de penser que ma mère était ma seule protectrice.

– C'est pareil pour moi ! Mon père, il… il me trouvait géniale. Pour lui, tout ce que je faisais était mignon, marrant…

–… même quand je faisais des bêtises…

– Parfois, je me dis qu'il aimait bien quand je faisais des bêtises. Comme si on se liguait contre ma mère…

– Exactement ! On formait une équipe et puis…

Ils se turent, et, soudain, Isla vit la peine et le chagrin dans ses yeux. Konstantin fit alors un grand geste de la main et, sans le vouloir, gifla la surface de l'eau savonneuse, envoyant des bulles blanches partout, y compris sur le nez d'Isla. Pendant une seconde, elle constata les dégâts, et il guetta sa réaction, inquiet.

La seconde suivante, elle avait elle aussi frappé l'eau avec sa paume, projetant de grandes gerbes de mousse dans les cheveux de Konstantin.

Il éclata de rire, surpris, avant de recommencer aussitôt. Deux secondes plus tôt, ils étaient malheureux comme les pierres, et là, ils riaient aux éclats, en pleine bataille de mousse.

Comme il essuyait le nez d'Isla tout en essayant de lui en mettre dans le cou, elle se surprit soudain à se rapprocher de plus en plus de lui, volontairement. Elle tendit un doigt pour lui enlever un gros morceau de mousse qu'il avait au bout du nez, et il lui prit la main, doucement cette fois, pour la poser sur sa joue, en la dévisageant. Ses yeux bleus étaient fiévreux ; sa grande main, chaude et douce. Le rouge monta aux joues d'Isla, mais elle ne se détourna pas et plongea ses grands yeux dans les siens.

En voyant son visage confiant, ses yeux grands ouverts, il tressaillit. Il leva son autre main (toujours mouillée, mais cela n'avait pas d'importance), prit son petit visage en forme de cœur dedans, le releva vers lui, et elle se rapprocha de lui, encore un peu, et encore un peu, sans qu'aucun d'eux détourne le regard. Bien sûr, ils entendaient les bruits de la fête – les violons et les chants de Noël – mais, ici, dans le petit cellier, tout leur parut soudain si calme, et tous les autres, si loin.

Avec une lenteur infinie, Konstantin pencha la tête vers elle, et elle se mit sur la pointe des pieds, presque involontairement, pour aller à sa rencontre ; l'espace entre eux se réduisit de plus en plus, et elle ferma les yeux, se pressant contre lui…

– Konstantin ? Konstantin ?

Cette voix était forte, sévère, anglaise, et ils se séparèrent d'un bond, l'air coupable.

Chapitre 53

Serrant fort sa main, Konstantin tourna les talons et fila dans la cuisine, ne souhaitant pas qu'on les trouve ainsi, qui que ce soit, et qu'on les démasque...

Il sourit tout seul, puis jeta un coup d'œil en arrière. Isla le fixait toujours, un sourire se dessinant aussi sur ses lèvres, ces grands yeux rivés sur lui. Bon sang, elle lui faisait un tel effet.

Avec ses antennes de journaliste, Candice comprit aussitôt et fonça droit sur eux.

Elle se pencha vers Isla.

– Ça ne te dérange pas que je te l'emprunte un moment, n'est-ce pas ? lui demanda-t-elle en souriant, révélant des dents étincelantes.

Prise de court, Isla fronça les sourcils.

– Euh, non, pourquoi est-ce que ça me dérangerait ? répondit-elle d'une voix tremblotante.

– Oh, j'aurais juré que vous étiez en train de vous rapprocher. Ça ne me surprend pas, il est si beau mec !

Candice ne put s'empêcher de la provoquer et fut ravie de voir le visage d'Isla se décomposer à l'idée que cela soit si flagrant.

– Oh, je te taquine, ajouta-t-elle avec mesquinerie. Ce n'est rien, c'est évident. Maintenant, viens avec moi, beau gosse.

Elle passa son bras sous celui de Konstantin.

– Je suis ravie de te revoir.

À son tour, Konstantin fronça les sourcils. Ils se connaissaient à peine. Il se tourna vers Isla, mais elle s'activait à l'évier, tentant désespérément de cacher ses joues rouges. Pendant ce temps, Candice sortit son téléphone pour taper quelque chose.

– Je me demandais juste ce que tu pensais de la polémique au sujet de la statue ?

– Quelle polémique ?

– Les conseillers municipaux. Ils veulent la démonter. Vous ne trouvez pas que c'est un désastre de plus pour Mure ?

– Ils veulent la démonter ?!

*

En effet, Candice n'avait pas tardé à s'entretenir avec les personnes en train de se plaindre autour de la statue et elle ne les avait en aucun cas encouragées, bien sûr que non, pas du tout. Mais elle leur avait peut-être demandé, en passant, s'ils n'étaient pas déçus que personne n'ait consulté le conseil en bonne et due forme, si cela respectait l'aménagement du territoire et, enfin, ce qu'ils comptaient faire, car c'était une honte, n'est-ce pas ?

– C'est une honte.

Fraser avait acquiescé solennellement, sous le charme de la jolie Candice, sans remarquer que trois de ses petites-filles étaient en train de courir et de danser autour de la statue, folles de joie.

Elle avait continué à mener l'enquête : allaient-ils organiser une réunion extraordinaire du conseil pour déterminer la marche à suivre ? Bien sûr. Les hommes, surtout, essayaient de paraître fermes et déterminés devant cette jeune Londonienne extrêmement jolie. Candice en était restée bouche bée. Cela n'aurait pu mieux se passer. Ils n'avaient aucune expérience des médias, ou quoi ?

Mais elle flairait une plus belle prise. Quand on partait à la chasse aux infos, Mure s'avérait être un beau terrain de jeu.

– Alors, commença-t-elle en dirigeant toute son attention sur Konstantin, qui paraissait toujours aussi distrait.

C'était préoccupant. Il était peut-être gay ; elle avait entendu dire qu'il y avait plein d'homosexuels, par ici. D'un autre côté, s'il était bien celui qu'elle croyait, ce n'était pas du tout ce qu'on lui avait raconté.

– La Norvège doit vous manquer, non ?

Konstantin plissa les yeux. Pourquoi lui posait-elle toutes ces questions ?

– Oui, bien sûr, mais il y a des compensations.

– On dirait que vous faites des ravages parmi les filles de l'île.

Konstantin la mesura du regard, méfiant.

– Quoi ?

Il ferait mieux de retourner parler avec Isla.

– Combien de temps pensez-vous mener cette vie ?

Cette question était étrangement tournée : si Konstantin s'était montré plus attentif, il lui aurait demandé d'éclaircir son propos ou se serait douté de ce qu'elle cherchait à savoir. Mais il mourait d'envie de retrouver Isla, pour finir ce qu'il avait commencé. Un sourire se dessina sur ses lèvres.

– Pas longtemps, alors ? insista Candice.

– Quoi ? non, répondit Konstantin, quand ils se retournèrent tous les deux, interrompus par un bruit à la porte.

– Il est où, le Scandinave ? criait quelqu'un.

Tout le monde se retourna dans la pièce. Flora se précipita, fâchée que quelqu'un fasse une scène lors de ce qui était censé être, pardon, une fête d'enfants.

C'était Fraser.

– Nous organisons une réunion extraordinaire du conseil. Vous devez venir vous expliquer.

– Il est vingt heures, s'emporta Flora.

– C'est pour ça que ça s'appelle une réunion extraordinaire.

– Et puis, je n'ai pas envie de venir, intervint Konstantin.

– Eh bien…

Cet homme ne s'attendait manifestement pas à une telle réponse.

– Vous êtes obligé.

– Non, vous n'êtes pas la police.

– Vous devez venir vous expliquer.

Konstantin agita les mains.

– Oui, oui… non, merci.

Joel s'avança, ainsi que Clark, le policier, dont le travail consistait le plus souvent à orienter des touristes perdus. Clark semblait un peu nerveux.

– Excusez-moi. Je suis l'avocat de cet homme.

– Je n'ai pas besoin d'avocat ! se récria Konstantin.

–… ainsi que de la Colton Rogers Foundation, qui a financé la sculpture, poursuivit Joel avec aisance. Nous discuterons ensemble de cette affaire demain matin.

– Oui, et vous ne pouvez pas entrer comme cela chez les gens, ajouta Clark avant de grimacer.

Ses années de formation à l'école de police de Tulliallan étaient loin, après tout.

Fraser regarda autour de lui, consterné. Il était habitué à être l'homme le plus important de Mure, et n'avait pas l'habitude qu'on lui parle ainsi.

– Eh bien, on réglera ça demain, alors.

– J'ai bien peur que nous n'ayons obtenu l'autorisation du conseil, précisa Joel. Ça ne va pas être facile pour vous.

– Vous devez la démonter.

– Pas du tout, répliqua Joel.

– Et elle est belle, ajouta Konstantin avec colère. Vous n'avez aucun goût. Ce qui explique votre pantalon.

Cette intervention n'était pas maligne. Fraser était très fier de son pantalon en tartan et le portait crânement pour toutes les grandes occasions, dont faisait partie la crèche vivante, en ce qui le concernait. Le visage cramoisi, il tourna les talons, puis sortit devant des hôtes pliés de rire, des enfants qui couraient en tous sens, se demandant ce qui venait de se passer, et une Candice, qui avait filmé toute la scène, au comble de la joie.

S'ensuivit un moment de silence, puis Konstantin se tourna vers Joel.

– Sérieusement, je ne crois pas… est-ce qu'on a besoin d'un avocat ?

Joel haussa les épaules.

– Je ne pense pas que le conseil puisse se permettre d'engager un avocat. Du coup, avec un peu de chance, ils devront juste laisser tomber.

Autour d'eux, l'ambiance retombait, et Flora n'était pas mécontente de voir tout le monde partir.

– *Allez, allez* !* cria Gaspard à Isla pour qu'elle rapporte les grands plateaux, sur lesquels ne restaient que quelques miettes, à la fourgonnette.

À l'évidence, tous les plats avaient rencontré un franc succès.

– Mais je pense que tu devrais quand même aller à cette réunion, dit Joel, sans se rendre compte qu'il faisait perdre un temps précieux à Konstantin, qui aurait de loin préféré suivre Isla.

La jeune fille le regarda par-dessus son épaule.

– On pourrait leur proposer un…

– *ALLEZ* !* hurla Gaspard. Konstantin, on y va ! Isla, tu peux rentrer chez toi, ma *chérie**.

Tout le monde était parti.

Lançant un regard désespéré à Konstantin, puis à une Candice tout sourire, Isla commença à enfiler lentement son manteau. Konstantin mourait d'envie de la rejoindre, mais comment l'aurait-il pu dans une pièce qui se vidait peu à peu, à la vue de tous ?

– Euh, à demain, dit la jeune fille d'une toute petite voix avant de se mettre en route.

Konstantin sortit en courant par la porte de derrière, puis fit le tour de la ferme. Isla descendait déjà la colline, s'éloignant d'un pas lourd dans la neige. Les étoiles scintillaient dans le ciel, et il faisait un froid glacial.

Profondément frustré, il vit que de nombreuses autres personnes se dirigeaient elles aussi dans la même direction : des enfants morts de fatigue, sur le dos de leurs parents, dodelinant de la tête sur leur épaule ; des bébés dans leur poussette, bien emmaillotés, tels de petits paquets ; quelques personnes en train de chanter et, partout, des souffles qui fumaient dans l'air givré. En surplomb du village, la statue éclairait leur chemin, projetant sa douce lueur sur les collines au clair de lune. Konstantin fronça à nouveau les sourcils. Comment ces gens pouvaient-ils la trouver moche ?

Mais il fallait qu'il rattrape Isla, qui s'était déjà mêlée à une foule de connaissances. En temps normal, dans la vie de tous les jours, il aurait pu l'interpeller en criant, puisqu'ils travaillaient ensemble et se connaissaient. Cela n'aurait paru suspect à personne.

Or, curieusement, tout avait changé. Il avait l'impression que, s'il prononçait son prénom – ou, pire encore, le criait –, tout le village s'arrêterait pour les regarder, et il ne pourrait pas, il serait incapable de faire ce qu'il avait envie de faire, à savoir la prendre dans ses bras et l'embrasser jusqu'à n'en plus pouvoir.

Entre-temps, derrière lui, dans la ferme, Gaspard s'était mis à l'appeler. Konstantin y réfléchit une seconde, puis se dit, ras-le-bol, ce n'était qu'un travail de plongeur. Se sentant un peu coupable, il s'élança à la poursuite d'Isla.

Chapitre 54

L'idée de suivre une femme le gênait, mais Konstantin voulait seulement qu'ils soient seuls, rien de plus.

Il se demandait où elle vivait, à quoi ressemblait sa maison, mais n'eut pas à attendre longtemps pour le découvrir. Dans la deuxième rue pavée du village, derrière la grand-rue et le port, alors que ses amis poursuivaient leur chemin, Isla s'arrêta devant un charmant petit cottage peint en rose vif, la lumière brillant aux fenêtres.

C'était une petite maison, mais jolie comme un bouton de rose, et Konstantin sourit en la voyant : elle lui allait bien. Petite et adorable, comme une maison de petite souris.

Il comptait l'arrêter avant qu'elle ne rentre, et il la vit regarder autour d'elle (à sa recherche ?), mais, comme il essayait de trouver un moyen de signaler sa présence sans l'effrayer, la porte s'ouvrit d'un coup, faisant apparaître un petit bout de femme, l'air furieux.

– C'est à cette heure-là que tu rentres ?

– Maman, répondit patiemment Isla, de sa jolie voix qu'il aimait tant. C'était la fête des MacKenzie. Tu étais invitée ! Tu aurais dû venir !

– C'est une perte de temps, les fêtes.

– Eh bien, de toute façon, je travaillais…

– Oui. Comme toujours. Ils te traitent comme une boniche. Tu vaux mieux que ça, ma chérie.

– Maman… Est-ce qu'on peut en reparler plus tard ?

Sa voix était conciliante, apaisante. Et fatiguée. Il voyait ce que sa perte lui avait fait, leur avait fait à toutes les deux. Il pensa à son propre père, qui avait voulu bien faire, avait essayé de se montrer bienveillant ; et lui, son fils unique, il l'avait déçu. Sa gorge se serra.

– Est-ce que tu m'as rapporté quelque chose à manger ? réclama la mère d'Isla.

– Non, mais je peux te faire une omelette, si tu veux. On a des œufs.

– D'accord. Si tu n'es pas trop fatiguée ?

– Ça va, répondit Isla, l'air épuisé.

Et la porte se referma. Konstantin tourna les talons, triste pour toutes ces petites choses.

Chapitre 55

Le lendemain matin, en dépit de la guerre civile qui menaçait d'éclater sur Mure à cause de la statue, Noël n'étant plus que dans quatre jours, Konstantin se sentait mieux. Il se leva tôt pour jouer avec Bjårk et faire les fous dehors.

Comme il lui lançait des boules de neige, il s'arrangea pour se mettre sur la pelouse près de l'entrée par laquelle arrivait toujours Isla, bien qu'il fasse nuit noire et – 1°degré, ce qu'il pouvait supporter, mais qui ne plaisait pas du tout au chien. Il avait un plan, à base de chocolat chaud et de *bollers* norvégiens, des petits pains au gingembre qu'il avait préparés plus tôt, avant de sortir. Il était terriblement fier de lui : deux mois plus tôt seulement, il ne lui serait jamais venu à l'idée d'entrer dans une cuisine pour consulter une recette et la préparer ; cela lui aurait paru aussi inconcevable qu'apprendre à voler. C'était incroyable, songea-t-il en laissant lever sa pâte, qui aurait cru qu'il aimerait travailler dans une cuisine ?

Mais cela ne s'arrêtait pas là. Après avoir consacré sa vie au plaisir et à l'amusement, avec le moins de choses difficiles ou barbantes à faire, devoir respecter ses engagements et se lever de bonne heure pour effectuer des tâches monotones et répétitives jusqu'à les maîtriser était très nouveau pour lui. Il en tirait une satisfaction physique qu'il n'avait tout bonnement jamais éprouvée auparavant et en était le premier étonné.

Il était donc d'excellente humeur quand Isla se faufila par le portail latéral, pour avoir aussitôt une belle frayeur, comme Bjårk lui sautait dessus en aboyant, l'air de lui dire : « SORS-MOI TOUT DE SUITE DE CET ENFER GELÉ. » Elle sourit, timidement d'abord (une partie d'elle, après s'être pris un savon par sa mère, s'était mise à se demander si elle n'avait pas rêvé toute cette histoire ou, du moins, si elle ne l'avait pas idéalisée dans sa tête).

Mais en voyant sa tête blonde penchée vers elle, elle lui fit spontanément un grand sourire.

– Qu'est-ce que tu fais dehors ? Tu es fou !

Il haussa les épaules.

– Oh, ce n'est rien pour un Norvégien.

– Je ne te crois pas !

Elle le rejoignit en sautillant, le sourire aux lèvres, ses yeux pleurant à cause du froid. Puis il tendit sa main gantée pour prendre la sienne, avant de jeter un coup d'œil à la ronde au cas où quelqu'un les verrait, ce qu'elle ne put s'empêcher de remarquer. Mais, pour une fois, elle passa outre son manque d'assurance (dans ce cas précis, non sans rapport avec Candice) et essaya de se laisser aller, d'en profiter. Il était là, devant elle. N'était-ce pas suffisant ?

– *VENEZ, VENEZ** ! leur cria alors une voix depuis la porte. Et *pas de** flirt dans ma cuisine, s'il vous plaît ! ajouta-t-elle haut et fort.

Ils échangèrent un regard complice avant de se glisser dans la chaleur bienheureuse de la cuisine.

Il vint soudain à l'esprit d'Isla que Konstantin vivait dans l'hôtel et avait son lit en haut. Ils étaient… enfin, chez lui, plus ou moins. Cette pensée la fit rougir. Bien sûr que non.

C'était impossible. Ils étaient au travail. Konstantin lui jeta un coup d'œil, se demandant à quoi elle pensait. Il fallait qu'ils sortent de cet hôtel – ce qui était cocasse, puisque son lit était à l'étage. C'était manifestement un problème dans un endroit si petit : il ne pouvait quand même pas l'inviter à sortir à la *Seaside Kitchen*.

Ce qui laissait le *Harbour's Rest*, supposait-il. Enfin, s'ils trouvaient un coin sombre, ils remarqueraient peut-être moins les verres poisseux. Oui. Ils pourraient faire ça tout à l'heure. Il était vraiment très dommage, songea-t-il, qu'ils ne puissent pas aller dans l'une des suites officielles de l'hôtel, car il ne pouvait envisager endroit plus romantique où emmener une fille : la neige tourbillonnant à l'extérieur, près de la petite jetée, les grandes baies vitrées, le chauffage central douillet, un grand feu crépitant dans la cheminée… une bouteille de bordeaux de la réserve de Gaspard, et tout serait parfait.

Hélas, cela n'arriverait jamais. Il n'avait donc pas trop le choix. Faire un pique-nique semblait aussi exclu.

– Euh…, commença-t-il alors qu'ils étaient à nouveau côte à côte devant l'évier, riant pour rien et se concentrant de toutes leurs forces sur la radio. Euh, donc…

C'était ridicule. Le Konstantin confiant qu'il était quelques mois plus tôt avait disparu. Il se demanda une seconde s'il était possible que ce Konstantin-là ait été… un peu soûlant et imbu de sa personne ?

Isla ne put cacher la nervosité dans sa voix.

– Oui ?

S'il te plaît, songea-t-elle. *S'il te plaît, ne me suggère pas de monter dans ta chambre. S'il te plaît, ne projette rien de sordide et…* Elle l'idéalisait, elle le savait. Elle avait des sentiments pour le garçon de cuisine. Mais, au bout du compte, ce n'était qu'un garçon, un garçon normal qui… enfin. Elle retint son souffle.

– Euh, est-ce que ça te dirait d'aller boire un verre dans cet étrange pub sur le port, tout à l'heure ?

Isla aurait pu fondre en larmes, tant elle était contente, soulagée. Elle savait qu'elle était censée jouer les indifférentes, faire comme si cela lui était égal, mais elle était si heureuse qu'elle ne put le cacher.

– Euh, oui, d'accord, répondit-elle, s'efforçant de retenir son sourire, qui lui fut aussitôt rendu à côté d'elle.

Chapitre 56

Flora n'en revenait pas, mais ils avaient de plus en plus de réservations ; elle avait demandé à la patiente Gala de les passer en revue avec elle un après-midi. Elle aimait penser, sans doute avec un grand optimisme, que les gens oublieraient les gros titres débiles, face aux jolies chambres, aux repas savoureux et à la tranquillité exceptionnelle du lieu. Elle se demandait s'il était possible que certains ne se rappellent pas cette histoire et aient seulement réservé pour l'hôtel en lui-même, si le nom avait pu leur rester en tête. Elle l'espérait. Le jour de Noël et le 26 décembre, ils affichaient complet. Ils fermeraient ensuite quelques jours, avant de rouvrir pour *Hogmanay*, la fête du Nouvel An. Un groupe jouerait, et un *ceilidh*, un bal traditionnel, serait organisé. Si cela ne plaisait pas aux gens, songea-t-elle, eh bien, elle ne pouvait pas faire grand-chose pour eux.

Ce soir, c'était leur dernier galop d'essai. Ils recevaient toutes les personnes qui fréquentaient le centre d'accueil de jour – les résidents les plus âgés de Mure et leur personnel soignant. C'était l'occasion rêvée pour la cuisine de faire une répétition générale, avec les serveurs en poste, et de s'assurer qu'ils étaient prêts pour le grand jour. Flora ne pouvait le nier : elle était tout excitée.

– Ça devient ridicule, lui avait dit Joel quand elle s'était écroulée sur le lit la veille au soir, épuisée comme seule pouvait l'être une personne qui faisait le travail d'un autre tout en s'occupant d'un bébé de six mois.

Joel n'avait aucun problème de sommeil, et Flora le jalousait un peu. Elle ne soupçonnait pas que, avant de la rencontrer, il dormait rarement plus de quatre heures par nuit, était agité, anxieux. En arrivant sur Mure, il avait pour la première fois de sa vie d'adulte dormi toute une nuit. La douceur de l'air frais, pur, être capable de se détendre avait tant transformé sa vie qu'il était gêné rien que d'y penser. Se réveiller une ou deux fois dans la nuit pour prendre soin de Dougie n'était donc pas vraiment une épreuve pour lui.

– Je sais, avait maugréé Flora, les yeux rivés sur des feuilles de calcul, qui devenaient floues. D'après Innes, c'est censé être facile à déchiffrer, mais je ne suis même pas sûre que Fintan ait ouvert le message… Enfin, je ne peux quand même pas le virer : c'est son hôtel, avait-elle ajouté après un blanc.

– Mais c'est toi qui fais tout ! Ce n'est pas juste ! Tu devrais être en train de profiter de ton bébé !

La peur avait enserré le cœur de Flora. Le savait-il ?

– Mais j'en profite ! avait-elle protesté, alors même que Douglas tirait sur les doigts de son père. J'en profite ! J'aime mon bébé.

– Euh, oui, je sais, avait-il répondu, décontenancé.

Les yeux de Flora étaient retournés à son e-mail.

– Je vais le persuader de venir demain. Si le Fintan d'avant pouvait refaire surface pour charmer les vieilles dames, ce serait bon pour les affaires.

Le Fintan d'avant ne s'était pas manifesté depuis longtemps, mais l'espoir faisait vivre.

– Est-ce que je t'ai dit à quel point tu étais géniale, formidable, et comme j'étais fier de toi ?

– Pour avoir ouvert « le pire hôtel de Grande-Bretagne » ? avait-elle ronchonné.

– Oh, c'est de l'histoire ancienne, ça, avait-il répondu en mettant Douglas au lit et en l'attirant contre lui.

Il avait tort sur toute la ligne.

Chapitre 57

Candice n'en croyait pas ses yeux. Parfois, la vie était une simple question de chance, elle le savait, mais, dans ce cas précis, elle aimait penser qu'elle avait su provoquer la sienne.

Elle fixa à nouveau l'écran. Incroyable. Elle avait parlé à sa copine du service photo, qui était une lectrice tout aussi assidue qu'elle du magazine *Hello !*. Elles avaient parcouru les anciens numéros, sachant qu'il était norvégien et… tada ! Avec l'aide de Google Translate, elles avaient rapidement fait le rapprochement avec *L'Histoire tragique d'un jeune Norvégien d'extraction noble*, qui racontait la mort de sa magnifique maman et montrait des photos de son château grandiose.

Puis, sous son vrai nom, elles étaient tombées sur des articles racoleurs au sujet de ses nombreuses conquêtes parmi les mannequins ; sur des photos de lui en train de tomber à la sortie de boîtes de nuit ; et sur un surnom que lui avaient donné les tabloïds : le « Prince de la fête ». Elles avaient aussi trouvé un entrefilet dans la rubrique people, qui s'interrogeait sur son absence à différentes soirées de Noël et se demandait s'il était en cure de désintoxication. Des liens vers ses comptes sur les réseaux sociaux étaient fournis pour le prouver : ils étaient eux aussi remplis de photos ridicules qu'elle pouvait facilement chiper, où on le voyait en train de chasser le cerf ou de poser près d'une Ferrari. C'était un vrai trésor. Il était évident qu'il avait été banni.

Elle avait les propos qu'il avait tenus sur Mure, quand il lui avait dit mourir d'envie de partir ; elle avait des photos, ainsi que des arrêts sur image extraits de la vidéo, et, maintenant, son article était bouclé, prêt à être envoyé. C'était génial. Cela lui vaudrait une promotion, à coup sûr. Il y avait tout dans cette histoire : argent, mannequins, noblesse, tragédie, honte et (ce que préféraient ses lecteurs) quelqu'un qui subissait un terrible châtiment. Cela ne pouvait pas les décevoir. L'article serait en ligne dans la soirée : un vrai piège à clics.

Elle en envoya la version définitive par e-mail, attendant la maquette numérique avec satisfaction. Puis elle se prépara pour prendre le dernier avion du soir. Bon sang, elle était ravie de quitter ce trou à rats et de rentrer à Londres. Comment pouvaient-ils supporter d'être si loin de tout, coincés au milieu de nulle part ? Il faisait un froid de canard toute la sainte journée, et il ne se passait rien. Même si, pour être honnête, la statue n'était pas mal.

Bref, son travail était fini. Direction la sortie. Elle rangea soigneusement sa petite valise à roulettes, puis se mit en route pour l'aéroport à travers la neige.

Chapitre 58

Pour une fois, le soir du 23 décembre, au *Rock*, tout se déroula sans fausse note. Enfin, autant que faire se peut, puisque ce dîner rassemblait un grand nombre de personnes très âgées. Ils servirent une délicieuse bisque de homard, dont une grande quantité finit sur les nappes blanches amidonnées, et les serveurs – qui, pour la plupart, étaient de jeunes recrues connaissant la majorité des invités ou en étaient parents – se retrouvèrent à couper plus de bœuf dans les assiettes qu'à l'accoutumée. Le volume sonore confinait à la cacophonie, même sans le joli album de chants de Noël, qu'ils ne laissèrent pas tourner longtemps. L'immense sapin, joliment décoré dans des coloris rouge et or, était surmonté d'une énorme étoile dorée et ceint de petites lumières qui clignotaient doucement. Le saumon était délicieux ; l'oie, tendre et rose, bien croustillante à l'extérieur.

Au bout du compte, Fintan ne prit même pas la peine de venir, à tel point que Joel fut sur le point de se rendre à la ferme pour lui remettre les idées en place (ou, de manière plus réaliste, pour demander à Innes de les lui remettre en place), mais, *à part cela*, tout se passa à la perfection. Il y eut bien Mme O'Brien, qui s'enferma dans les toilettes pour pleurer à cause du vieux Seoras, qu'elle aimait en secret depuis 1954 et qui était devenu veuf l'année précédente, raison pour laquelle elle s'était rendue sur l'île principale pour se faire coiffer et maquiller dans un magasin *Debenhams*. Le résultat n'était pas mal à son départ, mais le trajet retour en ferry lui avait ébouriffé les cheveux, et son mascara avait coulé sur l'une de ses joues, ce qui faisait un peu négligé, mais personne ne lui avait rien dit, jusqu'à ce qu'elle aille dans la salle de bains. Ils lui avaient tous répété qu'elle était ravissante, ce qui pouvait être vrai si on n'avait pas ses lunettes sur le nez, mais, si on y voyait clair, elle ressemblait manifestement à un raton laveur et, de toute façon, Seoras s'était déjà mis à bavarder avec ce chameau de Julie McSquire, qui avait toujours été une garce et qui décrochait encore le gros lot, alors qu'elle, elle l'aimait depuis soixante-cinq ans et avait donc forcément la priorité. Forcément.

Il fallut marchander pour la persuader de sortir. Mais, mis à part *cela*, tout se passa à la perfection. Ou presque. Flora était un peu inquiète, car une grande quantité du jus de framboises du *cranachan* aérien servi en dessert venait s'ajouter à la bisque de homard et au vin rouge sur les nappes, ce qui donnait l'impression qu'ils avaient reçu une famille de grizzlys à dîner, mais la blanchisserie pourrait sans doute se débrouiller.

En revanche, dans la cuisine, l'ambiance était au beau fixe, si ce n'était qu'ils durent chasser à plusieurs reprises l'adorable Mme Piper, qui avait tendance à vagabonder, mais tout le monde la surveillait et avait l'habitude de la voir aller et venir, sauf Gaspard, qui, à sa première visite, commit l'erreur de lui donner un biscuit, si bien qu'ils la revirent sept ou huit fois. Les soignants faisaient un travail remarquable, mais ils n'avaient que deux mains et, à leur décharge, ils travaillaient de longues heures dans un environnement qui pouvait être difficile : il était donc bien normal qu'ils boivent du champagne et du bon vin rouge lors d'une de leurs rares sorties, et tout à fait compréhensible qu'ils fassent quelques excès et, d'accord, ce n'était pas idéal que l'un d'eux aille vomir dans les toilettes, mais, ce petit détail mis à part, tout se passa à merveille.

Une seconde, Flora craignit de s'endormir debout. Elle se surprit à lorgner un fauteuil roulant vide dans un coin de la pièce, se demandant si elle pouvait l'emprunter une petite demi-heure sans déranger.

Mais, pour Isla et Konstantin, jeunes, débordants d'énergie, pleins d'allant et peut-être à la veille de, eh bien, qui pouvait le dire, la soirée passa en un éclair, dans un tourbillon d'eau savonneuse, à dresser les assiettes et faire la vaisselle en dansant et en rigolant. Et ils n'eurent pas du tout l'impression de travailler, puisqu'ils étaient tous les deux.

Chapitre 59

– Qu'est-ce que vous voulez dire ?

Candice abattit violemment sa main sur le guichet, qui brinquebala, puisque ce n'était pas un vrai guichet, juste une table installée dans une petite pièce.

Billy, le responsable de l'aéroport, la regarda avec bienveillance. Il avait l'habitude d'annoncer ce genre de nouvelles, mais, en général, les gens l'acceptaient, s'ils étaient du coin, ou, dans le cas des touristes, étaient sincèrement ravis de devoir rester un jour ou deux de plus.

– J'ai bien peur que l'avion ne puisse pas atterrir, ce soir. Vents de travers.

– Qu'est-ce que vous voulez dire ? répéta Candice.

– Eh bien, un vent vient du nord, voyez, et un autre de l'ouest, et ils nous enquiquinent…

– Non, je veux dire, comment est-ce que je peux rentrer en Grande-Bretagne ?

– On est en Grande-Bretagne, vous savez, bien que, en réalité, on soit plus près de…

– Non, je veux dire : y a-t-il un autre avion ce soir ?

Billy s'esclaffa.

– Eh bien, non. Il y en aurait eu un, mais à cause des…

–... vents contraires, oui. Quand est le prochain avion ?

Il haussa les épaules.

– Eh bien, les prévisions météo sont loin d'être bonnes, donc il n'y en a pas pour le moment.

– Est-ce que je peux rentrer en ferry ?

– Eh bien, il faudra leur poser la question.

– Quand ?

– Demain matin. Il part de bonne heure, vous savez.

– Je m'en fiche, rétorqua Candice, furieuse.

Elle était invitée chez la mère de son nouveau petit ami pour Noël, dans le quartier de Fulham. Cette dernière était terrifiante, odieuse, une vieille chouette rachitique, et Candice avait encore des cadeaux à acheter, si elle voulait faire bonne impression. Il fallait aussi qu'elle se fasse faire les ongles et teindre les racines, et elle aurait dû avoir tout le loisir de le faire, si elle n'avait pas couru après ce scoop ridicule. Elle se plaisait à penser que Dan l'aimait pour elle-même ; qu'il s'en fichait totalement que sa manucure soit parfaite ou non. Personne sur cette île, avait-elle remarqué, ne prêtait attention à ce genre de détails ; personne ne se faisait faire les ongles.

Mais elle n'était pas totalement sûre, à cent pour cent, qu'il n'attachait pas beaucoup d'importance à l'avis de sa mère, et elle se doutait de ce que cette dernière pensait des ongles non manucurés. Ce n'était pas en restant plantée au beau milieu d'une tempête de neige à taper sur un guichet branlant au milieu de nulle part qu'on allait les lui polir.

– Avez-vous un endroit où passer la nuit ? Vous pouvez dormir chez nous, lui proposa gentiment Billy.

De nombreuses personnes avaient déjà dormi sur son canapé, après un incident fâcheux ou un autre. Cela faisait partie du travail. Candice fit la moue. Oh non, comment allait-elle rentrer ? Elle regrettait l'âge d'or du journalisme dont elle avait entendu parler, quand les gens louaient des hélicoptères ou tout ce qui était nécessaire pour décrocher une bonne histoire. En l'état actuel des choses, elle allait sans doute devoir retourner au *Harbour's Rest*, cet hôtel sordide, dont elle était certaine qu'il était bien pire que celui sur lequel elle était venue écrire un article.

– Non merci, répondit-elle d'un air hautain. Pourrez-vous me contacter si un avion se décide à atterrir ?

Billy acquiesça avec autant d'entrain que possible. En général, les gens ne se montraient pas aussi impolis sur Mure, et il ne savait pas trop comment réagir.

Candice avait déjà tourné les talons. Elle se rappela subitement, avec un soupir, qu'il n'y avait pas de taxi sur l'île et qu'elle allait devoir faire appel à Billy, qui s'était déjà montré assez curieux la première fois. Elle allait aussi devoir appeler Dan. Et cela n'allait pas être facile. Loin de là.

Chapitre 60

Chez elle, Isla avait tendance à cacher son maquillage, puisque sa mère lui disait toujours que cela coûtait trop cher et que c'était un peu vulgaire. Vera était loin d'être suffisamment âgée pour participer au dîner, songea Isla, mais, même là, elle avait vu des groupes d'amis, des vieilles dames qui discutaient entre elles, rigolaient et avaient même parlé de se mettre à danser, comme le repas s'était prolongé au bar. Elle aurait tant aimé que sa mère soit entourée, elle aussi.

Mais ce soir, après avoir dévalé la colline à toute allure sur son vélo pour rejoindre le village et pris une petite douche, elle était trop pressée pour se préoccuper de son avis. Ils avaient convenu de se retrouver au *Harbour's Rest* après leur journée de travail, et Konstantin devait encore passer la serpillière et, après tout, il n'avait nulle part où aller et rien d'autre à faire, mais elle avait quand même le sentiment que, si elle arrivait en retard, il se serait envolé. C'était absurde. Comme s'il sortait d'un conte de fées, qu'il n'était qu'un mirage. N'empêchait.

Elle enfila sa plus belle robe, qu'elle avait achetée l'année précédente pour le mariage de Colton et n'avait jamais eu l'occasion de reporter depuis. Elle était en satin, rose pâle, jolie comme tout, et bien trop fine pour la saison.

– Où est-ce que tu vas ?

– Je vais boire un verre.

– Avec qui ?

– Ça n'a pas d'importance.

Isla se sentait intrépide, nerveuse.

– Ce rouge à lèvres fait vulgaire.

– Parfait, répliqua-t-elle.

Sa mère fut prise de court.

– Ne me réponds pas.

La jeune fille leva les yeux au ciel.

– Et ne lève pas les yeux au ciel. Est-ce que tu as rendez-vous avec un garçon ?

– Peut-être.

– Est-ce qu'il est assez bien pour toi ?

– Pour une fois, maman… Pour une fois, est-ce que tu pourrais me laisser juge de ce qui est assez bien pour moi ?

Un ange passa. Isla était terrifiée. Mais elle n'allait pas se montrer conciliante, pour changer ; elle n'allait pas essayer de tout arranger.

Elle ressortit aussi sec pour enfourcher son vélo, les mains tremblantes, incapable de se retourner pour voir la tête que faisait sa mère. Pendant tout ce temps, Mme Donnelly garda sa fichue théière à la main.

Chapitre 61

Les horaires d'ouverture du *Harbour's Rest* n'étaient pas vraiment fixes. La plupart du temps, Inge-Britt fermait quand tout le monde avait son compte, ce qui pouvait survenir très tôt en hiver – et, en janvier, elle fermait carrément pour aller se baigner dans des sources chaudes en Islande. Plus d'une fois, les Muriens avaient envisagé de se cotiser pour fumiger l'établissement en son absence (elle laissait toujours une issue de secours ouverte par mégarde, si bien qu'il n'aurait pas été difficile d'entrer), mais ils ne l'avaient encore jamais fait.

L'été, en revanche, quand la nuit ne tombait pas avant minuit, les gens, emportés dans leur élan, faisaient souvent la bringue jusqu'au petit matin, quand il faisait aussi jour, ce qui pouvait être perturbant.

Néanmoins, à vingt-deux heures, un soir de décembre, le bar confortable était chaud et accueillant, rempli d'îliens en train de fêter Noël, l'air enjoué, et d'agriculteurs en train de boire une petite pinte, cette époque de l'année étant la plus calme pour eux, avant la folie du printemps et des agnelages. Comme toujours, ces derniers discutaient des difficultés du métier, mais personne n'y faisait vraiment attention, puisqu'il ne s'était jamais passé une année sans que les agriculteurs parlent des difficultés du métier.

Isla était particulièrement mal à l'aise en entrant, vêtue de sa plus jolie robe. Et s'il n'était pas là ? Et s'il avait changé d'avis ? Et si le bar était plein de gens qu'elle connaissait, qui la verraient se faire poser un lapin. Pourquoi n'existait-il pas au moins un endroit où aller, où elle ne connaîtrait pas toute la clientèle ? En temps normal, cela faisait partie des raisons pour lesquelles elle trouvait rassurant, agréable, de vivre dans une petite communauté. Ce soir, cela lui était totalement insupportable.

Sur le chemin, elle avait envoyé un texto à Iona, surtout pour lui annoncer une grande nouvelle : elle songeait à déménager ! Cela faisait une éternité que sa copine lui disait de le faire, qu'elle les imaginait partager un appartement toutes les deux, mais elle savait qu'Isla ne quitterait jamais son affreuse mère. Sa mère à elle était super marrante : le samedi soir, elles partageaient volontiers une bouteille de Prosecco en regardant *Danse avec les stars* toutes les deux.

Isla parcourut la salle du regard. Puis son cœur fit un bond dans sa poitrine, et elle oublia subitement tous les autres, qui la regardaient et lui disaient bonjour, puisque Mure ne comptait pas une âme qui ne connaissait pas Isla depuis toute petite, quand elle était une enfant timide, aux yeux écarquillés, et pas un cœur qui ne s'était pas brisé pour cette gamine quand le gentil Roddy était mort, laissant cette mégère originaire de l'île principale s'occuper d'elle. Il était là, assis dans le fond de la salle, plus séduisant que jamais – il avait besoin d'aller chez le coiffeur, et ses cheveux blonds ébouriffés lui tombaient devant les yeux, mais il s'avéra que c'était exactement comme cela qu'Isla les aimait. Il se leva aussitôt, à l'évidence enchanté de la voir. Quelques-uns des agriculteurs les plus âgés eurent un petit sourire amusé. Un amour naissant.

Mais Isla et Konstantin n'avaient d'yeux que l'un pour l'autre. Ils se rapprochèrent, puis s'arrêtèrent au moment où il s'apprêtait à lui prendre les mains, riant tous les deux un peu sottement, les joues roses après leur douche rapide ; le froid hivernal, l'excitation.

– Euh, bonjour, lui dit-il, les yeux pétillants.

Il regarda vers le comptoir, puis, avec un clin d'œil appuyé, Inge-Britt se dirigea vers le congélateur givré pour en sortir l'une des rares bouteilles de champagne millésimé disponible sur Mure. Isla ouvrit grand les yeux.

– Comment peux-tu te permettre…

– J'ai économisé tout mon salaire, la coupa Konstantin pour la faire taire. Et c'est la seule chose que j'ai trouvée à acheter sur l'île.

Il la conduisit jusqu'à la table du fond, spécialement nettoyée pour l'occasion avec un torchon presque neuf, et Inge-Britt, un tout petit sourire en coin, ce qui était gentil de sa part compte tenu des circonstances, leur apporta la bouteille et deux flûtes avec cérémonie.

Konstantin avait l'habitude d'être observé partout où il allait et ne se rendit pas compte de la gêne d'Isla, mais, dès qu'ils eurent bu un peu de champagne, la jeune fille sembla se détendre. Ils étaient installés dans le coin le plus sombre de la salle, où, enfin, ils purent parler.

– Qu'est-ce qui se passe avec la statue ? l'interrogea-t-elle, inquiète.

Elle était passée devant en chemin et l'avait trouvée plus belle que jamais.

– Je ne sais pas, répondit-il d'un air songeur. Le conseil est vraiment très énervé, je ne sais pas pourquoi.

– Mais les gens viendront exprès pour la voir ! Comme l'Ange du Nord, à Gateshead[1] !

– Je le crois aussi. D'après moi, ils sont juste énervés qu'on ne leur ait pas demandé la permission avant, que cela n'ait pas pris cinq ans et demi pour passer devant neuf comités différents, et qu'on n'ait pas organisé une grande cérémonie où on les aurait tous laissés faire un discours très ennuyeux.

Isla y réfléchit un instant.

– Eh bien, vous pourriez le faire, non ?

– Qu'est-ce que tu veux dire ?

– Vous pourriez nommer la statue en leur honneur.

Konstantin parut surpris.

– Vous pourriez la nommer « l'Ange Fraser Marsali Aoghas Malcom William Effie », précisa-t-elle en comptant avec soin les membres du conseil sur ses doigts. Mettez Fraser en premier : c'est le pire de tous, c'est à lui que ça fera le plus plaisir. Et laissez-les faire un discours. C'est bien comme ça que Joel s'en est sorti au départ, non ?

Tout à coup, son visage s'épanouit en un grand sourire.

– Ils pourraient le faire pour le *Loony Dook* ! rajouta-t-elle.

– Devant tout le village nu ?

– Personne ne sera nu, Konstantin ! Ça, c'est dans ton pays débile ! Ici, tout le monde porte un maillot.

– Se mettre à l'eau dans un maillot mouillé un jour d'hiver est la chose la plus idiote que j'aie jamais entendue, grommela-t-il.

– C'est vrai, tu as raison : sur une petite île comme la nôtre, ce serait bien mieux que tout le monde voit les parties génitales des autres, répliqua-elle en levant les yeux au ciel. Les maillots, c'est très bien.

---

1. Sculpture contemporaine d'Antony Gormley installée à Gateshead, Angleterre (N.d.T).

Konstantin parut songeur.

– Eh bien… enfin… ça pourrait valoir le coup d'essayer…

– Organisez une cérémonie d'inauguration. Et ils seront obligés de faire des discours pas trop longs, sinon tout le monde mourra de froid.

– En fait, Joel veut que je les rencontre. Ce n'est peut-être pas une mauvaise idée, dit Konstantin avec un grand sourire.

– D'après moi, c'est une très bonne idée.

– Oui, faire en sorte que les gens se sentent importants.

Isla le regarda, émue.

– Tu… avec toi, je me sens importante.

– Parce que tu l'es. Tu es la personne la plus importante que j'aie rencontrée ici. Tu m'as sauvé la mise à de nombreuses reprises.

Soudain, elle prit vivement conscience de sa main sur la table et en approcha doucement la sienne, un tout petit peu. À nouveau, elle éprouva cette sensation étrange, qu'elle n'éprouvait qu'avec lui, comme si rien d'autre dans sa vie n'avait plus la moindre importance.

Konstantin la regarda, tout sourire. Elle était si jolie.

– On pourrait…, commença-t-elle, ébahie de son audace.

Mais elle ressentait le besoin pressant, impérieux, de quitter le *Harbour's Rest*, car elle mourait d'envie de faire certaines choses qu'elle ne pouvait faire aux yeux de tous.

–... tu sais, on pourrait peut-être prendre cette bouteille et aller au *Rock*, proposa-t-elle tout bas.

– Tu rigoles ? s'exclama-t-il en souriant. Si tu m'avais dit ça plus tôt, on aurait pu en voler une là-bas !

Puis il vit à son visage qu'elle était très sérieuse, cessa de parler et lui présenta son bras, l'air solennel. Après avoir vidé son verre pour se donner du courage, elle s'en empara.

Mais, au moment où ils se levaient pour partir, ils entendirent du raffut à la porte.

★

Folle de rage, Candice venait d'arriver au *Harbour's Rest*, cognant sa valise hors de prix contre les marches peintes en noir. C'était absurde. Il fallait qu'elle rentre à Londres, mais elle était coincée là. C'était cruel, inhabituel, comme si elle était punie pour avoir sorti un scoop. Ridicule. Et bon sang, maintenant, elle se retrouvait là, prisonnière de ce trou à rats.

Elle laissa sa valise à l'entrée, pensant à tort que quelqu'un la monterait pour elle dans sa chambre, puis fixa la réception vide (elle remarqua toutefois que des clés étaient accrochées derrière le guichet, si bien qu'avec un peu de chance elle aurait un lit pour la nuit – elle ne pouvait envisager qu'il en aille autrement, c'était trop horrible).

Elle irait dans la salle de bar, décréta-t-elle, se commanderait un grand gin tonic, vérifierait si l'article avait été mis en ligne, puis déciderait ce qu'elle écrirait à Dan. Pas avant. Oh non. Il avait fallu dix mois pour qu'il en arrive là, qu'il l'invite à passer Noël avec sa mère. Et maintenant, elle n'allait pas pouvoir y aller : ce serait forcément considéré comme un affront.

D'un autre côté, elle n'était rien sans but à atteindre. Elle se dirigea vers la salle de bar, juchée sur ses talons hauts, les pieds complètement gelés après avoir attendu dans cette grange ridicule à laquelle ils donnaient le nom d'aéroport. Quand elle ouvrit les portes, le souffle bienvenu de l'air chaud, qui sentait un peu le renfermé, la frappa, et elle se dépêcha d'entrer. Oh, parfait, Isla et Konstantin étaient juste là. Elle déambula jusqu'à eux, avec une petite moue qui aurait pu passer pour un sourire.

– Salut ! s'exclama-t-elle en faisant face à Isla. Alors, il faut que je te pose la question… Qu'est-ce que ça fait de sortir avec le prince en cavale ?

– Le quoi ? demanda Isla, qui n'y comprenait rien.

En guise de réponse, Candice sortit son téléphone, radieuse.

– Je vais enregistrer ta réaction, dit-elle avant de les observer.

Isla dévisagea Konstantin, puis reposa les yeux sur la page qui défilait, incrédule.

LE PRINCE PLAY-BOY S'ENCANAILLE DANS LE PIRE HÔTEL DE GRANDE-BRETAGNE

Isla cligna des yeux. Une énorme photo de Konstantin, vêtu d'un étrange uniforme militaire orné de médailles, apparut à côté de celle de Gaspard en train de tomber.

« Le "pire hôtel de Grande-Bretagne", le *Rock*, sur la minuscule île de Mure, sera un peu plus ébranlé aujourd'hui en apprenant que son commis de cuisine n'est autre que Konstantin Sundt-Knagenhjem, le fils play-boy d'une des familles les plus riches et les plus nobles de Norvège… », lut-elle à voix basse.

Sous ce texte, figurait une photo de Konstantin, l'air ivre, lessivé, lors d'une soirée, entouré de mannequins légèrement vêtus.

Isla porta une main à sa bouche. Mais que se passait-il, bon sang ? Elle parcourut rapidement les paragraphes suivants, des phrases lui sautant aux yeux :

« Je ne vais pas mener cette vie très longtemps… La Norvège me manque beaucoup. »

Ou encore :

« Mure est une île sombre, froide et sinistre… il fallait égayer un peu tout ça. »

L'article mentionnait sa « verrue » illégale (expression utilisée par un « membre éminent du conseil » qui disait vouloir « démonter la statue de l'ange au plus vite ») et racontait qu'il avait été chassé de Norvège à cause de son comportement affligeant :

« Des amis proches se demandent quand il va revenir de son immersion chez les "petites gens", histoire de rigoler un peu.

Que se passera-t-il sur "l'Île des catastrophes" quand le prince aura fini de "s'encanailler" ? On dit de lui qu'il "fait des ravages" parmi les filles du coin. »

Et Isla découvrit, horrifiée, une photo d'eux, prise avec l'iPhone de cette traîtresse de Candice : Konstantin, beau comme tout ; elle, affublée de son calot ridicule, l'air pathétique, avide, et parfaitement ridicule.

Elle avança d'un pas, au moment même où quelqu'un faisait irruption dans la salle. C'était Iona.

– Est-ce que vous avez vu cette pourriture ? s'exclama cette dernière.

Elle montra Konstantin du doigt.

– Espèce d'ordure ! T'approche pas de ma copine. Et *toi* !

Il apparut avec force à Candice qu'elle aurait de loin préféré être en train de survoler l'aéroport d'Heathrow à l'heure actuelle.

– Je fais juste mon travail, lança cette dernière d'une voix suave.

Isla alla se mettre à côté de sa copine, qui passa un bras réconfortant autour d'elle.

– Regardez-vous, vous deux, poursuivit Iona. Vous allez bien ensemble. Viens, Isla. On ne les dérange pas plus longtemps.

Sur ce, elle aida son amie sans voix à sortir, tous les yeux braqués sur elles. Ils ne s'étaient pas autant amusés depuis Halloween, lors d'une partie de pommes flottantes, quand Wullie Stevenson s'était retrouvé avec un fruit coincé dans la bouche, le dentier planté dedans, et avait fait une peur bleue aux enfants en retirant le tout, dentier compris.

Chapitre 62

Isla sortit avec Iona, trébuchant dans la neige, l'esprit embrouillé.

Oh, mais quelle idiote ! Il s'encanaillait. Il flirtait avec elle, parce qu'elle était juste à côté, littéralement ; il n'avait même pas eu à se donner la peine de faire le tour de l'île. Elle était juste là ; elle ferait l'affaire. Ses joues s'empourprèrent, quand elle repensa aux photos de lui en compagnie d'actrices et de top models norvégiens lors d'avant-premières de films ou de soirées. Mon Dieu, comment avait-elle pu être aussi bête ?

Comme si c'était possible. Comme si elle avait pu être autre chose qu'un jouet pour un garçon comme lui. Pire : il était à l'évidence odieux. Être mis à la porte par son propre père, imaginez un peu. Elle repensa à la dispute qu'elle avait eue avec sa mère. Oh non. Tout allait de travers.

Et elle s'était apprêtée à… Son sang se glaça. Se serait-il moqué d'elle avec tous ses riches amis norvégiens en rentrant chez lui ?

Elle comprenait mieux à présent. Son téléphone cassé. Ses vêtements de bonne qualité. Le fait qu'il n'ait aucune idée de la valeur de l'argent. Même cette stupide bouteille de champagne, qui trônait désormais, presque vide, sur la table dans le fond du bar.

Sans même réfléchir, Iona l'emmena directement chez elle, où elle ouvrit une bouteille de whisky.

Chapitre 63

Lorna était toute seule chez elle, les yeux fixés sur un carton, se demandant si elle devait l'emballer. Elle allait chez les MacKenzie le jour de Noël et avait donc un énorme tas de cadeaux pour eux, y compris pour Agot, qui allait être gâtée, comme d'habitude, même si elle savait pertinemment que ce n'était pas bon pour la petite.

Mais elle avait aussi un autre présent – tout petit, facilement dissimulable, que personne ne remarquerait. Elle avait tergiversé, s'était posé mille questions, mais avait fini par décider qu'elle n'avait plus rien à perdre. Non ?

Ils n'avaient eu aucun contact, et elle ne savait pas du tout comment il allait, mais les garçons, remarqua-t-elle avec satisfaction, semblaient aller parfaitement bien ; ils ne s'étaient pas renfermés sur eux-mêmes, n'avaient pas causé de difficultés. Ash attendait Noël avec la même impatience que ses petits camarades ; Ib passait ses récrés dehors, par tous les temps, à jouer au foot avec ses copains. Si un bouleversement de taille était survenu à la maison, elle l'aurait vu à leur comportement. Les enseignants voyaient toujours ce genre de choses. Mais rien n'avait changé. Pour l'instant.

Elle avait un cadeau à lui donner. Or elle savait qu'elle ne devrait pas. S'il était libre, il serait venu la voir.

Elle sortit dans la neige tourbillonnante, puis passa devant l'Ange. En le voyant, elle sourit. C'était incroyable, il s'était si vite intégré au paysage. Elle l'aimait bien. Il l'éclairait et, pour une raison ou une autre, lui donnait du courage et, soudain, en sentant le paquet dans sa poche, elle s'enhardit. Elle allait l'emballer et lui apporter. Elle nota aussi dans un coin de sa tête d'assister à la réunion extraordinaire du conseil, le 26 décembre, afin de s'assurer d'apporter sa voix et son soutien à ceux qui voulaient garder la sculpture.

Elle se rendit presque jusqu'au cabinet de Saif, avant de faire demi-tour pour rentrer chez elle. Demain, peut-être.

*

Pour une fois, Iona ne se lança pas dans de grands discours. Elle s'approcha de son amie pour la prendre dans ses bras.

– Je suis désolée, dit-elle. Je n'avais pas réalisé, franchement. Je ne savais pas qu'il te plaisait autant.

Elle leur servit un petit remontant, deux bons verres du whisky qu'elle avait trouvé au rez-de-chaussée.

– Tu me manques, ajouta-t-elle simplement.

– Toi aussi, tu me manques, répondit Isla. Si tu avais été dans les parages, je ne me serais sans doute pas autant ridiculisée.

– Tu ne t'es pas ridiculisée ! C'est lui, le blaireau !

En réponse, Isla baissa légèrement le haut de sa robe rose, révélant la bretelle d'un soutien-gorge rouge vif, qu'elle avait spécialement commandé sur l'île principale.

Il y eut un blanc, puis les deux filles furent prises d'un fou rire, proche de l'hystérie, dans le cas d'Isla.

– Ce n'est pas vrai, lança Iona. Eh bien, il ne sait pas ce qu'il rate.

– Tu m'aurais dit de l'éviter, de ne pas m'approcher de lui.

– Non, rétorqua sa copine. Je le trouve canon. Ça aurait été pire avec moi. Tu aurais couché avec lui depuis des lustres.

Isla poussa un profond soupir.

– Il me plaisait vraiment. Quelle idiote.

– Pourquoi ? Il avait l'air très affecté, tout à l'heure.

Isla fit la moue.

– C'est ça, oui, il va juste devoir prendre son pied avec des tas de top models. Ou cette débile de journaliste.

– Elle est *vraiment* débile, elle, acquiesça Iona avant de remplir à nouveau leurs verres.

Isla balaya du regard la petite chambre d'Iona, remplie de trophées de danse écossaise et de vieux livres sur les poneys. Pas si différente de la sienne, en fait.

– Il ne comptait pas du tout me faire entrer dans sa vie. Il voulait juste s'amuser avec moi.

– Eh bien, répliqua Iona d'un air de défi. C'est nous qui allons nous amuser.

– Qu'est-ce que tu veux dire ?

– Un appartement se libère sur la grand-rue. Ma mère veut que Piotr emménage avec elle. Tu me manques ; je te manque. On pourrait le louer ensemble.

– Oh ! mais il faudrait que je quitte ma mère.

– Il faudra bien que tu la quittes un jour ! Elle a toujours essayé de te pousser à aller à l'université ou ailleurs. « Tu ne crois pas que tu pourrais faire mieux, Isla ? »

Son imitation de Vera n'était pas mal. Isla poussa un soupir.

– C'est pour mon bien qu'elle fait ça.

– Mais ça te rend malheureuse.

– Ce n'est pas mon jour, c'est tout, répondit Isla en haussant les épaules.

– Ne sois pas stupide. Tu es célèbre, en photo dans le journal !

– Pour m'être ridiculisée !

– On va bien s'amuser, je te le promets. Allez. C'est Noël ; après, il y aura le *Loony Dook*, *Hogmanay*, *Burns Night*[1], la Saint-Valentin, et le printemps sera là. Tous les touristes vont débarquer, et tu pourras en ensorceler un pour qu'il tombe amoureux de toi et reste pour toujours, et tout ira bien, parce qu'on aura notre chez-nous et que tu n'auras pas à te cacher pour avoir un rencard !

Isla ne put retenir un sourire.

– Tu es si optimiste.

– Parce qu'on vit au sommet du monde. Tu restes dormir ?

Elle était déjà en train de sortir le petit lit gigogne qu'elles utilisaient quand elles avaient huit ou neuf ans et discutaient du film *Dragons*, excitées comme des puces, puis à treize, quand elles parlaient de Justin Bieber et des garçons de seconde, et, curieusement, se retrouver à nouveau là toutes les deux, à chercher une brosse à dents de rechange en gloussant et en se faisant taire pour ne pas réveiller la mère d'Iona, fut incroyablement réconfortant. Et, à sa grande surprise, Isla réussit à s'endormir.

---

1. Le 25 janvier, lors de *Burns Night*, les Écossais commémorent la vie et l'œuvre du poète Robert Burns (N.d.T.).

Chapitre 64

Konstantin, lui, ne ferma pas l'œil de la nuit. Bien au contraire. Au pub, il avait envisagé de courir après Isla, mais s'était rappelé la férocité d'Iona et avait jugé bon de s'abstenir. Il était aussi profondément soulagé de ne pas avoir de téléphone : la dernière chose dont il avait besoin en ce moment, c'était d'entendre son père lui dire qu'il avait réussi à déshonorer encore un peu plus la famille. Ou non. C'était épouvantable. Cela allait faire les gros titres.

Il n'y prêterait pas attention, voilà tout. Gaspard ne le mettrait sans doute pas à la porte – et même si c'était le cas, songea-t-il avec défi, il savait faire la plonge maintenant. Il trouverait un autre emploi. Il partirait tenter sa chance ailleurs. Il ne s'en était pas mal sorti, ici. Pas du tout.

En réalité, songea-t-il tristement, cela lui avait même plu. D'apprendre un travail, pour la première fois de sa vie. Les gens l'appréciaient, l'appréciaient vraiment, pour lui-même, pas pour sa fortune ou sa demeure ridicule. Il repensa à l'esprit de camaraderie qui régnait dans le garage, quand ils avaient construit la sculpture ; à la patience (quoique ponctuée de quelques hurlements) de Gaspard, qui lui avait tout appris, partant de rien, et lui avait permis de devenir un peu utile. Il avait hâte d'être au déjeuner de Noël, leur baptême du feu, quand ils devraient faire leurs preuves, contenter toute une salle et combler les attentes de convives venus d'horizons différents. Cela lui paraissait être une façon tout à fait honorable de vivre sa vie.

Mais, maintenant, tout le monde allait le mépriser, penser qu'il se servait de leur île pour faire sa Marie-Antoinette et jouer au pauvre.

Il ne s'était pas senti pauvre. Mais il sentait tous les yeux fixés sur lui dans le pub, tous les regards agressifs, comme de plus en plus de gens lisaient l'article, parlant tout bas de lui, disant qu'il avait vraiment fait du mal à Mure.

En réalité, quelqu'un était déjà en train d'approcher de lui. Il se raidit, prêt à se défendre ou, s'il n'y parvenait pas, à encaisser le coup.

C'était Innes, avec qui il avait construit la sculpture.

– Dis donc, lança ce dernier de sa voix lente et circonspecte. J'ai vu que tu avais fait parler de toi.

Konstantin grimaça.

– Je suis désolé.

– De quoi ? Je m'en fiche que tu vives dans un château. Ça a plutôt l'air sympa. Et la statue est super, alors qu'ils aillent se faire voir.

– Mais ça pourrait être très mauvais pour l'hôtel.

Innes pouffa.

– Si j'étais toi, je ne me ferais pas trop de souci pour ça non plus. Je crois que Fintan ne veut plus en entendre parler, et Flora se tue à la tâche. Je serais content qu'il tombe dans la mer.

– Ta façon de voir les choses me plaît, fit remarquer Konstantin en souriant.

Ils trinquèrent.

– Comment va Agot ? Est-ce qu'elle me déteste toujours ?

Innes fit la moue.

– Elle déteste tous ceux qui lui disent qu'elle ne peut pas patiner.

– Est-ce que vous lui avez acheté des patins ?

– Il n'y a nulle part où patiner ici, hein ? Il n'y a que de l'eau salée ! Eilidh en a fait venir d'Aberdeen, mais ils ne serviront à rien.

– C'est un sale Noël pour tout le monde, commenta Konstantin, et ils trinquèrent à nouveau, l'air triste.

Le jeune homme sourit à son ami, puis se leva et sortit dans la nuit, seul, malheureux à l'idée d'avoir fait du mal à sa jolie Isla ; l'expression sur son visage l'avait meurtri, et elle lui manquait. Il avait tout détruit.

– Aide-moi, l'Ange, murmura-t-il dans sa langue maternelle en passant devant l'immense silhouette, qui projetait sa lumière vive sur l'eau.

Il marchait contre le vent, remontant d'un pas lourd vers l'extrémité nord de l'île et son petit nid d'aigle au *Rock*, mourant d'envie, pendant tout le chemin, de retrouver Bjårk et sa compagnie poilue.

– Maintenant, il me faut un miracle, poursuivit-il.

Il songea alors que, pour que son vœu soit exaucé, il devrait faire une offrande à l'Ange. C'était une pensée étrange, mais qui lui traversa malgré tout l'esprit. C'était dû à cet endroit : l'interdépendance, la gentillesse des habitants.

Il lui apparut avec force qu'on était le 23 décembre, le jour où il aurait fêté Noël chez lui, en Norvège. Ces dernières années, cette célébration s'était transformée en événement guindé, fait de dîners interminables avec *lutefisk* et côtes de porc au menu, et, souvent, les dignes dirigeants des œuvres de bienfaisance de la région à table.

Mais il se rappelait les Noël d'avant, il y avait bien longtemps, quand c'était encore l'événement le plus excitant du monde, quand sa mère organisait une chasse au trésor dans le palais pour ses petits camarades et lui et qu'elle cachait des cadeaux dans tous les coins, pleine d'enthousiasme. Il la revit en train de chantonner, se remémora le plaisir qu'elle prenait à se rendre à des soirées, magnifique, sentant divinement bon. Le palais était alors empli de milliers de petites lumières scintillantes.

Ici, on fêtait Noël le 25 décembre, mais, pour lui, c'était le grand jour, et personne n'y avait fait allusion. Personne ne le savait.

Et, bien sûr, il n'avait pas eu de nouvelles de son père. Il n'en aurait pas, maintenant qu'il avait encore un peu plus déshonoré leur nom.

Il était venu sur Mure, avait fait tout ce qu'on lui avait dit de faire. Il pouvait même admettre, du bout des lèvres, que son père avait eu raison. Et maintenant, tout le monde l'avait oublié.

Cela le blessait énormément.

Sur la route déserte, l'Ange disparaissant derrière lui, il éprouva un profond sentiment de solitude, comme il n'en avait jamais ressenti, de toute sa vie ; comme s'il était l'unique survivant dans un monde devenu très, très froid à son encontre.

Chapitre 65

La journée du lendemain était dédiée aux préparatifs de Noël et Isla, qui s'était réveillée avec un gros mal de tête, s'était arrangée avec Gaspard pour venir travailler plus tôt, de façon à ce que ses horaires ne correspondent pas avec ceux de Konstantin. Quand le jeune homme descendit, plus tard dans la journée, constatant qu'elle n'était pas là, il s'affola. Kerry eut beau le rassurer en lui expliquant qu'elle avait simplement changé d'horaires, cela n'augurait rien de bon.

La découpe et la préparation des aliments étaient loin d'être aussi agréables sans sa camarade à ses côtés. Konstantin avait le mauvais pressentiment que plus rien ne le serait. Il se jura d'aller la voir quand il aurait fini sa journée. Pour lui expliquer… ou essayer, du moins.

Mais tout n'était pas faux, c'était le problème. Il avait détesté cet endroit. Il avait eu envie de partir.

Jusqu'à ce qu'il la rencontre. Mais le croirait-elle ? Il repensa à ces horribles photos de lui, entouré de mannequins. D'accord, à l'époque, il trouvait ça marrant. Mais il n'était plus le même aujourd'hui, il ne voyait plus les choses comme cela, plus du tout. Isla était différente. Il devait seulement trouver un moyen de le lui montrer.

★

À son réveil, Lorna était déterminée à faire mieux aujourd'hui. Ou, du moins, à aller au bout.

Le cabinet était vide : de nombreuses personnes voyaient miraculeusement leurs symptômes diminuer, comme elles se préparaient à rester au chaud pendant quelques jours, devant la télé et une bonne flambée, à manger des Quality Street. Jeannie faisait un peu de rangement, essayant d'ignorer les très nombreuses boîtes de chocolats disséminées dans la salle d'attente – Saif était un médecin très apprécié, mais il ne tenait pas à ramener ces confiseries chez lui, puisqu'il n'était pas gourmand et qu'il ne s'était en outre jamais habitué à la quantité de sucre qu'ingurgitaient les petits Écossais et souhaitait éviter un tel sort à ses enfants. Jeannie avait essayé de redonner quelques boîtes aux patients qui venaient consulter, pour les remercier de leur « fidélité », mais, sans surprise, ces derniers ne l'avaient pas bien pris du tout, et elle devrait donc faire un saut à la salle communale.

– Oh, bonjour, Lorna, dit-elle avec perspicacité, en la regardant de haut en bas.

La jolie institutrice n'avait à l'évidence aucun problème.

– Il n'est pas là.

Elle réalisa aussitôt que c'était la chose à ne pas dire.

– Le Dr Hassan, je veux dire, précisa-t-elle en l'appelant par son nom de famille, ce que personne ne faisait. Il finit ses dernières visites à domicile avant les vacances, pour renouveler les ordonnances, ce genre de choses.

– Bien sûr, répondit Lorna, perdant subitement tout courage.

Elle ne supportait pas l'idée de se ridiculiser devant Jeannie, craignant de se trahir. Jeannie, elle, ne supportait pas cette situation, car elle avait tout compris (après avoir remarqué que Lorna s'absentait chaque fois que Saif était en congé), aussi s'occupa-t-elle avec la paperasserie. Puis une idée lui vint.

– Tout le monde est venu déposer un cadeau pour le médecin ! Est-ce que tu en as un, toi aussi ? De la part de l'école ?

– Euh, oui, répondit Lorna, reconnaissante pour cette porte de sortie. Pardon… nous aurions dû t'en faire un aussi.

Jeannie fit un geste en direction de la pile de chocolats d'un air pince-sans-rire.

– Ça va, merci, j'ai ce qu'il me faut.

Lorna sourit.

– Je vois ça.

Elle aussi avait reçu une montagne de boîtes de chocolats, ainsi que des dessins des enfants pas franchement utiles et, heureusement, une bouteille de gin local, de la part de la gentille famille qui vivait à Rubhan Taigh et qui devait trouver le moyen se faire pardonner pour leurs cinq petits garnements aux cheveux roux.

*

Saif resta assis dans sa voiture, dans la pénombre du parking, et la regarda partir. Il dut faire un gros effort pour ne pas sortir d'un bond et courir vers elle. Il vit la tristesse sur son visage quand elle s'éloigna, les mains profondément enfoncées dans les poches de son long manteau d'étudiante, ses cheveux roux sous sa casquette en velours, qui lui donnait l'air si juvénile, si charmante, si indigne d'être triste, alors que le bonheur lui tournait autour, sans jamais être à portée de main.

Il avait envie de courir vers elle, de l'enlacer, peu importait qu'on les voie.

Il consulta à nouveau son téléphone. Son Facebook. Rien.

Quand il finit par entrer dans le cabinet, Jeannie lui tendit le petit paquet de Lorna avec un regard bienveillant, qui lui échappa totalement. Il le conserva précieusement le temps de rentrer à la maison, de réchauffer les lasagnes que Mme Laird lui avait gentiment laissées et d'essayer de calmer, en pure perte, un Ash totalement surexcité. Le lendemain, ils ouvriraient leurs cadeaux, puis ils avaient une réservation au *Rock* ; Flora avait insisté, il était hors de question qu'ils passent Noël tout seuls. Bien sûr, ce n'était pas totalement désintéressé de sa part : elle voulait que le restaurant soit plein de gens dont elle savait qu'ils apprécieraient le repas, et puis Ash pourrait occuper Agot, ce qui ne pouvait être qu'une bonne chose.

Il regarda le sapin scintillant dans le coin de la pièce, un sourire se dessinant sur ses lèvres en repensant à la joie qu'il avait procurée à Ash. Puis un soupir lui échappa, puisque c'était un nouveau Noël sans…

Cela faisait si longtemps qu'il était rongé par l'angoisse. Et maintenant, elle… Avait-elle eu son bébé ? Sans doute. Mais cette photo pouvait être vieille ; cet enfant était peut-être déjà en train de grandir. Ressemblait-il à ses autres fils ?

Quand les garçons furent enfin endormis, il s'assit dans le salon, dans un silence pesant.

Plus que tout, il souhaitait… Que souhaitait-il ? Il était amoureux de deux personnes. Une qui était là, une qui ne l'était pas et ne le serait jamais plus. Mais cette dernière était toujours son épouse légitime. Liée à lui devant Dieu. La mère de ses enfants.

Il prit le paquet de Lorna dans ses mains, puis l'ouvrit, le cœur lourd. Dans un premier temps, il ne put croire à ce qu'il avait sous les yeux. C'était impossible.

C'était le livre – exactement la même édition – qu'il avait consulté en ligne la semaine précédente, pour y chercher le message qui aurait pu être envoyé par Amena.

Cela ne pouvait pas être vrai. Comment pourrait-elle savoir ? Aurait-elle pu être l'expéditrice de ce message ? Non, bien sûr que non, comment aurait-elle pu savoir pour le crocodile ? Comment l'aurait-elle su ? Mais Nizar Qabbani était un poète très célèbre, bien sûr qu'il l'était. Bien sûr.

C'était une coïncidence, rien de plus.

Ce volume était magnifique, après tout : doré et bleu vif.

Il contenait un marque-page, placé presque comme s'il avait pu être mis là par hasard. Mais il savait, bien sûr, que ce n'était pas le cas.

« Lettre de sous la mer »

Si tu es mon amie,
Aide-moi à te quitter.
Mais si tu es mon amour,
Aide-moi à guérir de toi.
Si j'avais su
Que l'océan était aussi profond…
Je ne m'y serais pas baigné.

Saif poussa un profond soupir, puis se leva pour regarder par la fenêtre. À la périphérie de son champ de vision, il voyait le faisceau lumineux de l'Ange s'élever dans le ciel. Il le contempla un long moment.

Puis il décrocha son téléphone.

⋆

Dans la grande quiétude de la veille de Noël, il restait quelques clients au *Harbour's Rest*, surtout des jeunes de retour de l'île principale pour voir leurs proches : ils riaient aux éclats, s'enorgueillissant de leur nouvelle vie à Inverness, Aberdeen, Londres ou Édimbourg, pendant que, chez eux, les parents faisaient des paquets-cadeaux, égaraient le scotch, suppliaient leurs enfants surexcités d'aller se coucher, se maudissaient d'avoir oublié la cachette des cadeaux qu'ils avaient achetés des mois auparavant, vérifiaient une nouvelle fois, inquiets, qu'ils avaient assez de pommes de terre rôties, essayaient d'installer confortablement belle-maman dans leur lit alors qu'ils devaient se contenter du canapé convertible, ou faisaient en sorte que tata Morag ne voie pas la bouteille de sherry, parce qu'elle avait l'alcool triste à cette époque de l'année, ce qui était parfaitement compréhensible avec tout ce qu'elle avait traversé, mais, quand même, six ans de suite, cela démoralisait tout le monde, et, oh là là, est-ce que vous avez vu cet article sur le *Post Online*, mais qu'est-ce que les MacKenzie vont bien pouvoir faire ? Pour toutes les familles, Noël s'écoulait, mélange de tristesse et de sublime. Les plus courageux se rendirent même à la messe de minuit, où Janey, le pasteur, prononça un sermon touchant, expliquant que le mieux n'était pas l'ennemi du bien, précepte qui ne figurait pas vraiment dans la Bible, mais qu'elle trouvait salutaire à cette époque de l'année.

Personne ne remarqua la silhouette fluette aux cheveux roux qui quittait discrètement son appartement pour sauter dans sa petite voiture et partir furtivement en direction de l'ancien presbytère (Janey préférait, et de loin, son appartement moderne à côté de l'église, avec son triple vitrage et son chauffage central au gaz). Elle prit soin de se garer derrière, puis se faufila à pas feutrés jusqu'à la porte, où elle n'eut pas besoin de frapper, parce que quelqu'un l'attendait, l'attendait depuis très longtemps ; quelqu'un qui ne prononça pas un mot, mais l'attira tout contre lui, l'enveloppa de la chaleur de son corps, de la douceur de ses yeux noirs, et, leurs deux cœurs battant à l'unisson, ils partagèrent le plus beau cadeau que deux êtres puissent partager.

Chapitre 66

Bang ! Bang ! Bang !

– C'EST NOËL ET TOUT EST NUL !

Naturellement, Flora et Joel s'étaient réveillés très tôt pour s'occuper de Douglas, puis l'avaient pris avec eux dans leur lit pour s'échanger leurs cadeaux. Joel avait acheté un somptueux bracelet en diamant à Flora, parce qu'il pensait qu'elle méritait le plus beau des présents, et elle avait failli éclater en sanglots, parce qu'elle voulait le porter dans des endroits plus exotiques. Quand Joel lui avait répondu : « Dès que tu auras mis du plomb dans la cervelle de Fintan, je t'emmène aux Bahamas », elle avait vraiment fondu en larmes, parce qu'elle savait que cela n'arriverait jamais, ce qui l'avait à nouveau rendu toute triste, même si elle avait assuré à Joel que la situation lui convenait très bien comme cela. De son côté, elle lui offrit un beau coffret des romans de Dickens, reliés et illustrés, dont elle avait deviné, à raison, qu'il lui plairait.

Puis ils avaient essayé de donner son cadeau à Dougie (un superbe cheval à bascule), mais s'étaient rendu compte qu'il était bien trop jeune pour comprendre Noël et qu'ils perdaient donc leur temps, même si, à sa décharge, le petit s'était évertué à en mordiller la queue, ce qui n'avait pas manqué de les impressionner.

Ils avaient rempli la voiture de nourriture et de cadeaux, bien que la ferme soit située à moins d'un kilomètre. De toute façon, ce n'était pas vraiment un temps à se promener, surtout avec une poussette : la neige s'était déposée, rendant les routes glissantes. Mais cela ne faisait pas l'ombre d'un doute : l'Ange les guidait, tel un phare. La vitesse à laquelle elle s'était habituée à sa présence était sidérante, avait-elle songé en chargeant le coffre : elle vérifiait toujours où il était – on le voyait de partout, ou presque, sur l'île. C'était absurde, elle le savait, mais elle avait le sentiment qu'il veillait sur eux, qu'il prenait soin d'eux, blottis les uns contre les autres sur ce petit rocher. Mais sa vue la faisait toujours sourire.

À la ferme, tout le monde était déjà debout : Eck buvait son thé près du feu ; Hamish courait partout, tout excité, s'amusant avec le train électrique qu'ils s'étaient tous cotisés pour lui offrir ; Innes et Eilidh soupiraient, essayant de calmer Agot, qui donnait des coups de cuillère sur la table, très fort, en criant :

– TOUT EST NUL !

– Ce n'est pas nul, dit Flora en faisant un gros bisou à sa nièce adorée.

Agot se dégagea aussitôt.

– CE NOËL EST NUL, NUL, NUL !

Flora adressa un regard interrogateur à Innes.

– Elle nous fait une crise d'enfant gâtée, répondit-il tout bas pendant qu'Eilidh versait le café.

Cette dernière semblait avoir passé une matinée très stressante.

– Est-ce que tu voudrais un autre enfant ? demanda-t-elle à Flora. Tu en as déjà un, cela ne devrait pas être trop dur.

– La plupart des parents attendent au moins huit heures du matin le jour de Noël pour essayer de donner leurs enfants, lui fit remarquer sa belle-sœur. Oh là là ! On a de beaux cadeaux pour toi, ma chérie !

– EST-CE QUE CE SONT DES PATINS ?

Flora battit des paupières.

– Non… Mais il pourrait y avoir des Shopkins.

La fillette poussa un soupir, et son petit menton se mit à trembler.

– JE DÉTESTEEEE LES SHOPKINS.

– Ça a changé depuis son anniversaire, murmura Flora.

– Je sais, répondit Innes.

– Quand elle adorait les Shopkins plus que tout au monde.

– Je sais.

– C'était il y a deux mois, seulement.

– Sérieusement, tu n'as même pas à la garder. Tu peux la vendre à des pirates, si tu veux, ajouta Eilidh, lorgnant un peu trop la bouteille de champagne que Joel était en train de mettre au réfrigérateur.

Agot parcourut du regard cette pièce pleine d'adultes, avant de sortir en courant.

★

Elle alla se réfugier dans la chambre de Flora, sa préférée, parce que les vieux trophées et prix de danse écossaise de sa tante étaient encore accrochés au mur. Elle venait tout juste de commencer les cours de danse, mais Flora l'avait déjà trouvée, sa médaille d'or à la main, en train de déclamer : « Je tiens à tous vous remercier pour ce prix. »

Flora la suivit, laissant Joel commencer son petit déjeuner pendant qu'Eilidh câlinait Douglas en s'extasiant, se rappelant comme il était agréable d'avoir un adorable bébé.

Agot était couchée à plat ventre sur le lit. Elle ne pleurait pas pour pleurer, ne faisait pas une scène pour que tout le monde l'entende. Non, elle sanglotait tout bas, comme une vraie petite fille, pas comme l'enfant substituée à laquelle elle ressemblait parfois.

– Hé, qu'est-ce qui ne va pas ?

– Maîtresse Lorna a dit…, commença la petite en reniflant. Maîtresse Lorna a dit que, si on était sages et qu'on écrivait au père Noël, il nous apporterait le cadeau qu'on voulait. Et j'ai été TRÈS SAGE.

– C'est vrai, ça ? l'interrogea Flora, semblant en douter.

– Je n'ai pas crié en classe ! Et je n'ai pas BAVARDÉ, BAVARDÉ, BAVARDÉ. Et quand maîtresse Lorna a dit : « Agot, pas de bavardage », JE N'AI PAS BAVARDÉ. Et j'ai pris les mains d'Ash quand c'était l'heure de se prendre les mains, et je n'ai pas dit « BEURK, BEURK, BEURK » à la cantine. J'ai été très, très sage ; demande à maîtresse Lorna !

– Je le ferai.

– Tout le monde dit toujours : « AGOT EST TRÈS VILAINE », ajouta la petite, l'air toute triste.

– Personne ne dit ça, la rassura sa tante en caressant ses longs cheveux clairs.

– Si, rétorqua la fillette, l'air résigné. « AGOT, ELLE EST TRÈS VILAINE ET GÂTÉE. »

– Oh, ma chérie, dit Flora en serrant son petit corps dans ses bras. Eh bien, tu es quand même une de mes personnes préférées au monde.

– Tu aimes Boudlas maintenant. Tout le monde aime Boudlas maintenant.

– On a de la place dans le cœur pour plusieurs personnes.

– Ma maman et mon papa, ils n'avaient plus de place. Et puis, ils en ont eu à nouveau.

Flora serra plus fort la fillette.

– Les histoires d'adultes, c'est compliqué. Et ils sont désolés pour tout ça. Mais tout va bien, maintenant, non ?

– Mais ! J'ai essayé, s'écria Agot en sanglotant. J'ai essayé d'être sage pour le père Noël. Pour pouvoir faire du patin. Mais il m'a apporté…

Sa voix trembla, sur le point de se briser.

–… des Shoppppkinnnnnssss touuut nuuulllls.

⋆

Flora resta avec elle, jusqu'à ce que, à sa grande surprise, Agot s'assoupisse sur le lit (la veille au soir, la fillette s'était relevée à intervalles réguliers jusqu'à minuit, avant de recommencer à partir de deux heures du matin). Flora aurait bien aimé pouvoir l'imiter, mais la journée s'annonçait chargée. Elle borda la petite avant de retourner dans le salon, où une bonne odeur d'œufs brouillés (tout droit sortis du poulailler) et de saumon fumé localement emplissait la pièce. Eilidh, qui avait cédé à la tentation, versa une larme de champagne à tout le monde, que Flora refusa à contrecœur.

– Elle ne peut patiner nulle part ! tenta de se justifier Eilidh. Si je lui avais donné ces fichus patins, on aurait juste eu droit à une énorme crise après !

– Eh bien, elle s'est endormie. Je suis sûre qu'elle se sentira mieux au réveil.

– Prête pour le grand jour ? l'interrogea Innes.

Flora grimaça. Cela lui avait semblé être une si bonne idée à l'époque.

– Tu ne demandes pas à la bonne personne, répondit-elle.

Chapitre 67

Fintan se réveilla lové dans les bras puissants de Gaspard, qui ronflait doucement à côté de lui. Il lui fallut un moment pour se rappeler qu'ils dormaient dans l'établissement que Colton avait payé, qu'il avait construit et financé. Et qu'il trahissait l'homme qu'il aimait.

Qui était mort.

Soudain, les bras tatoués de Gaspard lui firent l'effet d'un piège, devinrent pesants. Il regarda le beau Français, peu soigné et dissolu, dont le visage, qui n'affichait pas son rictus habituel, paraissait plus jeune, plus doux dans la lumière blanche du matin. Il l'observa un moment… puis il pensa à la journée qui l'attendait, et son cœur se serra.

Non. Il n'avait pas envie d'arpenter les couloirs du grand rêve de Colton. N'avait pas envie de superviser la cuisine, à laquelle Colton tenait comme à la prunelle de ses yeux, de parcourir du regard la salle de restaurant surchargée de tissus écossais ridicules, de se rappeler les tenues en tartan absurdes de Colton – qui aimait par-dessus tout s'habiller comme un monarque des vallons, plume dans le chapeau et tout le tintouin.

Il détestait le *Rock*, et tout ce qui y avait trait. C'était un fardeau, rien de plus. Il sortit du lit d'un bond, en colère, pour se préparer et passer d'abord à la ferme pour voir sa famille avant de se traîner jusque-là et jouer à l'hôte avenant lors de leur grand déjeuner d'ouverture. Il supposait que tout était prêt : Flora s'était mêlée de tout. Et Gaspard lui avait dit de ne pas s'inquiéter, mais il essayait de l'attirer dans son lit à ce moment-là, si bien qu'il n'était pas certain de devoir le croire sur parole. Le fait de coucher en cachette avec son chef posait sans doute un certain nombre de questions, mais Fintan préféra rajouter ce problème à l'énorme pile qu'il avait déjà et qui ne pouvait pas être plus haute, et fila sous la douche, le poids du monde sur les épaules.

Gaspard s'assit dans le lit.

– TU ES TRISTE, cria-t-il, mais il ne s'agissait pas vraiment d'une question.

– Je ne sais pas ce qui va se passer, répondit Fintan en se retournant.

– Personne ne le sait.

– Je déteste cet hôtel.

– Alors va-t'en. À chaque fois que je suis triste, je m'en vais.

– Est-ce que tu es triste en ce moment ?

Gaspard le dévisagea, sérieux.

– *Non**.

*

Joel observa attentivement Flora quand Fintan entra, avec un autre gros cadeau pour Dougie et un sourire forcé aux lèvres.

– Tu devrais aller l'habiller, dit-elle à Joel. Je suis nulle.

Il se rapprocha d'elle, surpris.

– Bien sûr que non. Bien sûr que tu n'es pas nulle.

Douglas allait se réveiller de son petit somme matinal, prêt à hurler. Joel regarda le visage de Flora (elle sourcillait presque), et il eut une prise de conscience subite.

– Chérie, dit-il. Est-ce que je peux te parler une seconde à côté ?

⋆

Dans l'ancienne chambre de Flora, à côté d'une Agot qui ronflait, Joel prit les mains de sa moitié dans les siennes.

– Pendant tout ce temps, dit-il tout bas. Pendant tout ce temps, je ne me suis rendu compte de rien.

– De quoi ? l'interrogea Flora, qui avait hâte d'aller au *Rock*.

– Ma chérie, est-ce que tu as eu du mal à rester à la maison avec Dougie ?

– Non ! murmura-t-elle très fort. Je l'aime !

– Je sais que tu l'aimes, répondit Joel avec une patience infinie. Ce que je veux dire, c'est : est-ce que tu as trouvé ça difficile ?

Flora se figea. Il savait. Il avait vu. Elle s'était donné tant de mal pour donner l'impression de pouvoir tout gérer. Quand il était évident qu'elle en était incapable. Qu'elle n'était pas à la hauteur avec Douglas. Jan avait raison. Elle le voyait à peine. C'était terrible.

Elle fondit en larmes.

– Il ne m'aime pas ! chuchota-t-elle. Il te préfère ! Je suis complètement nulle, comme mère ! Je m'ennuie, j'ai la tête ailleurs et ça me frustre, et il pleure *à longueur de temps* avec moi ! *À longueur de temps !* Toi, il t'aime, mais moi, je suis complètement nulle !

Joel eut envie de rire, mais sentit, à raison, que ce n'était sans doute pas le moment.

– Il pleure à longueur de temps avec moi aussi, la rassura-t-il. C'est un bébé.

– Mais tu es tellement patient avec lui.

– Mais tout ça, c'est nouveau pour moi, lui expliqua-t-il en la regardant, sidéré que ce ne soit pas évident pour elle. Je n'ai jamais eu de famille, avant. Toi, tu as toujours été entourée de frères, d'enfants, de connaissances et de tant de gens que tu ne t'en rends même pas compte ! Je n'ai eu personne. Personne. Jamais. Et puis, tu es entrée dans ma vie et, maintenant, Douglas et… mon Dieu, Flora. Mon Dieu.

Ils pleuraient tous les deux à présent.

– Mais… tu ne trouves pas que je suis une mère horrible ? Parce que je fais d'autres choses ?

– Bien sûr que non. Tu es géniale. Et vouloir gérer le *Rock*… c'est bien. Entre nous, je n'en suis pas sûr et je suis certain que personne d'autre n'a remarqué, mais… je ne suis pas sûr que Fintan soit fait pour ça.

Flora ravala sa salive tout en éclatant de rire.

– Tu le penses vraiment ?

– Hors de question que je me mêle des affaires des MacKenzie, mais je suis heureux, Douglas est heureux, et tout va bien. Fintan est malheureux comme les pierres, et toi… tout ira bien pour toi, ma chérie.

Il n'avait pas du tout prévu de faire cela maintenant, mais, tout à coup, le moment lui parut parfait.

– Je ne suis pas certain que ce soit le bon moment, parce que tu as le visage baigné de larmes, mais… je t'ai apporté quelque chose pour aller avec le bracelet en diamant…

Sur ce, il sortit un petit écrin de la poche de son manteau.

– Si tu trouves le temps entre deux services…

Et il se mit à genoux. Flora se contentait de le fixer, stupéfaite.

Puis elle sécha désespérément ses larmes.

– Oh là là, c'est si injuste de me faire ça maintenant, dit-elle.

– Je sais.

– Oh là là.

– Prends ton temps, surtout.

Il lui fit un grand sourire, qu'elle lui rendit aussitôt.

– Oh là là.

– Je sais, Mark et Marsha vont nous tuer de ne pas l'avoir fait quand ils étaient là.

Elle se jeta dans ses bras.

– OUI ! OUI ! OUI ! S'IL TE PLAÎT ! OUI !

– Chut, tu vas les réveiller.

Or il était trop tard. Elle entendit les pleurs familiers dans le salon. Mais, curieusement, cela n'était plus aussi difficile qu'avant. Le simple fait de savoir que Joel comprenait… et, oh là là, elle était fiancée !

Elle entra dans le salon en dansant.

– Où es-tu, mon petit chéri ? chantonna-t-elle.

Joel resta un instant dans la chambre, un peu abasourdi d'avoir fait sa demande.

– JE SAVAIS QUE C'ÉTAIT UN MÉCHANT BÉBÉ BOUDLAS, lança une voix impénitente sous la vieille couette de Flora.

Chapitre 68

Konstantin avait passé la nuit à travailler dur, mais cela ne l'avait pas dérangé le moins du monde, même s'il n'aurait jamais cru cela possible jusqu'ici. Et puis, de toute façon, il n'avait pas réussi à fermer l'œil, alors cela lui avait paru sensé.

À présent, il attendait que le soleil se lève. C'était plus fort que lui : il avait envie de voir la tête qu'elle allait faire. Il avait beau se sentir terriblement seul, au moins, une personne serait peut-être contente de le voir.

La veille, toute la journée, il avait redouté de regagner la cuisine. De se retrouver face à Isla. Sachant qu'il l'avait déçue, qu'elle le détestait, le prenait pour un dragueur invétéré et un menteur. Il avait mis si longtemps à percer sa carapace, à gagner sa confiance, comme avec un petit oiseau, d'une drôle de façon. Puis, au moment où il pensait qu'ils se comprenaient enfin, où il apprenait à connaître quelqu'un comme personne d'autre dans sa vie (plus que toutes les filles avec lesquelles il était sorti, en tout cas), eh bien…

Il comprenait son point de vue. Et il avait voulu s'enfuir, désespérément même, au début.

Mais, maintenant, l'aube naissait. La matinée était fraîche, mais ensoleillée : le givre craquelait sur les champs où les petites vaches au poil épais et aux grandes cornes poussaient des meuglements enthousiastes ; la magnifique plage, d'une longueur infinie, bordait la mer d'un bleu limpide qui s'étendait jusqu'à l'horizon ; les petites maisons aux façades colorées étaient regroupées autour du port ; l'odeur des pâtisseries en train de cuire flottait dans l'air pur. Il comprenait pourquoi les gens aimaient cette île. Il la traversa à grandes enjambées, bien au chaud dans son manteau reprisé, heureux d'être là.

En atteignant la cour des MacKenzie, il comprit que la famille était levée, car de la fumée s'échappait en volutes de la cheminée et il voyait des silhouettes bouger à l'intérieur par les fenêtres basses.

Prenant une petite inspiration, il frappa à la porte.

– C'est le prince, lança Fintan avec indifférence en allant ouvrir.

– Je ne suis pas prince, répondit Konstantin, mal à l'aise.

– Est-ce que tout va bien à l'hôtel ? l'interrogea aussitôt Flora, cessant d'admirer sa nouvelle bague sous toutes les coutures et prenant congé de Mark et Marsha, qu'ils venaient de réveiller à quatre heures du matin, comme le voulait la tradition.

– En quoi ça l'intéresse ? demanda Fintan. Il ne fait que passer.

– J'aimerais bien que tu t'y intéresses autant que lui, rétorqua Flora avant de se rappeler ce que lui avait dit Joel et de tenir sa langue.

– En fait…, commença poliment Konstantin.

– Entre, entre, il gèle, le coupa Innes, parfaitement au courant de ce qui se tramait.

Lui faisant signe d'approcher, il lui tendit une tasse de thé, laissant Flora et Fintan tout penauds.

– Joyeux Noël, lui dit Flora. Pardon.

– Elle ne faisait que me crier dessus, ajouta Fintan.

– Eh bien, j'aime beaucoup vos traditions locales, répondit Konstantin en buvant une gorgée de thé, qu'il trouva infect, avant de grimacer.

Il ne s'y ferait jamais.

– J'ai aussi du café, se hâta de lui proposer Flora.

– En fait, je suis venu voir Mlle Agot, expliqua-t-il gravement.

La fillette s'était levée en entendant frapper et se tenait à la porte du couloir, en train de se frotter les yeux.

– Je lui dois quelque chose.

– Est-ce que tu es un vrai prince ? l'interrogea-t-elle.

Il haussa les épaules.

– Oh, eh bien, pour toi, pourquoi pas ?

Agot jeta un regard à la pile de cadeaux pour Douglas près du mur, tous emballés dans du papier bleu orné de petits animaux.

– Pour qui ils sont, ces cadeaux ? demanda-t-elle d'un air suspicieux.

– Je t'ai apporté quelque chose, poursuivit aussitôt Konstantin.

Elle parut étonnée.

– Est-ce que tu as apporté quelque chose à Boudlas ?

– Non, je n'ai rien apporté à Boudlas.

– Alors d'accord.

Le jeune homme fit un clin d'œil à Innes, qui s'éclipsa sans discuter.

– Qu'est-ce qui se passe ? demanda Eilidh, méfiante.

Bientôt, Innes reparut, une boîte blanche dans les bras.

– Mais ! s'exclama Eilidh, mais Innes lui fit signe de se taire et tendit la boîte à sa fille.

Les yeux écarquillés, Agot l'ouvrit.

À l'intérieur se trouvait la plus jolie paire de petits patins à glace, blancs, garnis de fausse fourrure blanche et ornés de lacets roses.

La fillette en resta bouche bée.

– NOOOONNNNN !

Elle les sortit du papier de soie, le souffle coupé, comme si elle n'avait jamais rien vu d'aussi beau. Le soleil d'hiver se refléta sur les lames argentées, qui se mirent à briller et à étinceler.

– Mais où va-t-elle..., commença Eilidh.

– Chut, lui lança Innes.

– Et, tu vois, j'ai moi aussi mes patins, dit Konstantin en les sortant de son sac.

– Tu as apporté tes patins de ton palais norvégien ? l'interrogea Flora.

– Bien sûr, répondit-il, perplexe.

Il tendit son bras à la petite fille.

– Est-ce que tu voudrais venir patiner avec moi ?

Et il la conduisit dehors, dans la cour, où ils poussèrent tous un cri de surprise.

Deux soirs plus tôt, avant de quitter le *Harbour's Rest*, Konstantin avait discuté d'autre chose avec Innes, et les deux hommes s'étaient retrouvés tard le lendemain. Ils s'étaient servis d'une vieille bâche comme revêtement, l'avaient à moitié remplie d'eau, puis avaient attendu toute la nuit – et maintenant, Konstantin se servait d'une bouilloire et d'un balai pour bien lisser la surface gelée. Sur un carré d'herbe bien plat, près de l'étable, Konstantin avait fait une chose très simple. Avec l'aide d'Innes, il avait construit une petite clôture en bois en forme de rectangle, d'environ quinze centimètres de haut.

Ils avaient devant eux une patinoire miniature, en tous points parfaite.

Les yeux d'Agot étaient ronds comme des billes.

– Bon, dit Konstantin. Tu dois faire attention à ne pas trébucher sur le rebord. C'est pour ça que tu dois me tenir le bras.

– Je veux bien tenir le bras d'un prince pour aller sur ma patinoire, répondit-elle solennellement, avant de s'asseoir sur le tracteur pour qu'il lace ses patins avec soin et l'emmitoufle bien dans ses vêtements chauds.

Puis il la prit par la main, Innes se mettant de l'autre côté, et, ensemble, d'un pas assuré, lentement, ils lui firent faire le tour de la patinoire, encore et encore.

Chapitre 69

Ils regardèrent Agot tourner sur la glace en riant et en l'applaudissant, jusqu'à ce que la fillette finisse par trouver le courage de se lancer seule, aidée par son centre de gravité bas, ses petits genoux s'entrechoquant.

– Il faut que j'invite TOUS MES AMIS ! POUR FAIRE DU PATIN ! hurla-t-elle, les joues rosies par le froid, les yeux brillants de joie et de l'envie de partager.

Peu à peu, les autres retournèrent à l'intérieur, tandis qu'Eilidh continuait de filmer des heures de séquence. Flora prit alors Fintan par le bras. Il commença par se montrer réfractaire, mais elle le traîna jusqu'à la laiterie, qui était calme ce jour-là, vidée des ouvriers qui produisaient le beurre sensationnel de l'île et des fournisseurs locaux qui passaient prendre leur lait.

Fintan n'y mettait plus les pieds, ces temps-ci. Elle était dirigée par un homme du village, mais il était nostalgique des bons moments qu'il y avait passés, à fabriquer des fromages (fabuleux, pour certains), à expérimenter, travailler, en toute autonomie.

– Pourquoi est-ce que tu m'emmènes dans la laiterie ?

– Je me demandais…, commença-t-elle timidement, si… si tu la voudrais en cadeau ?

Fintan fronça les sourcils.

– Qu'est-ce que tu racontes ?

– Écoute. Avec Joel, on en a discuté. Le congé maternité, ce n'est pas pour moi. Non pas que je n'aime pas Douglas, précisa-t-elle avec force.

– Euh, personne n'a dit ça.

– Mais j'aime aussi le *Rock*, Fintan. J'ai aimé le projet de Colton dès le début. C'est l'endroit où j'ai appris à connaître Joel. Où je suis tombée amoureuse. Où tout le monde tombe amoureux. Où je me suis amusée comme jamais. Je veux poursuivre son héritage. Je veux m'en occuper, Fintan. J'en suis capable. Si tu veux… je pourrais prendre la relève au *Rock*. Comme un vrai travail. Et tu pourrais recommencer à faire du fromage.

Il la considéra, l'air méfiant.

– Elle est où, l'embrouille ?

– Il n'y a pas d'embrouille. À moins que tu veuilles à tout prix continuer à t'occuper du *Rock* et que tu refuses que je m'en charge.

– Oh là là, s'exclama-t-il, son visage s'illuminant d'un coup. *J'adorerais* que tu t'en charges ! Comme ça, je n'aurais pas l'impression de décevoir Colton en le vendant ou en le donnant.

– Il faudra que tu me paies un salaire.

– Je sais. Mais je ne… enfin, c'est… c'est…

Il la regarda, les yeux rouges.

– Merci ! Je pensais que tu te mêlais de tout, juste parce que tu étais désœuvrée.

– Et moi, je croyais que tu étais désœuvré, parce que tu étais fainéant.

Ils échangèrent un grand sourire, avant de s'enlacer dans la laiterie glaciale.

– Il me manque, lui confia Fintan en se mettant à pleurer. Je n'en reviens pas qu'il me manque toujours autant.

– Parce que tu n'es pas un idiot. Bien sûr qu'il te manque. Fais le meilleur fromage du monde à sa mémoire. C'est ce qui l'a fait craquer pour toi, au début.

– En fait, je crois que c'était plutôt mon magnifique fessier.

– Oui, oui, si tu veux.

Et, bras dessus bras dessous cette fois, un grand sourire aux lèvres, ils se redirigèrent tous les deux vers la maison.

Chapitre 70

En cette matinée de Noël, Iona était chez sa mère, réjouie à l'idée de passer la journée avec elle, à boire du Prosecco, manger des chocolats et des sandwichs à la saucisse, et regarder la télé en pyjama. Isla, en revanche, entra dans une cuisine silencieuse, où sa mère, l'air blessé, un rien passive-agressive, gardait sa théière pour elle, à l'autre bout de la table, manifestant très clairement son mécontentement.

– Joyeux Noël, voulut lui souhaiter Isla, mais Vera s'offusqua.

– Pour toi, peut-être, répondit-elle à tort.

Des cadeaux étaient posés sous le sapin, mais, pour une fois, aucune d'elles ne semblait avoir envie de les regarder. C'était à fendre le cœur.

– Bon, finit par dire Isla. Je te verrai au déjeuner ? Je crois que Flora t'a installée à côté de Mme Laird et du gentil Dr Saif.

– Mangera-t-il de tout ? Ils mangent de drôles de choses.

– Euh, c'est bon, maman.

Vera fit la moue. Mais le médecin pourrait être intéressé par ses symptômes rarissimes. Cela pourrait valoir le coup. Les autres personnes se plaignaient de maux ordinaires, mais elle était un mystère médical.

– Maman, il faut que je te parle. Je pense que je vais déménager après le Nouvel An. Pour prendre un appartement avec Iona.

Sa mère porta une main à sa gorge.

– Tu déménages ?

– Je crois… je crois qu'on ne se rend pas très heureuses.

– Tu prends un appartement ! Tu grandis ! C'est *merveilleux* !

Isla ne s'attendait pas du tout à une telle réaction.

– Je n'ai pas besoin de toi, ici ! C'est… Je suis vraiment contente pour toi, ma chérie. Il faut que tu vives ta vie.

Sur ce, elle prit une Isla estomaquée dans ses bras.

*

Gaspard entra dans la cuisine, l'air guilleret pour une fois et, encore plus surprenant, leur fit la bise avant de leur distribuer de grandes boîtes de conserve de canard, mystérieuses, qui ne disaient rien à personne, et d'annoncer :

– Aujourd'hui, ce sera un grand succès. Et ceux qui espèrent le contraire auront si tort qu'il ne leur restera plus qu'à pleurer sur les tartelettes de Noël que vous aimez tant.

Gaspard n'avait jamais compris l'intérêt des tartelettes aux fruits secs, et ce n'était pas maintenant qu'il allait commencer.

– Où est notre jeune prince ?

– Il n'est pas prince, répondit machinalement Isla, avant de se demander pourquoi elle prenait sa défense. Je ne sais pas. Il est peut-être parti.

– Non. Il n'y a pas d'avion, pas de bateau, rien. Il est fainéant. Va le réveiller.

Isla s'empourpra.

– Je ne crois pas…

– *Allez ! Allez !** Maintenant ! On a du pain sur la planche ! Vas-y !

Isla s'éclipsa d'un air abattu, puis monta le bel escalier. L'hôtel était encore plus immaculé que d'habitude. À la réception, Gala était déjà occupée : elle accueillait les tout premiers clients avec un grand sourire. Le grand jour était enfin arrivé ! Au bout de trois ans, le *Rock* finissait par ouvrir ses portes ! Les hôtes arrivaient par bateau depuis le village, transportés par Bertie. Certains étaient sincèrement intéressés par le lieu, d'autres n'étaient là que pour se moquer, après tout ce tapage dans les journaux ; il y avait aussi quelques chasseurs de stars norvégiens, des îliens, et même certains des anciens copains de foire de Joel, qui en avaient assez du mode de vie londonien et souhaitaient découvrir ce qui l'avait autant séduit ici. Le ferry, spécialement affrété, avait traversé, mais ne repartait pas, au grand dam de Candice. Le capitaine restait lui aussi pour le déjeuner de Noël.

Un petit groupe d'amis de Colton était également là : des hommes grisonnants, en forme, qui échangeaient des sourires et des anecdotes tristes. Et il y avait Candice, debout au milieu du hall, furieuse, tous ses projets étant tombés à l'eau. Le fait qu'elle ait eu un lit extrêmement confortable la nuit précédente ne faisait que renforcer son agacement.

Les serveurs étaient déjà en train d'apporter du café et des sablés dans le salon, où les clients attendaient les clés de leur chambre flambant neuve. On sentait l'excitation dans l'air.

Dans les mansardes, le calme régnait ; les chambres étaient vides. Isla se remémora la toute première fois qu'elle était montée ici : elle l'avait trouvé si grossier. Eh bien, tout s'éclaircissait, à présent, supposait-elle. Elle ne l'aimait pas, à ce moment-là. Elle ne devrait pas plus l'aimer maintenant.

N'empêchait. Elle se rappelait son visage quand ils avaient érigé la statue ; l'enthousiasme enfantin dont il débordait. Et même l'agilité qu'il avait développée avec un couteau de cuisine. Son air concentré quand ses cheveux trop longs lui tombaient sur les yeux. La sensation de sa main dans la sienne…

Elle laissa presque échapper un gémissement. La chambre était vide. Bien sûr. Il était parti.

Et elle se retrouvait seule, mais c'était pire qu'avant. Parce qu'avant, elle ne savait pas ce qu'elle ratait, elle n'avait pas réalisé qu'un sentiment plus intense existait ; elle n'était jamais (elle détestait se l'avouer à elle-même), elle n'était jamais tombée amoureuse, même d'un mufle.

Presque par habitude, elle alla faire un tour sur les réseaux sociaux, bien qu'elle redoute de tomber sur quelque chose la concernant. Konstantin était dans un tas de journaux, mais elle n'y prêta pas attention.

Et puis elle vit quelque chose. Sur le Facebook d'Eilidh, étonnamment. Cela paraissait impossible, mais c'était vrai. Une photo de deux têtes blondes : Konstantin, tenant la main d'Agot, pendant qu'ils… étaient-ils en train de *patiner* ? La pâle lumière du soleil d'hiver se reflétait sur leurs cheveux ; la scène était très belle.

Dessous, Eilidh avait écrit : « Le prince nous a construit une patinoire ! »

Isla fixa longtemps cette photo. Il était vraiment allé construire une patinoire. Il était vraiment allé faire quelque chose pour quelqu'un d'autre, de façon désintéressée, simplement pour qu'Agot soit heureuse le jour de Noël. Elle ne l'en aurait jamais cru capable, avant. Elle garda les yeux fixés sur le cliché encore un moment.

Quand elle finit par se retourner, elle entendit un bruit de bottes. Ce n'était pas possible. Elle se prépara mentalement. Il revenait chercher ses affaires, voilà tout.

Il progressait lentement. Après l'effervescence de la matinée et la jubilation d'Agot, tous ses malheurs l'accablaient de nouveau. Il atteignit le haut des escaliers, l'air abattu, le dos voûté. Même Bjårk avait l'air inconsolable à côté de lui. Puis il releva les yeux et la vit, et son visage changea du tout au tout.

– Est-ce que… tu me cherchais ? l'interrogea-t-il.

Un long blanc s'ensuivit.

– Gaspard se demandait où tu étais, bredouilla-t-elle.

– Mais pas toi ?

Elle haussa les épaules.

– Je pensais que tu serais parti.

– Où ça ? répliqua-t-il aussitôt. Où ça ? Tu connais la vérité à mon sujet. J'ai été chassé de mon propre pays. Chassé. Et je n'ai eu aucune nouvelle. Ni de mon père ni de personne. Ils étaient plus qu'heureux de se débarrasser de moi. Et maintenant, tout le monde pense la même chose ici. Vous aussi, vous serez contents de vous débarrasser de moi. Du coup, ça n'a aucune importance où je vais, non ?

Sur ce, il lui passa devant.

– Mais tu as plein d'amis ! Tout le monde te connaît, répondit Isla.

– Tout le monde me connaît, lança la voix en entrant dans la chambre. Mais personne ne se soucie de moi.

Et il referma la porte derrière lui.

– Moi si, répondit-elle d'une toute petite voix. Je me soucie de toi, moi.

La porte se rouvrit en grinçant.

– Quoi ? Qu'est-ce que tu viens de dire ?

Isla s'empourpra.

– Dis-le-moi !

– J'ai dit : je me soucie de toi, répéta-t-elle tout bas.

– Ce n'était pas le cas quand tu es partie en trombe, l'autre soir.

– Je n'ai pas dit que tu n'étais pas un abruti.

Il plongea ses yeux dans les siens.

– Mais, avec toi, je n'ai plus envie d'être un abruti.

– Eh bien, je ne suis pas sûre que ça marche.

En réponse, il prit son visage dans ses mains.

– Il faut que je te demande, lui dit-il doucement, l'ambiance changeant aussitôt. Il faut que je sois sûr et que je te dise que mes intentions envers toi sont… elles ne sont pas vraiment pures, mais… est-ce que je peux dire bonnes ? Ou, du moins, meilleures… mais, avec toi, j'ai envie d'être…

Avant qu'il n'ait eu le temps de finir sa phrase, elle l'attira contre elle et l'embrassa avec fougue.

Chapitre 71

Bien sûr, au bout d'à peine trente secondes, Gaspard leur hurlait de descendre, et, non, ce n'était pas possible, mais était-ce un sourire ? Une esquisse de sourire sur ses lèvres, quand ils redescendirent les escaliers quatre à quatre. Sûrement pas.

Au moment où ils s'apprêtaient à entrer dans la cuisine, Isla retint Konstantin, toute rouge.

– Je… je voulais juste te dire que je m'en fiche. Que tu restes pour toujours ou que tu sois seulement de passage ou… enfin. J'ai pris ma décision. Je m'en fiche.

Il se tourna vers elle, les mains tendues.

– Ma chérie, je n'ai nulle part où aller. Je suis là.

Elle le regarda.

– Ce n'est pas très flatteur, ça.

Il se pencha pour l'embrasser.

– Et je n'aimerais être nulle part ailleurs. Joyeux Noël.

Elle le regarda entrer dans la cuisine, enfiler naturellement sa tenue blanche, fraîchement lavée, prendre son couteau et le faire tourner dans sa main à toute vitesse, avec entrain et assurance, et son cœur s'épanouit soudain dans sa poitrine, débordant d'enthousiasme, de pensées, de projets. Peut-être… Était-ce possible ? Elle se hâta de le suivre dans la cuisine.

★

Flora arriva dans sa plus belle robe rouge, avec son bracelet en diamant, sa nouvelle bague et un sourire de la taille de l'Infinie, parce que, après tout, ce n'était pas tous les jours qu'on se fiançait *et* qu'on devenait la gérante du plus bel hôtel à des kilomètres à la ronde *et* qu'on était dans le hall en train d'accueillir ses hôtes.

Elle informerait la cuisine plus tard. Et leur dirait deux mots sur la façon dont ils parlaient de l'établissement aux journalistes.

Les conseillers municipaux, sous l'impulsion de Fraser, avaient annulé leur venue, tout comme Jan et Charlie, par solidarité, mais elle avait réussi à remplir leur table, si bien que ce boycott ne leur poserait pas trop de problèmes.

Les convives formaient un groupe hétéroclite : des *hipsters*, sans doute venus pour se moquer ; de vrais gourmets, l'air sérieux, armés de guides gastronomiques, dont un ou deux qui suivaient Gaspard partout où il allait ; des Muriens, bien sûr, mais aussi quelques personnes plus âgées venues de l'île principale, qui avaient su faire abstraction de ces vidéos idiotes pour voir la beauté de ce paysage reculé ; elle remarqua même quelques anciennes conquêtes de Joel, à la recherche du « prince ».

Un sourire se dessina sur ses lèvres. Il n'était peut-être pas prince, et il avait peut-être fait des choses critiquables, mais elle ne pouvait s'empêcher de sourire en pensant à la joie d'Agot le matin même.

À treize heures tapantes, la famille MacKenzie arriva au complet. Douglas, qui était resplendissant dans un ensemble en tartan pour enfants, cadeau ridicule de Mark et Marsha, bien sûr, gazouillait de bonheur dans son siège auto de plus en plus lourd. Fintan s'était changé : il avait enfilé une chemise à motifs Paisley et un pull-over soyeux, et paraissait avoir rajeuni de dix ans. Il fonça aussitôt vers la cuisine, sans doute pour la toute première fois de sa vie. Joel et Flora le regardèrent s'éloigner, intrigués.

– Bon, qu'est-ce qui se passe encore ?

Joel se mit à rire.

– Quoi ? l'interrogea Flora.

Il haussa les épaules.

– C'est juste… On a toujours pensé que c'était moi l'hyperactif dans notre couple, madame Binder.

– Les gens changent, répondit-elle avant de l'embrasser, fermant les yeux de bonheur, simplement heureuse d'être près de lui, comme toujours.

*

– Personne ne tombe, dit Gaspard, l'air grave.

Bjårk Bjårkensson était enfermé à l'étage, juste au cas où, situation qu'il affrontait en déchiquetant consciencieusement toutes les chaussettes de son maître, ce qui ne manquait pas d'ironie : cette année, Konstantin ne pourrait pas se plaindre de se voir offrir des chaussettes pour Noël, parce qu'il ne recevrait aucun cadeau. Ils étaient tous en rang, prêts pour le coup de feu, quand Fintan entra dans la cuisine. Kerry parut furieuse.

– Tiens, un revenant ! le taquina Konstantin, mais Fintan semblait métamorphosé.

Il paraissait même plutôt exubérant.

– Joyeux Noël à tous ! s'exclama-t-il jovialement. Je sais que vous allez assurer, aujourd'hui.

Ils se regardèrent les uns les autres.

– Mais aussi… Je voulais vous annoncer que Flora prend le relais et va gérer le *Rock* !

Ils se regardèrent à nouveau.

– Pourquoi, ce n'était pas déjà le cas ? l'interrogea Konstantin.

– C'est elle qui m'a recrutée, ajouta Isla. Je pensais que c'était elle qui gérait.

– Qui êtes-vous ? demanda Kerry.

En réponse, Fintan s'approcha de Gaspard et l'embrassa devant tout le monde.

– Je ne suis qu'un garçon comme un autre, qui pourrait bien avoir du fromage à vous vendre.

Gaspard fit un grand sourire. Seule Isla vit le visage de Kerry se décomposer encore un peu plus, comprenant enfin pourquoi cette fille impassible et réservée avait suivi le chef alors qu'il fatiguait tous les autres, et fut de tout cœur avec elle.

– Bien, *allez*, *allez*, *allez**, dit Gaspard en jetant un coup d'œil à l'horloge. On envoie les entrées, s'il vous plaît.

*

À quatorze heures précises, tous les convives avaient pris place dans la salle de restaurant, un verre à la main, les mises en bouche ayant été servies. Enfin, l'entrée, ce satané *lutefisk* (ou du saumon fumé, si les invités le souhaitaient), fut dressée. Juste avant de l'envoyer, Gaspard les réunit tous un instant, et ils se prirent la main.

– Bien, commença-t-il au bout d'un moment.

Isla, qui avait une conscience aiguë de la main de Konstantin dans la sienne, s'attendait à des paroles d'encouragement.

– Vous avez tous été si *inutiles* pendant si longtemps, bon sang. Mais aujourd'hui, s'il vous plaît, faites en sorte que cela ne tourne pas à la catastrophe. Merci mille fois !

Personne ne répondit rien, jusqu'à ce que Konstantin lance :

– Euh… amen ?

Ils éclatèrent de rire, puis Gaspard sonna la cloche, et le service commença.

*

En regardant autour d'elle, Flora ne vit que des mines réjouies quand les plats sortirent de la cuisine sans heurt, délicieux. Par miracle, ils avaient des repas végétariens pour les Londoniens difficiles, mais aussi de bons plats généreux pour les plus âgés : un bœuf local à tomber par terre ; de l'oie, forcément savoureuse ; un *lutefisk* absolument divin, préparé en l'honneur de Konstantin, et une soupe de châtaignes splendide de légèreté.

La cave se vidait dans la joie et la bonne humeur, les jeunes serveurs toujours impeccables, aimables et charmants. Flora lançait toujours des regards noirs à Candice, qui levait les yeux au ciel en retour. Oui, c'était formidable. Oui, ses deux voisins de table, franchement canons, Clark le policier et Fionn le pêcheur, la draguaient ; elle ne comprenait pas un traître mot de ce qu'ils lui racontaient, mais était-ce vraiment important dans cette bonne ambiance, avec cette nourriture succulente, ces rires et cette musique douce ? Et Dan se sentirait idiot en l'apprenant : il lui avait envoyé plusieurs textos étranglés, passifs-agressifs, qui lui avaient fait se demander si une personne aussi coincée lui convenait vraiment et, bon sang, elle n'avait jamais voulu offenser sa mère. Qu'en serait-il à l'avenir, quand elle chercherait délibérément à l'agacer ? Ce serait horrible. Et oui, d'accord, elle allait devoir se trouver une excuse : cette plaie d'Iona prenait déjà des photos d'elle. Et, en général, elle ne mangeait pas de glucides, bien sûr, mais était-ce pour cela que ces pommes de terre rôties étaient aussi bonnes ? Et puis, « Le pire hôtel du monde s'en sort comme un chef », ce n'était pas si mal comme titre, en fin de compte.

*

Une fois le *Christmas pudding* servi, quand ils en étaient au café et aux digestifs et que le groupe se mettait en place pour le *ceilidh*, Flora n'aurait pu être plus heureuse. Le *Rock* était animé, rempli d'hôtes satisfaits et rassasiés. Le ronron des conversations enjouées et des rires s'élevait dans la salle, les enfants courant autour de l'immense sapin en brandissant leurs nouveaux jouets, les femmes riant dans les magnifiques toilettes, remettant une touche de rouge sur leurs lèvres et vérifiant leur coiffure. Pour la toute première fois, le lieu prenait vie, remplissait pleinement son rôle. Elle aurait tant aimé que Colton soit là pour le voir. Elle regarda Fintan et réalisa que, naturellement, il ressentait exactement la même chose. Elle se leva et lui serra fort les épaules.

– Il aurait adoré.

– Il aurait aimé que ce soit moi qui m'en charge.

– Il n'en aurait rien eu à cirer, répondit-elle en utilisant une des expressions favorites de Colton, ce qui fit sourire son frère.

– Je crois qu'il aimait beaucoup de MacKenzie.

Elle poursuivit son chemin, remerciant les serveurs au passage, pour se diriger vers la cuisine.

– Je crois que les gens veulent te voir, dit-elle à Gaspard, qui était sorti fumer une cigarette.

– *Vraiment** ? répondit-il, mais il y était habitué.

Il avait toujours su qu'il était bon cuisinier, mais il n'avait jamais pensé pouvoir trouver une cuisine qui saurait le retenir.

Le chef les fit tous sortir dans la salle, où retentit un tonnerre d'applaudissements (les convives avaient bu quelques verres supplémentaires à ce stade-là).

Konstantin ne s'y attendait pas, mais l'émotion le submergea. Le service avait été rapide, intense, et il s'était étonné lui-même : il pouvait abattre une grande quantité de travail, quand il le voulait vraiment. Face à ces applaudissements, il sentit le rose lui monter aux joues, même si c'était bête : ce n'était qu'un déjeuner.

Puis quelqu'un se leva à une table, et le jeune homme se figea.

Chapitre 72

C'était impossible. Il lâcha aussitôt la main d'Isla, qui se tourna pour le regarder, déconcertée. Puis il avança d'un pas.

Le petit homme à la table s'avança lui aussi, tout sourire.

– *Pappa ?* dit Konstantin d'une voix fluette.

Il regarda le reste de la tablée. Son père n'était pas venu seul : ses tantes, ses amis, et même Anders, son ennemi juré, l'accompagnaient. Il s'approcha de lui, tel un somnambule, et Isla se décomposa, réalisant tout à coup de qui il s'agissait.

– On s'est dit qu'on allait te faire la surprise, lui expliqua son père en norvégien. Mais c'est toi qui nous as surpris. Et je suis très fier de toi.

– Mais… dans les journaux… je suis passé pour un abruti fini…

– C'est ce qui nous a décidés à venir ! Quand on t'a vu avec ton chien ! On ne s'est pas dit que tu avais l'air d'un « abruti fini ». On s'est dit… Regardez mon garçon. Il *travaille* ! Et nous sommes très fiers de toi. Ton chef a dit que tu te débrouillais très bien.

– Ce n'est pas vrai… Tu es un abruti fini ! lança une voix au loin, mais il était impossible que Gaspard comprenne le norvégien, aussi n'y prêtèrent-ils pas attention.

Et, face à son père, loin de réagir comme il s'y était attendu (en dévoilant de cruelles vérités, en tenant des propos froids et méprisants à cette famille qui l'avait mis à la porte), Konstantin se surprit à se blottir dans les bras de son paternel, comme un enfant.

– ET IL CONSTRUIT DES PATINOIRES, AUSSI, annonça une petite voix, très fort. Est-ce que vous êtes le roi ? Quand je serai plus grande, je vais l'épouser. L'ANNÉE PROCHAINE, peut-être.

Konstantin père parut dérouté.

– Eh bien, merci de m'en avertir, mademoiselle, répondit-il d'un ton formel, tandis que Konstantin enfouissait un peu plus la tête dans le cou de son père pour cacher ses larmes.

*

Gaspard fit rentrer les autres dans la cuisine, où les serveurs affluaient avec la vaisselle, car il restait beaucoup à faire pour débarrasser les tables avant le bal.

Isla, le visage de marbre, resta seule près de l'évier. C'était ridicule : deux heures plus tôt, elle se construisait des châteaux en Espagne, fantasmait leur avenir. Rien qu'eux deux : être un vrai couple, se construire une vie ensemble, travailler à l'hôtel, fêter *Hogmanay* et *Burns Night*, puis profiter du printemps qui se profilait et des longs mois d'été.

Et maintenant, tout était fini. Sa famille de nantis (elle avait vu leur tenue) était de retour et, évidemment, il allait vouloir partir avec eux, rentrer dans son pays, avec ses satanées forêts de sapins, ses loisirs, ses grelottières, son ski, ses fêtes et toutes ces blondes, riches et minces.

Et, comme toujours, elle serait laissée pour compte.

Elle récurait une casserole en y mettant beaucoup d'énergie, quand Kerry s'approcha d'elle.

– Ils n'en valent pas la peine, lui dit-elle, maussade.

Isla releva les yeux vers elle, se demandant si elle allait poursuivre.

– Les hommes, ajouta lentement Kerry. Les hommes sont tous des goujats, des gougnafiers, des dégueulasses, des bons à rien, des vantards, des obsédés et des pervers. En un mot : des GROS BLAIREAUX.

Puis elle se tut, se retourna et rejoignit son poste de travail pour le ranger et aider à laver les montagnes d'assiettes qui arrivaient.

Isla remit son affreux calot, puis plongea ses bras jusqu'aux coudes dans l'eau savonneuse. Elle ferait mieux de porter des gants, mais qu'est-ce que ça pouvait bien faire, maintenant, si ses mains étaient rouges et gercées à force de travailler dans l'eau et avec des couteaux toute la journée ? Quelle importance si elle devenait usée par les soucis et vieille ici, terrée (oui, comme une souillon), pendant que les jeunes ducs et princes la regardaient de haut, comme cela avait toujours été le cas et le serait toujours. Les choses étaient ainsi.

La chanson *Only at Christmas Time* passa alors à la radio, l'accablant un peu plus, et elle était au bord des larmes quand les portes battantes s'ouvrirent à nouveau en claquant.

Un des serveurs poussa un cri perçant avant de hurler :

– Un chien dans la cuisine !

Bjårk se retourna aussitôt, ses gros yeux de toutou stupide tout brillants, sentant toutes les bonnes odeurs qui embaumaient cette zone interdite, et posa ses deux pattes avant sur le plan de travail, où il entreprit de lécher les assiettes sales.

– Oh, Bjårk ! s'écria Isla, avant de le regarder. Enfin, je suppose que tu te rends utile, pour une fois, concéda-t-elle en caressant ses grandes oreilles pointues, pendant qu'il haletait de contentement.

– Bjårk ! lança une autre voix en entrant précipitamment. Je t'ai fait descendre pour que tu dises bonjour à ta *famille*, pas pour que tu *manges dans la cuisine*.

Il s'arrêta net en voyant Isla.

– Et toi, dit-il. Tu ne viens pas dire bonjour ?

Elle le regarda.

– Pas comme ça, l'implora-t-elle.

Son tablier était dégoûtant ; elle avait les mains sales, trempées.

Il s'approcha, lui ôta son calot, puis retira délicatement les épingles de ses cheveux, qui tombèrent en cascade dans son dos. Elle le dévisagea, apeurée.

– Laisse-moi t'embrasser pour te rosir la bouche, dit-il avant de passer à l'action. Bien. Maintenant tu es parfaite. Viens.

Sur ce, il jeta le calot sur le côté, puis la fit sortir.

Bjårk, lui, s'attarda dans la cuisine, où il fit un sort au jus de viande.

Chapitre 73

Le bal battait son plein dans la salle de restaurant, où l'on dansait un « Strip the Willow » au rythme effréné. Les lignes habituelles de quatre ou huit couples avaient laissé la place à un grand nombre de danseurs, et Agot et Ash, main dans la main, passaient sous tous les bras levés en courant, que ce soit leur tour ou non : la routine habituelle, quoi.

Isla ne pouvait le deviner, mais Konstantin père était enchanté de rencontrer – pour la toute première fois – une amie de son fils, présentée dans les règles de l'art et qui n'avait pas l'air d'une fêtarde débauchée ni de se comporter comme une enfant gâtée. Une fille douce, jolie, normale et gentille. Mais elle était toujours très consciente de porter un tablier et d'avoir les mains humides.

– Je suis ravi de vous rencontrer, dit le vieil homme avec sincérité.

Trouvant un brin comique de rencontrer un homme inconnu avec une barbe blanche, des joues roses et un accent norvégien le jour de Noël, Isla lui rendit son sourire, se retenant de faire la révérence.

– Hum, hum.

Quelqu'un s'éclaircit la voix derrière eux, et Isla se retourna. Sa mère était assise là, refusant de se lever, cramponnée à son sac à main.

– Ah, dit Isla. Et je vous présente ma mère.

– Enchanté, dit Konstantin père de la voix la plus charmante possible.

S'il te plaît, ne sois pas grossière avec eux, espéra Isla de toutes ses forces. *S'il te plaît, ne sois pas désagréable avec eux.*

Vera se leva et, se tenant bien droite, tendit une main comme si elle était elle-même un membre de la famille royale.

– Je vois que votre fils a eu la chance de rencontrer ma fille, dit-elle posément.

Chapitre 74

Le 26 décembre, le soleil se leva dans un ciel limpide. Le petit déjeuner, savoureux, fut vite expédié ; il n'y aurait pas d'autre service, ce jour-là. Konstantin paraissait nerveux, réalisa Isla. Il avait veillé tard, à parler norvégien avec tout le monde, et elle avait ramené sa mère chez elles, où elles avaient ouvert leurs cadeaux. Isla avait entre autres reçu une super nouvelle théière Cath Kidston.

– Je me suis dit qu'elle pourrait te plaire, lui dit timidement sa mère. Pour ton nouvel appartement.

– Elle me plaît beaucoup. Mais pas autant que la tienne.

*

La réunion extraordinaire du conseil était prévue dans la matinée.

– Quel est le pire qu'ils puissent faire ? demanda Isla.

– Rien que de penser que des gens la détestent, ça me rend triste. Ils pourraient la démonter, répondit Konstantin en fronçant les sourcils.

– Je sais.

– Je voulais juste bien faire. Je pensais bien faire.

– Tu ne sais pas qui la déteste.

– Les gens puissants qui décident de tout, répondit-il en mastiquant une saucisse, l'air sombre.

Isla prit alors son courage à deux mains :

– Et après... est-ce que tu vas rentrer ? Avec ton père ?

– Oui, répondit-il, et le cœur de la jeune fille se fendit. Pour quelques jours. Est-ce que tu peux m'accompagner ? Le restaurant ne rouvrira que pour *Hogmanay*.

– Quoi ?

– Oui, on pourrait partir quelques jours, non ? Je te ferai visiter.

– Et après, tu reviens ?

– Eh bien oui. Pour l'instant, oui. J'ai un travail. Qui me plaît. J'essaie d'avoir une copine, même si je dois t'avouer que, jusqu'à présent, ça va très, *très* lentement.

Isla rayonna de joie.

– Et après ?

Il grimaça.

– Allez. Je viens juste de décrocher mon premier travail ; ne me demande pas mes projets pour les cinq années à venir. Et puis, je risque de me faire chasser d'ici aussi. Deux pays en un an, ce serait un bon score, je trouve.

– Même pour un play-boy.

– Même pour un play-boy.

En réalité, les journaux, avides d'articles, avaient déjà publié la critique dithyrambique que Candice avait écrite au sujet du fabuleux déjeuner de Noël. Candice elle-même restait quelques jours de plus ; Fionn avait promis de l'emmener faire une balade en bateau et de lui pêcher un homard, et elle était plus que partante.

Quinze minutes avant le début de la réunion, ils parcoururent du regard la cuisine vide, puis se mirent nerveusement en route pour la salle communale. L'Ange se dressait au-dessus d'eux, étincelant sous les rayons du soleil. Il était toujours aussi beau. Mais, aujourd'hui, son éclat lui donnait une apparence sinistre, comme s'il savait qu'il allait peut-être falloir le démonter.

Main dans la main, ils se dirigèrent vers la porte. Où un spectacle extraordinaire les attendait. Ils avaient remarqué qu'il y avait beaucoup de monde dans le village, mais avaient supposé qu'ils se rendaient tous au *Loony Dook*, qui devait avoir lieu plus tard dans la matinée. Nombre d'entre eux étaient armés de couvertures et de thermos, et Mme Brodie collectait de l'argent pour l'école en agitant une boîte en fer, comme d'habitude.

Or, quand ils arrivèrent devant la porte, ils entendirent une grande foule et du bruit.

– MAINTENANT, lança une voix, et tout le monde se prit la main.

– Qu'est-ce qui se passe ? demanda Konstantin.

Fraser, qui arrivait au même moment, regarda autour de lui avec colère.

– Qu'est-ce que c'est que ce cirque ?

Le long de la rue qui partait de la salle communale pour remonter jusqu'à la statue, une chaîne humaine s'était formée : Billy et Effie, de l'aéroport, tous les élèves de l'école, ou presque, avec Lorna, mais aussi un pilote, qui venait de se poser pour parler au nom de tous ses collègues qui adoraient l'Ange, le trouvant utile pour se guider, et transmettre le même message de la part des marins.

Scandalisé, le conseiller municipal suivit les autres membres dans la salle, dont le pauvre Marsali, un brin terrorisé.

Puis tous ceux qui formaient la chaîne humaine suivirent Konstantin et Isla à l'intérieur, emplissant tout l'espace.

– Nous sommes réunis pour voter le retrait d'un objet érigé sans permis de construire sur l'île, annonça Fraser.

Mais, chaque fois qu'il essayait de faire taire les gens, ils se remettaient à scander :

– GARDEZ L'ANGE ! GARDEZ L'ANGE !

Fraser expliqua longuement que cette statue était une vraie verrue, complètement illégale, et on s'offusqua dans la salle. Puis Konstantin, après avoir fait un clin d'œil à Isla, se leva.

– Est-ce que je peux dire un mot ? J'aimerais nommer l'ange « l'Ange Fraser Marsali Aoghas Malcom William Effie », annonça-t-il avec grandiloquence. Et je paierai personnellement pour une plaque commémorative, sur laquelle figurera le nom complet de la statue et qui sera placée à son pied.

S'ensuivit un moment de silence. Puis les gens se mirent à applaudir et à crier :

– Votez ! Votez ! Votez !

À l'évidence, Fraser ne voulait pas d'un vote, puisqu'il savait qu'il ne pouvait pas gagner. Les conseillers se concertèrent en privé.

Il finit par revenir.

– Voilà nos conditions : la statue restera aussi longtemps que Konstantin s'engage à l'entretenir et à revenir sur l'île pour s'en occuper. Et il devra faire la plaque commémorative portant nos noms.

Tout le monde laissa exploser sa joie.

– Merci, répondit gravement Konstantin. Je sais que vous êtes un homme important de cette communauté.

Puis il se tourna vers Isla, ravi.

– Je crois que tu ne vas pas pouvoir te débarrasser de moi aussi facilement. C'est la loi, maintenant.

Chapitre 75

Les visiteurs norvégiens avaient l'habitude de s'immerger dans des eaux glacées et étaient donc tous partants pour le *Loony Dook* : il fallut simplement leur rappeler de porter un maillot de bain.

Les enfants y participaient tous, parce que c'était marrant, mais aussi pour embêter leurs parents, qui, du coup, étaient obligés de le faire aussi, s'ils ne voulaient pas passer pour des mauviettes.

Candice décida d'y prendre part, parce qu'elle avait un corps de rêve en bikini et n'avait donc aucune excuse. Et puis, il avait beau faire 3 degrés, avec la lumière du soleil, les couleurs sur l'eau et le sable d'un blanc pâle sur l'Infinie, on pouvait penser qu'elle était aux Bahamas : elle pourrait donc prendre plein de beaux clichés pour son Instagram. Elle commençait à avoir pas mal de *followers*. Voyant Iona faire des *selfies* dans un coin particulièrement charmant, elle fit exactement les mêmes, provoquant la colère froide de sa rivale.

Fintan et Gaspard étaient bien décidés à rester à la maison, ayant d'autres projets en tête.

Peu avant onze heures, un joueur de cornemuse se mit à arpenter la plage. Partout, on riait, plaisantait, faisait remarquer, parfois en jurant, qu'on était frigorifié rien qu'en enlevant son pull-over, mais ils étaient tous prêts à plonger, excepté les plus anciens, qui attendaient, les bras chargés de serviettes chaudes, de couvertures, de manteaux, de thermos remplis de café bien chaud arrosé de whisky, et de sandwichs au bacon enveloppés dans du papier d'aluminium. Sur le côté, Flora remarqua que Jan essayait de calmer Christabel, qui piquait une crise terrible, phénoménale, devant toute la ville. Elle se promit d'aller lui dire un mot gentil plus tard. Elles avaient sans doute des tas de choses en commun.

À onze heures tapantes, toute l'île se mit en rang sur la plage. On souffla dans un cor (Agot s'en chargea, naturellement), puis, les villageois, se tenant tous par la main, s'élancèrent sur l'Infinie pour plonger dans l'eau glaciale et agitée en hurlant à tout rompre.

On prononça des mots qu'il aurait mieux valu éviter devant des enfants, mais cela n'arrivait qu'une fois par an. Poussant de hauts cris, la plupart des petits se précipitèrent dans l'eau, jusqu'à la taille, avant d'estimer que c'était suffisant et de faire aussitôt demi-tour pour courir en sens inverse et retrouver les bras aimants de leurs grands-mères, qui les frictionnèrent bien.

Les autres, plus téméraires, nagèrent.

Konstantin aimait l'eau froide. Il entraîna Isla derrière lui, de plus en plus loin, et, quand il pensait que personne ne les voyait, il l'embrassa enfin profondément, avant d'éclater de rire en voyant ses joues roses, sa surprise et sa joie, tandis qu'elle s'enroulait autour de lui.

Flora et Joel se tenaient la main : la jeune femme sautait sur place en hurlant, mais Joel affrontait l'eau glacée avec un calme à toute épreuve.

– Je suis certaine que c'est un genre de métaphore de notre couple ! s'esclaffa-t-elle.

Il se mit à rire, lui aussi, et la serra fort, puis ils regagnèrent la plage en courant pour retrouver Douglas, qui riait, bien emmitouflé sur les genoux de son papi poule, et le balancer entre eux.

Saif et Lorna s'éloignèrent à la nage, puis se rapprochèrent, juste assez pour que leurs orteils s'entrelacent sous l'eau, qui n'était pas profonde. Le sable qui relie le monde recouvrit alors leurs orteils engourdis. Ils ne pouvaient pas se toucher, mais étaient ensemble malgré tout, car cela arrivait parfois : on était ensemble, même quand on ne pouvait pas se toucher.

Riant aux éclats, les villageois se jetèrent une nouvelle fois à l'eau, rayonnants, enjoués, se sentant revigorés, purifiés, de nouveau vivants, sous l'œil attentif de l'Ange de Mure, qui scintillait dans le soleil d'hiver, éclairant leur chemin, veillant sur eux.

لذلك سوف أميل دائما قلبي
أقرب إلى روحك
كما استطيع.

Je pencherai toujours mon cœur
le plus près possible
de ton âme
Hafez

Eg stansa vel uviss, utan svar,
som framfor eit ukjend land,
om ikkje min kjærleik til deg var
for meg som ei lykt i mi hand

L'hôtel du bord de l'eau sous la neige

Je m'arrêtai, hésitant, sans réponse,
Me retrouvant en pays inconnu,
Pour voir si, oui ou non, mon amour pour toi
Était une lanterne dans ma main nue.
Halldis Moren Vesaas

Tha caoin-shlios mo leannain mar eal' air a' chuan,
Nas gile nan fhaoileann air aoadann nan stuadh,
Mar shneachd air na beannaibh, mar chanach nam bruach,
'S i furasta, suairc na giùlan

Mon amour est un cygne sur l'océan,
Plus brillant que les mouettes à la crête des vagues,
Comme la neige au sommet des montagnes, comme du coton sauvage,
Il est facile, et je laisse éclater ma joie.
Dugald MacPhail

Remerciements

Merci à : Kjersti Herland Jonson, mon éditrice norvégienne, qui a eu la gentillesse de répondre à toutes mes questions sur son pays, m'apportant une aide précieuse ; Layla AlAmmar, Tom Holland et M. Lynx Qualey pour m'avoir renseignée sur Nizar Kabbani ; Nicole Moore chez Lynne Rienner Publishers… et Guri Vesaas.

Un énorme merci à : Jo Unwin, Lucy Malagoni, Milly Reilly, Donna Greaves, Jana Kramer, Charlie King, David Shelley, Stephanie Melrose, Gemma Shelley et toute l'équipe de Little, Brown ; Deborah Schneider et Rachel Kahan chez William Morrow ; Alexander Cochran, Jake Smith-Bosanquet et Kate Burton.

Responsable éditoriale : Ambre Rouvière
Éditrice : Amandine Schmit
Correction et composition : Nord Compo Multimédia
Conception graphique de la couverture : Nord Compo Multimédia
Illustration de couverture : © Kanako

PEFC 10-31-1601 Certifié PEFC pefc-france.org

MADE IN FRANCE Aubin IMPRIMEUR FABRIQUÉ EN FRANCE

Depuis 2009, Prisma Media met en place une politique d'achat écoresponsable. Ainsi, près de 100 % du papier de nos magazines est certifié PEFC (gestion durable des forêts). La fabrication des livres des Éditions Prisma s'inscrit également dans cette démarche.

Dépôt légal : octobre 2021 – n° d'impression 2106.0391
Achevé d'imprimer en France par Aubin Imprimeur.